Günter von Lonski
Tödlicher Wind

Bibliografische Information der Deutschen Nationalbibliothek
Die Deutsche Nationalbibliothek verzeichnet diese Publikation in der Deutschen Nationalbibliografie; detaillierte bibliografische Daten sind im Internet abrufbar über http://dnb.ddb.de

www.niemeyer-buch.de

Umschlaggestaltung: Brigitte Mück
Umschlagfoto und Bearbeitung: CW Niemeyer Buchverlage
Druck und Bindung: AALEXX Buchproduktion GmbH, Großburgwedel
Printed in Germany
ISBN 978-3-8271-9402-2

Günter von Lonski

Tödlicher Wind

CW Niemeyer

Auch Wesemanns 2. Fall spielt natürlich wieder an allseits bekannten Orten des Weserberglands, doch bleiben die Geschehnisse reine Fiktion. Sämtliche Handlungen und Charaktere sind frei erfunden. Oder?

Über den Autor:
Günter von Lonski wurde 1943 in Duisburg-Laar geboren. Er studierte an der Hochschule der Künste in Berlin. Seit 1981 schreibt er Romane, Krimis, Jugend- und Kinderbücher, Hörspiele, Kurzgeschichten, Glossen, Satiren und Schulbuchbeiträge. 2010 erhielt er den Rolf-Wilhelms-Literaturpreis, Hameln. Günter von Lonski ist verheiratet, hat zwei Kinder und lebt in der Nähe von Hannover. Er schreibt bereits an seinem nächsten Wesemann-Krimi.

Mehr über Günter von Lonski und seine Aktivitäten erfahren Sie unter www.vonlonski.net

Für Nike

Die merkwürdige Dunsthöhle in der Nähe des Ortes, wo das Stickgas, welches mit Wasser verbunden so kräftig heilsam auf den menschlichen Körper wirkt, für sich unsichtbar eine tödtliche Atmosphäre bildet, veranlaßte manche Versuche, die zur Unterhaltung dienten.

Johann Wolfgang von Goethe, Annalen 1804, zu seinem Kuraufenthalt im Jahre 1801 in Bad Pyrmont

EINS

Wenn man eine Beziehung aufbaut, braucht man gemeinsame Interessen, meint Karola. Zum Beispiel Theaterbesuche, Shopping-Touren und romantische Dinnerabende. Dem kann Wesemann nur seine Badeorgien am Sonntagmorgen entgegensetzen. Um ihn nicht zu enttäuschen, hat sich Karola schon zum zweiten Mal auf das feuchte Vergnügen eingelassen.

Sie sitzen sich in der Wanne gegenüber. Im Hintergrund läuft eine CD mit Lydie Auvrays Akkordeonmusik, auf Wunsch von Karola sehr leise. Man prostet sich mit einem Glas Campari-Soda zu. Wesemann streichelt sich mit den Zehen an der Innenseite von Karolas Beinen hinauf. Da klingelt das Telefon. Egal, der Anrufbeantworter soll den lästigen Anrufer abwimmeln. Es ist eine Anruferin:

„Hallo, Wesemännchen, wie geht's denn so?"

Wesemann fällt das Campari-Glas fast aus der Hand.

„Nun geh schon ran. Hier spricht Lina aus Bad Pyrmont. Dein Mon Chéri mit der Pyrmont-Kirsche, wie du immer gesagt hast. Kennst du mich nicht mehr, oder willst du mich nicht mehr kennen? Ich habe dich jedenfalls nicht vergessen. Melde dich, aber schnell. Ich habe Cord zu Ottendorff gefunden. In der Dunsthöhle. Tot."

Karolas Augen signalisieren Blitz und Donner zugleich.

„Meldest du dich?", fragt Karola.

„Natürlich nicht!" Wesemann, sie glaubt dir nur das erste Wort. Natürlich würdest du jetzt am liebsten aus der Wanne springen und ans Telefon hechten. „Das war lange vor deiner Zeit."

„Das will ich hoffen."

„Aber Cord zu Ottendorff? Tot? Der Mann mit den tausend Fingern, die er in zehntausend Sachen hat? – Kann bis morgen warten!" Wesemann hebt sein Glas und schaut Karola in die Augen.

„Kann es wohl nicht!", sagt Karola ernüchtert. „Lass das Wasser ab."

Abrupt richtet sie sich auf, steht nun vor ihm und augenblicklich vergisst Wesemann Pyrmont, Ottendorff und das Mon Chéri.

„Finger weg", sagt Karola, „und an die Arbeit, bevor es ein anderer tut."

„Du liebst mich doch nur, weil ich schön, reich und berühmt bin."

„Raus aus der Wanne, du Spinner, ich koche uns einen Kaffee."

Wesemann ruft im Polizeikommissariat Bad Pyrmont an. Cord zu Ottendorff? Der liegt in Hameln. Nein, nicht die Leiche! Der Fall! Die Polizeiinspektion hat die Ermittlungen übernommen. Wer zuständig ist? Hauptkommissar Bertram. Aber heute sei Sonntag und da hätte HK Bertram auch ein Privatleben.

„Danke", sagt Wesemann, „ich habe die Handynummer."

„Wessen Handynummer?", fragt Karola. Sie stellt zwei Kaffeetassen auf den Tisch.

„Hauptkommissar Bertram ist zuständig."

Karola schlägt die Wochenendausgabe der Dewezet auf und sucht die Wohnungsangebote. Für einen Moment blitzt der kleine Stein im Ring an ihrer linken Hand auf. Wesemann betrachtet ihn als Verlobungsring, Karola mehr als Frage. Wesemann lächelt siegessicher. Er greift zum Handy.

„Es war ein Fehler, Ihnen meine Handynummer zu geben", sagt HK Bertram.

„Ich bin nur neugierig im Dienst unserer Hörer."

„Zwei Minuten", sagt HK Bertram.

„Cord zu Ottendorff ist tot?"

„Wer hat Ihnen das denn geflüstert?"

„Michael."

„Welcher Michael?"

„Erzengel Michael, der Schutzpatron kriminalistischer Ermittlungen."

„Sind Sie sicher?"

Karola lacht, sieht Wesemann an, schüttelt den Kopf.

„Wieder eine Ihrer tollen Informationen", sagt HK Bertram, „haben Sie das große Latinum?"

„Wie ist er gestorben?"

„Er saß in der ausgemauerten Grube der Dunsthöhle und hat nicht mehr geatmet."

„So ein Feigling", sagt Wesemann.

Er kennt HK Bertrams anspruchslosen Humor, will ihn bei Laune halten und nimmt sein Handy vorsichtshalber schnell vom Ohr. An HK Bertrams meckerndes Lachen wird er sich wohl nie gewöhnen. „Steht die Todesursache schon fest?"

„Wie es aussieht, wird er wohl erstickt sein."

„Am eingeatmeten Kohlendioxid der Dunsthöhle?"

„Wesemann, Wesemann, Sie sind mir aber ein ganz schneller!"

Wieder dieses nervige Lachen.

„In welche Richtungen ermittelt die Polizei?"

„In alle, Wesemann, in alle." Hoffentlich drückt er das Gespräch jetzt nicht weg.

„Ein Verbrechen ist auszuschließen?"

„Wenn Sie mich privat fragen – da ist nichts zu holen. Für Sie. Der Mann hat einfach zu viel getrunken und ist durch Zufall in die Dunsthöhle geraten."

„Wenn es so einfach ist."

„Ist es. Was ich Ihnen jetzt sage, ist noch nicht für die Öffentlichkeit bestimmt. Wir haben in seinem Jackett die Eintrittskarte für die Spielbank vom gleichen Tag gefunden. Dort konnte man sich sehr gut an Cord zu Ottendorff erinnern. Schließlich ist er Stammkunde. Am Abend vor seinem Tod hat er eine Menge Geld an den Automaten gewonnen und sich in bester Stimmung auf den Weg gemacht."

„In bester Stimmung ist er dann wenig später in die Dunsthöhle gestiegen und hat sich erstickt?"

„Er hat jedenfalls da gesessen. Noch etwas: Er hatte ein lustiges Windrädchen in der Hand. So ein Spielzeug für kleine Kinder, die Spaß daran haben, es durch Pusten in Fahrt zu bringen."

Wesemann erträgt HK Bertrams Lachen. Er muss mehr wissen.

„Eigenartig. So ein Kinderkram in der Hand eines Erwachsenen?"

„Wesemann, das waren mehr als zwei Minuten. Morgen können Sie einen vorläufigen Bericht als Fax abrufen. Schönen Sonntag noch!"

Wesemann legt das Handy auf den Tisch.

„Eine Vierzimmerwohnung im Klütviertel für …", Karola sucht, „… Miete steht nicht in der Anzeige, hört sich aber sonst ganz gut an. Mit Balkon, Bad mit Fenster, Gäste-WC, neuer Einbauküche – hörst du mir überhaupt zu?"

„Natürlich."

„Es ist ganz schön anstrengend, dich zu lieben."

Wesemann schenkt ihr ein abwesendes Lächeln. „Ich hab doch vor einiger Zeit einen Bericht über die Dunsthöhle gemacht. Im Archiv …"

„Ich hol uns ein Stück Kuchen vom Bäcker. Für dich Bienenstich wie immer?"

„Du bist lieb!"

Karola macht sich auf den Weg, und Wesemann verschwindet in seinem Studio, wechselt die kaputte Glühbirne in der Deckenlampe aus und schneidet sich an der Lampenfassung. Blut, Blut, überall Blut? Nein, ein kleines Pflaster wird den Schaden schnell beheben. Karola muss gleich zurück sein, sie weiß, wo das Pflaster liegt. Seit sie seine Wohnung aufgeräumt hat, findet er nichts mehr wieder.

Mit der unverletzten Hand wühlt sich Wesemann durch die Schubladen mit den abgelegten Radiobeiträgen. *Bad Pyrmont*. Nichts. Aha, einfach nur *Pyrmont. Geranien, Goethe, Heilquellen,* Unterabteilung *Dunsthöhle.*

Karola kommt zurück, erst das Pflaster, dann Kaffee und Kuchen, schließlich startet Wesemann den MP3-Player mit seinem vor Jahren gesendeten Rundfunkbeitrag.

… einzigartiges Naturphänomen am Helvetiushügel in Bad Pyrmont. Die Dunsthöhle. Sie liegt auf dem Gelände eines ehemaligen Steinbruchs, in dem Buntsandstein gebrochen wurde. Immer wieder fanden die Steinbrucharbeiter auf dem Grund der Höhle tote Tiere, die offensichtlich unverletzt waren. Der Pyrmonter Brunnenarzt Dr. Johann Philipp Seip, der 1712 nach Pyrmont kam, ging diesen Erscheinungen nach. Er kam zu dem Ergebnis, dass Schwefeldunst die Tiere ins Jenseits beförderte. Mit Genehmigung des Fürsten

Friedrich Anton Ulrich zu Waldeck und Pyrmont ließ er 1720 die Grube ausmauern und darüber ein kleines Gewölbe errichten, um für die Kurgäste ein trockenes Schweißbad einzurichten, das Leuten aller Schichten gute Besserung und Hülfe gegen Geschwulst der Füße, Gichtschmerzen, Steifigkeit der Glieder und Linderung anderer Leiden bringen sollte.

Später erkannte man, dass es kein Schwefel, sondern Kohlendioxid ist, das in der Dunsthöhle trocken austritt. Das Gas dringt durch die Risse und Gesteinsklüfte der Quellspalte an die Oberfläche, ist eineinhalb Mal schwerer als Luft und bleibt daher in der Grube liegen. Selbst Johann Wolfgang von Goethe war von den vorgeführten Experimenten in der Grube schwer beeindruckt. Doch Vorsicht mit eigenen Versuchen, das Kohlendioxid auf dem Grund der Grube wirkt narkotisierend und erstickt auch die hartnäckigsten Lebensgeister nach sieben bis zehn Minuten.

„Ein langer Bericht", sagt Karola, „und Baxmann hat ihn so über den Sender gehen lassen?"

„Für Johann Wolfgang ist ihm nichts zu viel, da steht er im Geiste stramm."

„Komm", sagt Karola und räumt die Kaffeetassen ab, „lass uns nach Pyrmont fahren, sonst bist du den ganzen Tag wieder geistig abwesend."

„Wenn du meinst?"

Wesemann nimmt seine Tasche und Karola den Autoschlüssel für den Corsa.

„Willst du fahren?", fragt Wesemann überrascht.

„Du hast heute schon zu viel geschluckt", sagt Karola.

„Was soll ich denn geschluckt haben?"

„Wasser!" Karola lacht. Wesemann, die steckt dich in die Tasche, wenn du nicht aufpasst.

Der Sender ruft an. Baxmann. Wesemann mit seiner Einmannredaktion für Funk und Presse ist angewiesen auf eine wohlwollende Auftragsvergabe. Baxmann hat was von einem interessanten Todesfall in Bad Pyrmont gehört. Da Wesemann nun mal sein bester Mann sei, habe er gleich an ihn gedacht.

„Bin schon unterwegs", sagt Wesemann.

„Wollen Sie denn keine Einzelheiten?"

„Haben Sie welche?"

„Eigentlich nicht, bloß den Namen: Cord ..."

„... zu Ottendorff."

„Woher wissen Sie?"

„Ich bin doch Ihr bester Mann!" Wesemann legt auf.

Karola und Wesemann fahren nach Bad Pyrmont. Staatsbad. Zwanzig Kilometer südwestlich von Hameln.

Als Heilbad bereits den Römern bekannt. Mit einem der schönsten Kurparks Deutschlands. Beherbergt die größte Palmenfreianlage nördlich der Alpen. In Anwendungen warme Sole. Ideal für Allergiker und wohltuend bei Atembeschwerden.

Sie stellen das Auto auf das Parkdeck in der Rathausstraße und gehen die Rauchstraße hinauf. Die Dunsthöhle ist verwaist. Kein Mensch zu sehen.

„Nicht mal rotweiße Bänder der Polizei." Karola ist enttäuscht.

„Die Polizei muss auch sparen", meint Wesemann, „und so ein selbstverschuldeter Todesfall ist schnell fotografiert und protokolliert."

An der Eingangstür des Höhlenumbaus, der aussieht wie ein überdimensionaler gläserner Hut mit runden Bommeln auf der Krempe, hängt ein Schild: *Wegen Krankheit geschlossen.*

„Gebe Gott, dass ich nie so krank werde", sagt Wesemann.

Karola streckt die Hand nach dem Türgriff aus.

„Hab ich schon versucht", sagt Wesemann, „die Tür ist abgeschlossen."

„Schade", sagt Karola, „man kann überhaupt nicht in die Grube sehen."

„Die Grube ist so, wie sie immer ist: leer."

„Bist du sicher?"

„Cord zu Ottendorff ist weg, die Polizei ist weg und der Bericht für den Sender wird wohl eine etwas längere Sendepause."

Wesemann dreht sich um und geht den leichten Anstieg zu den Ruhebänken hinauf.

„So leicht verdienst du dein Geld?", fragt Karola spöttisch.

„Was soll ich denn noch herausfinden, was die Polizei nicht längst ermittelt hat?"

„Wenigstens scheint die Sonne." Karola wischt mit einem Papiertaschentuch die Sitzfläche einer Bank sauber und setzt sich.

Wesemann stellt seine Tasche neben sie. „Ich sehe mich noch ein wenig um."

„Du gibst wohl nie Ruhe?" Karola verschränkt die Hände hinter dem Kopf und lässt sich die Sonne ins Gesicht scheinen.

„Hätte ich dich sonst erobert?"

„Hast du?"

Wesemann gibt ihr einen Kuss und stapft los.

Er schaut in die Papierkörbe, schiebt die unteren Zweige der Büsche mit dem Fuß zur Seite, winkt Karola zu, um den Kontakt zu halten. Sie hat die Augen geschlossen. Wesemann läuft hin und her. Nichts. Im Grünzeug hinter dem Gedenkstein für den Pyrmonter

Brunnenarzt Dr. Johann Philipp Seip findet er eine Flasche. Er hebt sie auf und eilt zu Karola.

„Nicht mal eine Pfandflasche!", sagt Karola, als Wesemann vor ihr steht und sie die Augen aufschlägt.

Wesemann betrachtet die Flasche jetzt genauer. „Hat nicht lange in dem Gestrüpp gelegen." Er will Karola die Flasche reichen, doch Karola lässt ihre Hände hinter dem Kopf. „Das Etikett ist noch fast trocken."

Karola gähnt.

„Champagner!", stellt Wesemann fest. „Marke Paul Michel, kenn ich nicht."

„Du kennst doch bloß den Schampus von Aldi!"

„Da ist wenigstens drin, was draufsteht." Wesemann setzt sich neben Karola.

„Sonst noch was gefunden?"

„Nur Klopapier."

„Igitt!" Sie rückt ein Stück von ihm ab.

Wesemann wirft die Flasche in den Abfallkorb neben der Bank und wischt sich die Finger an einem von Karolas Papiertaschentüchern ab.

„Wie kann sich Ottendorff denn selbst umgebracht haben?"

„Ganz einfach", Karola schmunzelt, „er gewinnt in der Spielbank eine Menge Geld. Darüber ist er so sauer, dass er aufbricht und schnurstracks zur Dunsthöhle geht, um sich umzubringen. Er durchdringt die abgeschlossene Tür, schleicht die Stufen in die Grube hinunter und erstickt sich auf der drittletzten Stufe."

„Was für ein dämlicher Tod", sagt Wesemann. „Und dazu noch völlig unorganisiert."

Ein kräftiger Mann in weißem Hemd und schwarzer Hose nimmt das Schild von der Eingangstür der Dunsthöhle.

„Den schickt der Himmel.“ Wenn er will, kann Wesemann schnell wie ein Wiesel sein. Er läuft die Treppenstufen zum Eingang der Dunsthöhle hinunter. Karola nimmt seine Tasche und folgt ihrem eifrigen Ermittler.

„Wesemann.“

Er streckt seine Hand dem Mann an der Eingangstür entgegen.

„Morsch“, sagt der Mann reserviert.

„Schrecklich“, meint Wesemann.

„Vielleicht kommen jetzt endlich mehr Leute. Sensationen ziehen schließlich mehr als Wunder!“ Herr Morsch betreibt oben an den Treppenstufen zur Dunsthöhle einen kleinen Kiosk mit einem Angebot an kalten Getränken, Postkarten und Informationsmaterial zur Höhle.

„Wie ist er denn da reingekommen?“, fragt Wesemann Herrn Morsch.

„Fragen Sie mich etwas Leichteres.“ Herr Morsch wirkt ein wenig abgespannt. „Ich habe schon der Polizei erklärt, dass es eigentlich unmöglich ist, die Höhle ohne mein Wissen zu betreten. Ich habe einen Schlüssel und sonst niemand.“

„Sonst niemand?“

„Nur noch der Wachdienst, der jede Nacht seine Runden dreht. Die Stadtverwaltung hat natürlich auch einen Schlüssel, genauer gesagt, das Friedhofsamt.“

„Also unmöglich, unbemerkt hineinzukommen?“

„Ausgeschlossen.“

„Aber drin war er nun mal.“

„Wollen Sie mir unterstellen …“

Wesemann sieht sich die Tür ein wenig genauer an. Stabil und nicht leicht zu knacken. Schon gar nicht von einem angetrunkenen Mann ohne Werkzeug. Ohne

Werkzeug? Vielleicht die Champagnerflasche? Sie könnte doch von zu Ottendorff stammen.

Im Kiosk oberhalb der Höhle kauft Wesemann dann eine Ansichtskarte und fragt nach einer Plastiktüte. Er erhält eine ausrangierte Tüte vom Penny-Markt. Herr Morsch schaut ihm misstrauisch hinterher.

„Wir sollten die Champagnerflasche HK Bertram zur Untersuchung mitnehmen." Wesemann hängt sich seine Tasche über die Schulter. „Wenn sie von Cord zu Ottendorff stammt, könnten Fingerabdrücke weiterhelfen. DNA, DFB, DSDS oder so."

„Du Spinner!" Karola drückt sich an ihn. Er geht zum Abfallkorb, steckt seine Hand in die umgestülpte Plastiktüte und holt damit die Flasche heraus.

„Echte Profiarbeit", spöttelt Karola, „wie im Fernsehen." Sie gehen zum Auto zurück, Wesemann legt die leere Champagnerflasche in den Kofferraum. „Noch ein Tässchen Kaffee?"

Ein paar Minuten später sitzen sie in einem Café in der Brunnenstraße. Karola hat sich einen Latte macchiato bestellt und Wesemann eine Eisschokolade.

„Da fehlt etwas." Wesemann saugt an dem Trinkhalm in seinem Glas.

„Zucker?"

„Es fehlt etwas in meinem Vorstellungsbild vom gestrigen Abend." Wesemann greift zum Tütchen mit dem Zucker. „Damit überhaupt etwas zusammenpasst, müsste noch eine Person hinzukommen. Eine Person, die mit Ottendorff gefeiert hat, mit ihm durch die Gegend gezogen ist und ihm dann das Geld abgenommen hat." Er schüttet den Zucker aus dem Tütchen in seine Eisschokolade.

„Und danach?"

Karola gähnt schon wieder.

„Du hast heute Nacht geschnarcht wie ein zufriedenes Faultier“, sagt Wesemann.

„Ich habe keine Luft gekriegt, weil du dich so breit gemacht hast.“ Karola seufzt. Erholung vom Alltagsstress ist so ein Wochenende mit Wesemann jedenfalls nicht. „Du bist mir einfach zu anstrengend“, jammert sie, „ich brauche einen Beamten, der sonntags lange schläft, keinen Lärm macht und sein Oberhemd für den nächsten Tag selber bügelt.“

„Man müsste sich mal in der Spielbank umhören und Ottendorffs Weg zur Dunsthöhle rekonstruieren.“

„Aber ohne mich“, sagt Karola.

Wesemann trägt ein gebügeltes, weißes Hemd unter seiner Lederjacke, als er sich am nächsten Morgen auf den Weg zur Polizei macht. Von seiner Wohnung in der Deisterstraße bis zur Zentralstraße sind es nur ein paar Schritte.

HK Bertram ist in einer wichtigen Besprechung. Wesemann gibt die Champagnerflasche in der Anmeldung ab und schreibt noch einen Zettel dazu:

Gefunden hinter dem Seip-Denkmal an der Dunsthöhle. Vielleicht interessant im Hinblick auf Fingerabdrücke etc., Gruß Wesemann

Eine mürrische Beamtin nimmt die Plastiktüte und das Blatt Papier an sich. „Was heißt denn etc?" Wesemann ruft Karola auf dem Handy an. Sie kann jetzt nicht reden, hat zu viel zu tun. Dann eben nach Pyrmont fahren.

Das Parkdeck in der Rathausstraße ist besetzt. Wesemann muss einige Blocks umrunden, bevor er einen freien Platz findet. Halbfreien. Parkverbot. Wird schon nichts passieren.

Er geht die Brunnenstraße hinauf, trinkt im Stehen einen Kaffee. Vor dem Drogeriemarkt dreht sich das Kinderkarussell mit Hund, Katze, Kuh und Pferd. Lärmende Kinder springen von der Drehscheibe hinunter und wieder auf. Ein etwas dickerer Junge kann der Geschwindigkeit nicht folgen, kommt ins Straucheln, hält sich an einem der Gitterstäbe des Karussells fest und wird eine halbe Umdrehung mitgeschleift. Ein Aufschrei neben Wesemann, eine Tasse fällt zu Boden, eine Frau läuft hinüber zum Karussell, um das dicke Kind zu trösten.

Ein paar Schritte die Brunnenstraße hinunter hat Lina Franitzki Obst und Gemüse vor ihrem Laden aufgebaut. Lina, rund, weiblich, warm mit lachsroten Haaren.

Wesemann trinkt seinen Kaffee aus und schlendert zum Laden hinüber. Eine ältere Frau verlässt das Geschäft, hält sich an dem Griff neben der Tür fest, um die flache Stufe zu meistern. Als Wesemann den Laden betritt, steht Lina mit dem Rücken zu ihm und sortiert Bananen ins Regal. „Bin gleich so weit."

„Keine Eile!"

Lina scheint Wesemanns Stimme sofort erkannt zu haben. Sie dreht sich auf dem Absatz um, lässt Bananen sein und breitet die Arme aus.

„Mein Wesemännchen!"

Das Rot ihrer Haare ist nur ein wenig matter geworden, Richtung pochierter Lachs.

„Schön, dich zu sehen."

Lina lässt die Arme sinken. „Komm setz dich. So ein Schreck am frühen Morgen. Und niemand da, der mich tröstet."

Ein jüngerer Mann betritt den Laden, kauft zwei Äpfel, dann doch nur einen. Lina schiebt Wesemann in einen kleinen Nebenraum, Wesemann setzt sich auf einen wackeligen Holzstuhl. „Du kommst sicher wegen diesem Ottendorff", Lina stellt sich in den Durchgang zwischen Laden und Nebenraum, „das war schrecklich, ganz schrecklich. Und ich habe ihn gefunden."

„Was machst du denn so früh am Sonntagmorgen an der Dunsthöhle?"

„Auch ich werde nicht jünger und muss was für meine Figur tun …"

Wesemann, sie erwartet jetzt eine lobende Bemerkung hinsichtlich ihres Aussehens! Wesemann betrachtet sie wohlwollend.

„… und in der Woche habe ich zu viel Arbeit. Ich muss doch den Laden ganz alleine schmeißen."

Statt Schmetterlinge im Bauch spürt Wesemann ein leichtes Kribbeln im Nacken. Reiß dich zusammen, Wesemann!

„Ich jogge."

„Toll", sagt Wesemann.

„Die Brunnenstraße hinauf, dann über die Rathausstraße, Rauchstraße weiter, rechts ab, links, rechts. Immer drei Runden, das schlaucht ganz schön. Lohnt sich aber. Man sagt, dass ich für mein Alter noch recht gut aussehe." Sie fällt leicht ins Kreuz und dreht sich ein wenig zur Seite. Wesemann kribbelt es jetzt bis in die Finger.

„Jede Runde so zehn Minuten. Doch gestern fing es plötzlich an zu regnen. Ich habe mich nach einem Schutz umgesehen und bin dann unter das Vordach der Dunsthöhle. Da hat es so richtig gepladdert. Und dann frischte auch noch der Wind auf."

Eine Kundin will drei Stangen Porree und vier rote Zwiebeln.

Lina lässt sich Zeit, Wesemann kann nicht ungesehen abhauen – wie damals. „Ich hab mich also gegen die Glasfassade gedrückt, aber das hat auch nicht viel geholfen. Und plötzlich sehe ich, dass die Tür zur Dunsthöhle ein bisschen offen steht. Ein kleiner Stein hatte sich zwischen Tür und Rahmen verklemmt."

Jetzt wird Spitzkohl verkauft. Anderthalb Kilo und eine Salatgurke.

„Der Wachdienst hat wohl ein bisschen oberflächlich kontrolliert. Jedenfalls habe ich die Tür aufgezogen und bin hinter die Glasfassade des Höhlenumbaus geflüchtet."

Irgendwo hat Wesemann gelesen, dass ein Mann trotz aller Anstrengungen nicht monogam sein kann. Liegt ihm einfach nicht.

„Ich war noch ein bisschen außer Atem und hab mich ein wenig am Chromgeländer der ausgemauerten Grube abgestützt. Und da habe ich ihn gesehen."

Ein Kilo Tomaten, ein Bund Frühlingszwiebeln und eine Petersilienwurzel.

„Er saß unten auf einer Stufe in der Grube, mit dem Rücken gegen die Mauer gelehnt. Und wie der ausgesehen hat. Schrecklich. Ganz weiß im Gesicht. Und Schweiß stand ihm auf der Stirn. Kalter Schweiß. Die Augen waren aufgerissen, als hätte er eine Erscheinung. Und seine langen schwarzen Haare klebten an seinem Kopf wie eine enge Bademütze und sein teurer Anzug, total verknittert und verdreckt."

„Das konntest du alles vom Rand der Grube aus sehen?"

„Eine Frau sieht so etwas!"

Die Frau mit den Tomaten kommt zurück und wünscht zusätzlich ein Bund Basilikum. Lina hat nur Töpfchen.

„Ich hab geschrien und geschrien. Als keiner kam, habe ich die Polizei angerufen und dann gleich dich."

Wesemann hätte sie gern getröstet, hält sich aber zurück. „Ist dir sonst noch etwas aufgefallen?"

„Nichts, absolut nichts. Doch. Er hielt ein Windrädchen in der Hand."

„Ein Windrädchen in der Hand?"

„In seiner linken."

„Bist du sicher?"

„Ganz sicher."

„Danke, dass du mich angerufen hast. Wenn ich einen Bericht daraus mache, werde ich dich lobend erwähnen."

Lina gibt den Durchgang zum Laden nicht frei. Küsschen links, Küsschen rechts und dann die Mitte. Sie schmeckt ganz leicht nach Sellerie. „Lass dir nicht wieder drei Jahre Zeit!"

„Du weißt doch, der Job!" Wesemann hängt sich die Tasche um und fasst nach dem Türgriff.

„Es war einfach gruselig, wie er da mit dem Windrad gesessen hat", sagt Lina, „wie ein Gespenst, das von einem Kindergeburtstag gekommen ist. Und diese Augen. Wie sie mich angesehen haben. Entsetzlich. Ich habe die letzte Nacht kein Auge zugemacht. Hoffentlich kann ich heute Nacht schlafen, so allein ..."

„Danke", sagt Wesemann, „du hast mir sehr geholfen." Wesemann winkt ihr noch einen Gruß zu und ist raus, fährt zurück in die Deisterstraße. Baxmann hat gemailt:

Wir warten auf Ihren Bericht. Was hat Ottendorff aus dem Anzug gehauen?

Mein Gott, ist der wieder mal witzig. Wesemann begibt sich in sein kleines Studio in der Abstellkammer, um den Bericht für den Sender aufzunehmen und dann schnellstens zu übermitteln:

Ein tragischer Todesfall in der Dunsthöhle von Bad Pyrmont. Der allseits bekannte Geschäftsmann Cord zu O. wurde am frühen Sonntagmorgen in der Grube der Dunsthöhle entdeckt. Tot. Erstickt im Kohlendioxid der Höhle. Er saß auf einer der unteren Stufen mit einem bunten Windrädchen in der Hand. Wie Cord zu O. in die bestens gesicherte Höhle gekommen ist, war zuerst ein Rätsel. Doch die Zeugin berichtet, dass die Tür zur Höhle um wenige Millimeter offen stand, als sie vor einem heftigen Regenguss Schutz suchte. Nach ihrer Aussage hatte sich ein winziger Stein zwischen Türrahmen und Tür verklemmt. Cord zu O. hatte nach einem gewinnträchtigen Abend die Pyrmonter Spielbank in gehobener Stimmung verlassen. Er wird sich in alkoholisiertem Zustand verlaufen haben und in der Dunsthöhle gelandet sein. Eine Fremdeinwirkung schließt die Polizei vorerst aus. Allerdings wurde bei Cord zu O. auch nichts von dem gewonnenen Geld gefunden. Ein undurchsichtiger Fall, wir bleiben dran. Hubert Wesemann für radioTOTAL.

Wesemann rührt sich einen Teelöffel Luvos Heilerde in ein Glas Wasser. Hat ihm Karola gegen sein Sodbrennen verordnet. Heute Morgen hat er die Einnahme vergessen. Wird Zeit, dass er mit Karola zusammenzieht. Er nimmt sein Handy und ruft Karola an.

Noch bevor er etwas sagen kann, hat sie eine Frage: „Woher weißt du das mit der offen stehenden Tür?"

„Recherche."

„Bei deiner Pyrmont-Kirsche?"

„Rein beruflich." Dieser eine Kuss fällt sicher nicht ins Gewicht. War doch nur ein ganz kleiner.

„Weißt du was", sagt Karola, „lass mich meine Arbeit machen und du machst deine."

„Und unser Tangokurs am Donnerstag?" Da hat Karola bereits aufgelegt.

Kaum hat Wesemann das Gespräch beendet, ruft Baxmann an. „Tolle Einstimmung. Den Hörer neugierig machen auf die weiteren Berichte. Bleiben Sie dran, Wesemann. Sie sind von der Alltagsarbeit freigestellt."

„So eine Recherche ist langwierig."

„Ich weiß, Wesemann, aber wer soll es machen, wenn nicht Sie?"

„Ich dachte da an einen kleinen Vorschuss auf die kommenden Berichte …"

„Ich nicht!" Baxmann beendet das Gespräch.

Zwei Gespräche, zwei Nieten. Soll er sich vielleicht eine grüne Schürze umbinden und mit Lina Schlangengurken, Tafelbirnen und Kartoffeln verkaufen?

Wesemann fährt nach Pyrmont zur Spielbank. Er war noch nie in einer Spielbank. Am Eingang erwarten ihn bestimmt tief dekolletierte Damen, die ihn mit einem verheißungsvollen Lächeln begrüßen und an den Roulettetisch geleiten werden. In Pyrmont gibt es seit Jahren keinen Roulettekessel mehr, muss er sich sagen lassen. Nur noch Automatenspiele. Wesemann durchsucht sein Portemonnaie nach Münzen. Mehr als sechs Euro wird er nicht setzen.

Im Saal stehen jede Menge Spielautomaten. Es summt und brummt, ab und zu unterbricht das Klacken der Chips die gedämpfte Stille. Nur wenige Spieler sitzen vor den Geräten.

Wesemann schlendert von Automat zu Automat. Bleibt hinter einem Mann stehen, der spielt und gleichzeitig in einem Prospekt blättert. Der Automat vor ihm zieht plötzlich eine Superschau ab, Geheul, Blitzlicht und farbige Raketen. Doch der Mann sieht nicht mal von seinem Prospekt auf.

„Ist das die Serie?", fragt Wesemann.

„Sind Sie die Glücksfee?"

„Entschuldigen Sie, ich verstehe nichts davon", sagt Wesemann.

„Das merkt man“, sagt der Mann.
„Sie sind öfter hier?“
„Die große Serie will einfach nicht fallen. Neunzigtausend im Jackpot. Neunzigtausend! Und wie sieht meine Serie aus? Zweihundert einsetzen und achtzig gewinnen. Merde!“
„Kennen Sie Cord zu Ottendorff? Der soll auch öfter hier gespielt haben.“
„Der Tote aus der Dunsthöhle?“
Der Mann sieht Wesemann an.
Der Mann ist gar kein Mann, sondern eine ziemlich maskuline Frau.
„Cord zu Ottendorff muss am Samstagabend hier gewesen sein.“
„Und hat mächtig auf den Putz gehauen. An mehreren Automaten den großen Gewinn abgefischt. Das müssen über achtundvierzigtausend gewesen sein. Hat aber sofort eine Lokalrunde Prickelwasser spendiert.“
„Einen Paul Michael?“
„Sie meinen sicher Paul Michel. Den bekommen Sie drüben im Palas, so um die fünfzig Euro. Hier gibt es nur Sekt.“
Wieder spektakelt der Automat.
„Ich will Sie nicht stören“, sagt Wesemann.
„Bleiben Sie ruhig noch ein bisschen, dann können Sie mir beim Tragen der Chips helfen, die der Automat gleich ausspucken wird.“
„War Cord zu Ottendorff allein?“
„Der ist nie allein. Immer mit einem Spezi unterwegs. Diesmal mit Hermann Tenschel. Der denkt wohl auch, dass ihn keiner erkennt, wenn er sich eine dunkle Brille aufsetzt. Aber alle wissen, dass es der Kreistagsabgeordnete ist. Leiter des Ausschusses für

Regionalplanung, Umwelt und Naturschutz, um genau zu sein."

Wesemann spielt mit den Münzen in seiner Hand.

„Versuchen Sie's doch auch mal." Die Person weist auf einen Automaten zur rechten Hand. „Anfänger haben immer das meiste Glück."

Wesemann wirft seine wenigen Münzen in den gierigen Automatenschlitz.

„Wissen Sie zufällig, ob die beiden zusammen weggegangen sind?"

„Weiß ich", sagt die Person. „Kurze Zeit vor mir. Muss so gegen eins gewesen sein."

Wesemanns Automat signalisiert Gewinn. Er drückt auf *Auszahlung*. Wesemann will sein Glück nicht überstrapazieren und steckt die Chips in die Jackentasche.

„Und allein waren sie auch nicht", sagt die herbe Dame. Sie wendet sich jetzt dem eigenen Automaten zu, drückt kurz hintereinander mehrere Knöpfe, wartet gespannt und kommentiert dann das Ergebnis mit „Merde!"

Jetzt nicht lockerlassen, Wesemann. „Sie waren nicht allein?"

„Die Petite hat sich zu ihnen gesellt. Fiona Petite."

„Müsste ich sie kennen?"

„Fiona würde Sie nicht kennen wollen. Heißt eigentlich Ilona Jungk und arbeitet in der Therme. Sucht sich gelegentlich Herren mit dicker Brieftasche und diesmal waren eben Ottendorff und Tenschel dran. Auch nicht mehr die Jüngste, aber Charme hat sie, das muss man ihr lassen. Zu dritt sind sie in bester Stimmung ab, wollten noch was unternehmen."

Der Automat brummt bedrohlich, eine Sirene ertönt, eine zweite. Alarm? Die Person wendet sich ihrem Spielautomaten zu.

„Haben Sie das auch der Polizei ..."

„Keine Störung mehr, ich muss mich jetzt konzentrieren. Morgen fahre ich in den Süden und brauche noch etwas Taschengeld. Der Winter im Norden ist Gift für meine Bronchien."

„Und Ihr Name?"

„Superchance und Multiplikator sieben!"

Wesemann zieht sich zurück.

Tauscht seine Chips in Bargeld. „Glückwunsch!", sagt die Bedienstete der Spielbank und händigt ihm acht Euro vierzig aus.

„Toller Gewinn", sagt Wesemann. Er verlässt die Spielbank. Leichter Regen lässt das Kopfsteinpflaster glänzen. Er sucht Schutz unter einem der mächtigen Bäume vor dem Gebäude und ruft in der Therme an. Frau Jungk? Ilona Jungk? Sie hat Frühdienst. Außerdem vermitteln wir keine Privatgespräche an unsere Mitarbeiterinnen.

„Dumme ...", Vorsicht, Wesemann, deine Handynummer ist sichtbar, „... Situation. Aber vielen Dank."

„Vielleicht besuchen Sie uns einmal. Wir haben auch für den Herrn interessante Angebote. Zum Beispiel unsere Ayurveda-Wellnessanwendungen im Hamambereich."

Wesemann unterbricht die Verbindung und ruft die Auskunft an.

Jungk, Ilona ist im Telefonbuch von Bad Pyrmont nicht verzeichnet. Auch nicht in der Umgebung. Doch die Auskunft findet einen halbwegs passenden Eintrag: Jungk, I., Welsede.

„Darf ich Sie mit der Telefonnummer verbinden?"

„Nur keine Umstände, es reicht, wenn Sie mir die Telefonnummer verraten."

Wesemann notiert die Nummer, überlegt einen kurzen Augenblick und wählt dann die Telefonnummer in Welsede.

„Hallo?"

„Hier spricht Hubert Wesemann. Ich bin Journalist und arbeite für Rundfunk und Presse." Kurzzeitig hatte er überlegt, sich von Wesemann zu nennen.

„Habe ich etwas gewonnen?"

„Ich würde gerne mit Ihnen sprechen."

„Also nichts gewonnen? Nicht mal eine CD oder eine Tasse mit Werbeaufdruck des Senders?"

„Sie waren doch am Samstag mit Cord zu Ottendorff und Hermann Tenschel zusammen?"

„Was heißt schon zusammen?"

„Sie wissen, dass Cord zu Ottendorff tot ist?"

„Schrecklich! Nein, wie schrecklich! Wann ist denn das passiert?"

„Wahrscheinlich am frühen Sonntagmorgen."

„Und wie ist es passiert? Unfall? Er hatte ein bisschen viel getrunken und dann noch mit dem Auto unterwegs."

„Es scheint kein natürlicher Tod gewesen zu sein."

„Sie meinen …"

„Darüber würde ich mich gerne mit Ihnen unterhalten."

Stille. Undurchdringlich, abweisend. Der Regen plätschert jetzt aufs Pflaster.

„Da gibt es nichts zu reden", sagt Frau Jungk, „wir haben am Samstagabend ein bisschen miteinander gefeiert und dann ist jeder seiner Wege gegangen."

„Ich bin Journalist und meine Informanten sind geschützt. Oder wollen Sie sich lieber mit der Polizei unterhalten?"

Keine Antwort, nur das stoßweise Atmen.

„In einer halben Stunde im Café Steinmeyer am Ende der Brunnenstraße?“

„Ich brauche mindestens eine Stunde.“

„Ich habe nur ein paar Fragen.“

„Und Sie sind wirklich von der Presse?“

Wesemann gibt ihr die Nummer des Senders und macht sich auf den Weg in die Brunnenstraße. Sein Handy klingelt.

HK Bertram ist am Apparat. „Wesemann, sitzen Sie?“

„Ich hab noch nie gesessen.“ Vielleicht sollte er seine kleinen Scherze unterlassen, um HK Bertrams dreckiger Lache zu entgehen.

„Wir haben eine wichtige Information im Fall Cord zu Ottendorff. Da Sie mein Lieblingsjournalist sind, habe ich gleich an Sie gedacht.“

Wesemann weiß nicht, ob er lachen oder weinen soll.

„Es geht um die Champagnerflasche, die wir am Tatort sichergestellt haben.“

„Siiie haben am Tatort eine Champagnerflasche gefunden?“

„Wollen Sie nun die Information, oder soll ich mich an einen Ihrer Kollegen vom Bezahlradio wenden?“

Wesemann schluckt seine aggressive Bemerkung herunter. „Also Fingerabdrücke von Cord zu Ottendorff?“

„Kein einziger Fingerabdruck auf der Flasche. So blank wie ein, na ja, Sie wissen schon. Aber: In der Flasche wurden Spuren von GHB gefunden.“

„K.-o.-Tropfen?“

„Genau die!“

„Dann könnte Cord zu Ottendorff betäubt worden sein, bevor er in die Dunsthöhle geschleift wurde?“

„Wesemann, ich bewundere immer wieder Ihre Kombinationsgabe. Die Pathologie schneidet ihn gerade auf. Wollen Sie dabei sein?"

DREI

Viel Bewegung in der Brunnenstraße. Damen in langen, duftigen Kleidern mit kleinen Sonnenschirmchen, kokett in der Hand gehalten, stramme Herren in Uniform oder im Cut mit Zylinderhut. Allerdings nur in Wesemanns Phantasie. In Wirklichkeit sind es Jeans in Übergrößen, Jogginghosen, Sandalen in allen Formen, schwatzende Gruppen und muffelnde Einzelgänger.

Wesemann konzentriert sich auf seinen Fall. Bisher brachte jede Antwort zwei neue Fragen. Also zurück zum Anfang. Cord zu Ottendorff, Geschäftsmann, Investor, Frauenheld. Groß, mächtig, präsent. Volle, schwarze Haare. Die Figur eines Holzfällers, allerdings untrainiert und ein wenig schwammig. Mitte vierzig, Anfang fünfzig. Ein Pfundskerl, sagen seine Spezis, ein arrogantes Arschloch der Rest. Hat Wesemann einfach stehen lassen, als er ihn mal für *radioTOTAL* interviewen wollte. „Popelsender", hat er gesagt. Als wäre er Josef Ackermann. Ein unangenehmer Mensch. Wesemann wollte ihm einen bösen Bericht reinwürgen. Wurde von Baxmann zurückgepfiffen, Ottendorff hätte zu viel Einfluss. „Kriech ihm doch ..."

„Mit wem sprichst du?"

Wie kommt er denn jetzt schon wieder hierher? Direkt vor Linas Laden?

„Hast wohl Sehnsucht?" Lina lacht. „Macht doch nichts", sie streicht ihm über die Wange, „ich mag dich doch auch."

„Ich bin rein zufällig ..."

„Hast du nicht früher einen Dreitagebart getragen?"

„Ich?"

„Versteh schon, *sie* hat lieber einen Glattrasierten."

„Nicht dass du denkst ..." Wesemann trägt Lina eine Gemüse- und drei Obstkisten ins Geschäft. Es wird Zeit fürs Café Steinmeyer. Beim Verabschieden schenkt Lina ihm einen grasgrünen Froschlolli.

Das Café ist gut besucht. Wesemann bestellt sich Kaffee und ein Stück Kuchen bei der Bedienung. Frau Jungk scheint noch nicht eingetroffen zu sein. Wie war das noch: nicht mehr die Jüngste, aber charmant. Er stellt sie sich groß, schlank und mit Riesenhut vor, wie ihn die Damen beim Ascot-Renntag auf der Pferderennbahn tragen.

„Sind Sie der Reporter?"

Wesemann spürt ein leichtes Klopfen auf seinen Oberarm. Er dreht sich um. Die Frau ist noch einen halben Kopf kleiner als er selber.

Frau Jungk setzt sich. Wesemann empfiehlt die Himmelstorte, für die das Café Steinmeyer berühmt ist. Himmelstorte ist aus. Frau Jungk möchte auch gar keinen Kuchen. „Sie möchten mit mir sprechen?"

Sie hat etwas, das spürt Wesemann sofort. Manche Frauen haben es und andere eben nicht. Sie hat es eindeutig.

„Sie waren am Abend mit Cord zu Ottendorff zusammen, bevor er umgekommen ist?"

„Wie meinen Sie das?" Sie bestellt sich ein Kännchen Kaffee, richtet sich also auf ein etwas längeres Gespräch ein.

„Wie soll ich das schon meinen, ach so, nein, nicht so, Sie haben doch zusammen seinen Gewinn in der Spielbank gefeiert?"

„Vielleicht."

„Die Polizei wird schon rausbekommen, wer mit Cord zu Ottendorf gefeiert hat."

„Sie geben keine Informationen an die Polizei weiter?“

Der Kaffee wird gebracht.

„Ich sichere Ihnen uneingeschränkten Informantenschutz zu, und niemand kann mich zwingen, etwas von unserm Gespräch preiszugeben.“

„Was wollen Sie also wissen?“

„Sie arbeiten in der Therme?“

„Seit acht Jahren. Mein Mann ist verunglückt. Er ist mit seinem Auto in den Gegenverkehr geraten.“

„Schrecklich.“

„Von einem auf den anderen Tag war alles ganz anders. Ich hatte mich doch nie ums Geld kümmern müssen. Das war einfach da. Aber auf einmal. Ich musste mir Arbeit suchen, erst in der Stadtverwaltung und jetzt schon seit einiger Zeit in der Therme.“

„War sicher nicht leicht für Sie.“

„Ich lass mich nicht unterkriegen.“

Eine ältere Frau tritt an den Tisch. „Ist hier noch frei?“

„Leider nicht, wir warten noch auf Bekannte.“

Die Frau dreht sich um und sucht weiter.

„Die Arbeit ist das eine und die Lebensumstände sind das andere. Es ist doch bestimmt nicht leicht, von einem auf den anderen Tag alle Ansprüche herunterzufahren.“

Unerwartet bricht es aus ihr heraus. „Wie die Hyänen sind die Erben nach Oskars Tod über mich hergefallen.“ Sie starrt ihre Kaffeetasse an. „Alles hatte er seinen glorreichen Söhnen aus erster Ehe hinterlassen, mir blieb fast nichts. Jetzt wird sogar das Haus versteigert, in dem ich wohne. Es geht ihnen immer nur ums Geld. Geld, Geld, Geld. Und keine Sekunde lassen sie locker.“

Wesemann, halt' dich da raus!

Auf Ilona Jungks Wangen zeigen sich rote Flecken. Sie hat sich in Rage geredet. „Aber nicht mit mir! Sollen sie das Haus doch verschleudern, ich plane für die Zeit danach. Mich lässt man nicht so einfach in der Versenkung verschwinden." Ein feines Lächeln überfliegt ihre Gesichtszüge. „Seine Söhne werden noch vor meiner Tür stehen und mich um einen Gefallen bitten, und dann sage ich: Nein!" Sie scheint sehr entschlossen. Nachsetzen! „Sie haben einen Gönner?"

„Einen Gönner?" Ilona Jungk sieht Wesemann an, setzt sich wieder kerzengerade auf die Stuhlkante. „Wenn Sie meinen, dass ich so eine bin ..."

„Denke ich nicht." Wesemann greift nach ihrem Arm und tätschelt ihn beruhigend, sie entzieht ihm ihren Arm.

„Darf es noch etwas sein?" Die Bedienung steht da wie aus dem Nichts.

„Nein, danke!"

Die Bedienung schaut angesäuert, alle Plätze im Café sind besetzt.

Wesemann bestellt zwei Cognacs.

„Kannten Sie Cord zu Ottendorff schon von früher?"

„Natürlich war ich ihm schon begegnet. Wer nicht? Aber mehr als drei, vier Worte haben wir nie gewechselt."

„Und am Samstag?"

„Er hatte in der Spielbank eine Glückssträhne und hat alle mit seiner guten Laune angesteckt. War ein richtig lustiger Abend."

„Sie sind mit ihm von der Spielbank aus ins Palas gezogen?"

„Ja."

„Wer?“
„Cord zu Ottendorff, Hermann Tenschel und ich.“
„Und dann?“
„Nichts und dann. Cord hat noch eine Flasche Champagner spendiert.“
„Marke Paul Michel?“
„Kann sein, ich habe nicht so genau hingesehen.“
Wieder die Bedienung: „Darf es noch etwas sein?“
Wesemann zahlt, Frau Jungk bedankt sich mit einem winzigen, automatisierten Lächeln.
Wesemann nimmt seine Tasche. Sie verlassen das Café und schlendern in Richtung Hylliger Born. „In der Schampusflasche sind K.-o.-Tropfen gefunden worden“, sagt er so beiläufig wie möglich.
„Nein!“ Frau Jungk ist stehen geblieben. Wesemann registriert ein leichtes Flimmern des rechten Mundwinkels. Sie greift nach Wesemanns Arm. In brenzligen Situationen scheint sie Körperkontakt zu suchen. Wesemann ist es recht.
„Das ist doch ein schlechter Scherz?“
„Leider nicht.“
„Das kann doch gar nicht sein, ich habe auch von dem Champagner getrunken. Nicht viel, weil ich nichts vertrage.“
„Ich denke mal, Sie sollten die Polizei informieren, bevor Sie in falschen Verdacht geraten.“
„Keine Polizei.“ Frau Jungk setzt sich auf eine der Bänke. Wesemann stellt nur seine Tasche auf die Bank.
„Ich kann mich wirklich auf Ihre Verschwiegenheit verlassen?“
„Selbstverständlich.“
Frau Jungk starrt eine Weile auf ihre Schuhspitzen. „Wir sind bei unserem kleinen Rundgang etwas vom Weg abgekommen und schließlich an der Bismarck-

straße gelandet. Tenschel hat sich verabschiedet, wollte wohl nach Hause."

„Und Sie?"

„Und ich und ich ... – Cord hatte so viel gewonnen, da konnte er doch ruhig ein paar Scheinchen an mich abtreten. Wir sind also die paar Schritte zu dem kleinen Park an der Dunsthöhle hinaufgegangen und haben uns auf eine Bank gesetzt. Cord war mächtig angetrunken, und da hab ich ihm angeboten, bei mir zu übernachten. Natürlich nur zum Schein. Auf dem Weg zu meiner Wohnung hätte ich mich dann verdrückt."

„Auch nicht die feine englische Art."

„Ich habe auch Ausgaben."

„Sie haben Arbeit."

„Moralapostel?"

„Nicht wirklich."

Wesemann schaut in Richtung Gemüse- und Obstgeschäft.

„Ich habe ein bisschen mit ihm rumgeschmust, um an das Geld zu kommen und plötzlich sackt er unter mir zusammen. Eingeschlafen. Einfach so. Ich wollte ihn noch wachrütteln, aber dann ist mir eingefallen, dass er besser eingeschlafen bleibt. Ich hab mir schnell ein paar Scheinchen genommen und bin los. Sollte er doch seinen Rausch in aller Ruhe ausschlafen."

„Sind Sie sicher, dass er noch geatmet hat?"

„Natürlich. Er hat sich sogar noch mal berappelt und wollte was von mir, konnte seine Bewegungen aber nicht mehr richtig koordinieren." Frau Jungk steht auf. „Ich muss los, habe Ihnen sowieso schon zu viel erzählt. Das kommt von dem vielen Alleinsein."

Wesemann steht ebenfalls auf. Nachdenklich. „Wann hatten Sie denn zuletzt aus der Champagnerflasche getrunken?"

Frau Jungk überlegt. „Ich habe insgesamt höchstens drei- oder viermal angesetzt, das letzte Mal in der Lägerstraße, das weiß ich noch ganz genau. Danach hatte ich nämlich einen Schluckauf." Sie reicht Wesemann die Hand.

Wesemann bedankt sich für ihre Informationen. Sie gehen auseinander. Dann schließt Wesemann allerdings noch einmal zu Frau Jungk auf. „Eine Frage noch: Wo und wie ist denn das Windrädchen in die Hand von Cord zu Ottendorff gekommen?"

„Was für ein Windrädchen? Als ich mich abgesetzt habe, hatte er nur die Flasche in der Hand. Von einem Windrädchen habe ich nichts gesehen."

Wesemann schaut ihr nachdenklich hinterher. Mit einer Hand klopft er seine Jacke nach seiner Brieftasche ab.

Der nächste Tag. Baxmann hat einen Auftrag für Wesemann. Er soll sich um ein Stuhlmuseum in Bad Münder kümmern. Baxmann gibt Wesemann einen Zettel mit den Presseinformationen.

„Ich denke, ich bin für den Fall Ottendorff freigestellt?"

„Wenn Sie davon leben können ..." Baxmann verschwindet in seinem Büro. Timo verkneift sich ein Lachen. Nach Marions Wechsel in ein Steuerberaterbüro hat er ihren Platz hinter dem Tresen des Radiosenders eingenommen. Für eine Woche. Jetzt sind es schon Monate.

Karola schenkt ihrem Wesemann einen Kaffee ein. Sie scheint ein wenig angesäuert. „Oder trinkst du jetzt lieber *Früchtetee?*"

Daher weht also der Wind, direkt aus Bad Pyrmont. Wesemann, dein Charme ist gefragt, um Schlimmeres zu verhindern. Er beugt sich über den Tresen. „Ich freu mich auf unsern Tanzkurs heute Abend", flüstert er ihr zu.

„Ach."

Das war also zu wenig. „Du fühlst dich einfach so sexy an, wenn du dich in meinen Armen wiegst."

„Spinner!"

„Wesemann, schon zurück?" Baxmann ist wieder aus seinem Büro gekommen und lässt sich von Timo einen Bleistiftspitzer geben. Wesemann trinkt seinen Kaffee aus. Er hätte Karola gern noch etwas Liebes zugeflüstert, aber so muss es bei einem kleinen Lächeln bleiben. Er macht sich auf den Weg nach Bad Münder.

Ein altes Fabrikgebäude aus rotem Backstein. Wesemann liest rasch eine Presseinformation. Ein gemeinnütziger Verein versucht mit Unterstützung eines Jobcenters und eines Industrieunternehmens ein Museum aufzubauen und Langzeitarbeitslosen gleichzeitig eine Perspektive für den Arbeitsmarkt zu geben. Ob Sitzen munter macht?

Wesemann betritt einen großen Raum. Stühle aus vielen Stilepochen. Als Blickfang ein Buchenholzstuhl mit einem geflochtenen Sitz und einer hohen geflochtenen Rückenlehne. Dreihundert Jahre alt, früherer Besitzer: der Leibarzt des Königs. Steht auf dem Schild am Stuhlbein. Zu verdreht und verschnörkelt wie die ganze Zeit, nicht Wesemanns Geschmack. Er wird sich eine kompetente Person suchen müssen, die ihm etwas über das Projekt in sein Mikrofon spricht.

„Törööö!" Benjamin Blümchens Schreckensschrei holt Wesemann fast von den Füßen. Ralle!

„Tach, Herr Spürnase. Wieder auf Ermittlung?" Ralle grinst.

„Eigentlich nicht. Was machst du denn hier?"

Ralle hatte Wesemann mit wichtigen Beobachtungen bei der Aufklärung eines früheren Falls geholfen, war dann aber irgendwie aus seinem Blickfeld verschwunden.

„Hab 'nen Eurojob."

„Nichts mehr mit …?" Wesemann macht eine Handbewegung, als würde er ein imaginäres Glas an die Lippen setzen.

„Kein Alkohol. Hab ich hinter mir. Jetzt Arbeit. Eigenes Geld."

„Herr Stanjec ist einer unserer besten Mitarbeiter." Ein Mann mittleren Alters in Anzug und mit Krawatte hat sich zu ihnen gesellt.

„Er versteht etwas von Farben und hat ein feines Gespür für Stilrichtungen."

„Könnte ein spannendes Interview mit Ihnen beiden werden."

Wesemann nimmt sein Aufnahmegerät aus der Tasche.

„Mein Freund ist vom Radio!", sagt Ralle.

„Erste Frage: Wie viele Stühle gibt es im Deutschen Stuhlmuseum im Bad Münder?"

„Ganz, ganz viele", sagt Ralle.

„Über eintausendfünfhundert", sagt der Anzugträger, „die meisten müssen aber noch aufgearbeitet werden."

„Von mir!" Ralle lächelt selbstzufrieden.

„Von unseren vielen engagierten Mitarbeitern, zu denen auch Herr Stanjec gehört."

Ralle reckt seinen Faust gegen die Zimmerdecke und lässt sein gefürchtetes „Törööö" erschallen, bevor Wesemann sein Mikrofon schützen kann. Er wird die Passage aus seinem endgültigen Bericht herausschneiden müssen.

Am Abend dann der Tangokurs. Wesemann rasiert sich zum zweiten Mal am selben Tag. Das muss Liebe sein.

Die Schuhe sind geputzt, das Oberhemd gebügelt, und sein Freund Engin aus dem türkischen Lebensmittelladen ruft ihm etwas zu, das sich so ähnlich wie Julio Iglesias anhört, aber sicher etwas ganz anderes bedeutet.

Wesemann überquert die Deisterstraße, um diese Zeit ein lebensgefährliches Unterfangen. Als er die Mitte der Straße erreicht hat, klingelt sein Handy. Er springt im Zickzack zum Gehweg hinüber, fischt dann das Handy aus der Tasche, der Anruf wurde natürlich längst abgebrochen. Doch Wesemann kann die Nummer des Anrufers zurückverfolgen.

HK Bertram!

„Wesemann, es wird ernst."

„Wie ernst?"

„Wir müssen miteinander sprechen."

„Vielleicht morgen früh?"

„Sofort."

„Ich bin auf dem Weg zum …"

„Zur Polizeiinspektion. Zentralstraße."

„Ich könnte morgen auch ganz früh vorbeikommen. Um sechs Uhr. Wenn es sein muss."

„Morgen ist nicht sofort."

So sind die Beamten, kleinlich bis in die Zeitangabe. Wesemann fällt nichts ein, wie er seinen Tangokurs retten könnte.

„Es ist etwas passiert", sagt HK Bertram, „was Ihrer Karriere als Enthüllungsjournalist durchaus dienlich sein könnte."

Wahrscheinlich hat irgendein Promi einen geschützten Baum auf seinem Grundstück fällen lassen, um freien Blick auf die Weser zu haben. „Ich hab eine Verabredung."

„Stimmt. Mit mir!"

Das Gespräch ist beendet.

Och, nee. Wie soll er das nun Karola beibringen? Sie haben sich doch beide auf den Tangoabend gefreut. Andererseits müsste sie auch für seine spontanen, beruflichen Verpflichtungen Verständnis haben. Schließlich war sie doch recht stolz auf ihn, als er den Fall der Casting-Queen gelöst hat und seine Rundfunkbeiträge in ganz Deutschland gesendet wurden.

Er wird sie einfach anrufen und um Verständnis bitten.

Wenig später beschwört er ihr am Telefon die Aussichten auf eine rosige Zukunft in einer neuen Wohnung mit einem großen Balkon. Karola ist trotzdem sauer. Für seine Pyrmonter Eskapaden hätte er Zeit im Überfluss, aber wenn sie sich auf einen Abend mit ihm freue, sei er unabkömmlich.

„Aber HK Bertram will nicht bis morgen warten."

„Ich auch nicht. Es geht auch ohne dich. Ich werde bestimmt einen Tanzpartner finden, mit dem ich meinen Spaß haben kann."

Sofort fällt Wesemann dieser dämliche Kerl mit der übertriebenen Sonnenbräune und dem Ring im Ohr ein, der Karola immer so anmaßend anlächelt.

„Aber versteh doch, wir können dafür am Wochenende neue Wohnungen ..." Karola hat aufgelegt und nicht mal Tschüs gesagt.

Also HK Bertram statt Karola. Kleiner Trost: schöner heißer Kaffee.

„Wesemann, wir sind Leidensgenossen und Blutsbrüder zugleich."

Was soll das denn jetzt. Rückt HK Bertram gleich mit der Sammelbüchse an, um die Pensionskasse der Beamten aufzubessern?

„Wir werden beide von Verbrechen angezogen wie Motten vom Licht. Wir lieben beide die Gefahr. Wo haben Sie die Champagnerflasche gefunden?"

„Sie haben doch die Flasche aufgespürt." So viel Spott muss sein, auch wenn das Gespräch dadurch nicht beschleunigt wird.

„Wir können es auch dienstlich machen." HK Bertram zieht irgendein Formular aus der Schublade seines Schreibtischs.

„Im Gebüsch hinter dem Seip-Denkmal."

„Schön, schön, das könnte passen. Im Magen von Cord zu Ottendorff wurde ebenfalls GHB gefunden."

„Ach, nee. – Und das bedeutet?"

„Dass die Klärung des Falls in greifbare Nähe gerückt ist. Jemand hat Cord zu Ottendorffs Glückssträhne in der Spielbank beobachtet, ist ihm gefolgt und hat ihn mit K.-o.-Tropfen betäubt. Dann hat er ihm das Geld abgenommen, ihn in die Dunsthöhle geschleift und auf die Treppe gesetzt. Ottendorff ist am CO_2 der Höhle gestorben. Das steht zweifelsfrei fest."

„Also Raubmord?" Wenn's jetzt schnell geht, könnte er es noch halbwegs pünktlich zum Tangokurs schaffen.

„Wir sind dem Täter auf der Spur. Wird sicher nicht allzu schwer sein, Zeugen zu finden, die Ottendorff und seinen Begleiter beim Verlassen der Spielbank gesehen haben."

Wesemann könnte ihm einen Tipp geben: etwa einszweiundsechzig groß, um die fünfzig Kilo schwer und Oberarme wie Spargel zweiter Wahl. Die schmeißt sich also einen Hünen wie Ottendorff über die Schulter und trägt ihn im Laufschritt zur Höhle. Wenn HK Bertram es so will. „Noch irgendwelche Erkenntnisse?"

„Unsere Gerichtsmediziner sind erste Klasse. Sie haben sogar festgestellt, dass Ottendorff seiner Haarpracht nachgeholfen hat. Mit einer Haartransplantation. Das sagt doch wohl einiges."

„Und was gibt es zu dem Windrädchen in seiner Hand?"

„Wie kommen Sie jetzt darauf?"

HK Bertrams Oberkörper schnellt nach vorne.

„Nur so."

„Merkwürdig."

Er lehnt sich wieder zurück. Der Stuhl knarrt. „Da gibt es wirklich einen auffälligen Zusammenhang. Cord zu Ottendorff hatte eine Investorengruppe um sich geschart, die im Tal der Emmer sechzehn Windkraftanlagen errichten will."

HK Bertram zieht eine Schublade seines Schreibtischs auf und holt eine Kekspackung heraus. Bahlsen Summertime. Er grinst, hebt den Deckel ab und animiert Wesemann zuzugreifen. Er selbst nimmt sich ein Waffelröllchen.

„Ein ziemlich umstrittenes Projekt."

„Auch die Gegner der Windkrafträder sind in meinen Beiträgen zu Wort gekommen."

„Heute Morgen wurde der Landwirt gefunden, auf dessen Grund die Windräder errichtet werden sollen."

„Ach." HK Bertram macht ein Gesicht wie kurz vor einer Beförderung.

„Er trieb im Burggraben der Hämelschenburg." Jetzt nimmt sich HK Bertram ein Gebäckstückchen mit Schokoladenraspeln und kaut genüsslich. „Mit dem Kopf nach unten in der grüngrauen Brühe."

„Tot?"

„Toter als tot! Und nun raten Sie mal, was in seinen Hosenträgern steckte?“

„Sein Freischwimmerausweis?“

„Wesemann, Sie sind ein Witzbold. Ein Windrad! Obwohl man hier wohl eher von einem Wasserrad sprechen müsste ... haha, haha ...“

„Hat der Bauer auch einen Namen?“

HK Bertram kramt in seinen Unterlagen. „Thilo Stängelfeld. Verheiratet, ein Sohn, der ist nach Dänemark ausgewandert.“

„Nach Dänemark ausgewandert?“

„Es gibt eben unterschiedliche Geschmäcker!“

„Woran ist er denn gestorben?“

„Wissen wir noch nicht. Die Pathologie begibt sich gerade erst auf ihre Schnitzeljagd.“

„Irgendeine Vermutung?“

„Freiwillig ist er sicher nicht ins Wasser gestiegen. Nach Aussage seiner Frau war er Nichtschimmer, doch er trank gern und viel. Der Mann war über zwei Zentner schwer, Brillenträger. Seine Brille haben wir allerdings nicht gefunden. Ich bin mir etwas unsicher, ob ich dafür die Taucher der Wasserschutzpolizei anfordern sollte. Sie wissen, Steuergelder und so.“

„Also noch ein Toter.“ Wesemann nimmt sich ein Haselnussplätzchen.

„Sie sehen, wir sitzen in einem Boot.“

„Und wer rudert?“

„Sie brauchen eine heiße Story und wir Informationen. Sie wissen schon, Personalmangel, krankheitsbedingte Ausfälle, Urlaub, Schwangerschaften – wenn Ihnen also etwas zu Ohren kommt, sollten Sie uns informieren. Vornehmlich mich. Vielleicht können Sie auch mal Ihr Archiv nach Auffälligkeiten in Zusammenhang mit Cord zu Ottendorff und Windkraftanlagen durchforsten? Schließlich sind die Windräder eine auffällige Verbindung zwischen den beiden Fällen." HK Bertram steht auf und reicht Wesemann die Hand. „Wir bleiben im Gespräch."

„Möglichst nicht mittwochs um diese Zeit."

Warum kann dieser Mensch nicht mal vernünftig lachen?

Wesemann verlässt die Polizeiinspektion. Er ruft Karola an. Ihre Mailbox begrüßt ihn. Ist schon spät. Sicher liegt sie längst im Bett. Aber hoffentlich allein!

Am nächsten Morgen. Am liebsten hätte er Karola schon vor dem Zähneputzen angerufen. Doch das will er ihr nicht zumuten.

„Radio Total, Sie sprechen mit ..."

„Hier bin ich."

„Wer ist ich?"

„Na, ich eben. Hast du gut geschlafen?"

„Ach, du bist es, Hubert. Ich habe wunderbar geschlafen und nur von schönen Sachen geträumt."

„Und der Tangokurs?"

„Nett, sehr nett. Aber auch ein bisschen anstrengend."

„Habe ich dir, äh, auch ein klein wenig gefehlt?"

„Du hast mir ... ich muss jetzt Schluss machen. Melde dich mal wieder."

Die Leitung ist tot. Melde dich mal wieder. Was soll das denn? Er muss in jeder Minute mehrmals an Karola denken und sie ... melde dich mal wieder.

Das Frühstück fällt aus. Er kauft sich bei Engin im Vorübergehen einen Apfel. Schmeckt irgendwie nach Lauch. Wo der Apfel wohl die Nacht verbracht hat.

Hämelschenburg. Hauptwerk der Weserrenaissance. Ein bisschen viel Renaissance, wenn es nach seinem Geschmack ginge. Melde dich mal wieder. Renaissance wie ein Stück Sahnetorte mit einem extra Schlag Sahne obendrauf.

Besuchergruppen bewegen sich in Richtung Eingang. Tägliche Führungen. Am Geländer hinter dem steinernen Eingangstor hängen noch Fetzen vom rotweißen Absperrband der Polizei. Was will er eigentlich hier? Still ruht der Burggraben zu seinen Füßen. Graugrün. Irgendwie unappetitlich. Armer Bauersmann.

Wesemann dreht sich um die eigene Achse. Zurück nach Hameln oder vorwärts nach Bad Pyrmont? Was soll's, für Hameln müsste er das Auto wenden.

Nun steckt er schon wieder in einem interessanten Fall, der hoffentlich Ansehen und neue Aufträge bringt.

Aber da steckt noch ein bisschen mehr dahinter. Er spürt es im Zwerchfell, wenn ihn die Nachricht von einem ungewöhnlichen Todesfall erreicht. Dann steigt wieder dieses aufregende Kribbeln den Rücken herauf. Wie als Kind Räuber und Gendarm spielen. Oder ist seine Neugier einfach ein verlässliches Mittel gegen die Routine? Gegen seine alltäglichen Berichte über Verkehrsunfälle, Frauenchöre und den Kaufkraftschwund. Ach, Karola. Er wendet und fährt zurück nach Hameln.

Windräder. Sicher ein Hinweis des Täters. Oder der Täter. Ein Hinweis mit dem Holzhammer. Aus Erfahrung weiß Wesemann, dass man an diesen Tipps vorbeisehen muss, um hinter die Geheimnisse einer Konstellation zu kommen. Doch es gelingt ihm nicht. Die Windräder haben so offensichtlich etwas mit den beiden Todesfällen zu tun, dass er sich darum kümmern muss. Er bremst seinen Corsa ab, hält unter einem windschiefen Apfelbaum und nimmt sein Handy aus der Jackentasche. Zuerst ist Karola dran.

„Schön, dass du anrufst", sagt sie.

Na, also, sie hat sich wieder beruhigt.

„Baxmann fragt nach deinem Bericht zum Toten im Burggraben."

„Die Nachfrage hat sich in wenigen Minuten erledigt", sagt Wesemann.

„Du auch!" Karola legt auf.

Wesemann ruft seinen Freund Hanno beim BUND an. Der sammelt auch Steine wie sein Sohn Moritz. Geologisch interessante Steine, keine handlichen Wurfgeschosse. Außerdem ist Hanno Vegetarier. Von montags bis freitags, aber das ist jetzt weniger interessant, kommt Wesemann aber immer in den Kopf, wenn er an Hanno denkt.

„Windräder im Weserbergland? Heißes Eisen", sagt Hanno, „sehr heißes Eisen. Daran verbrennt man sich leicht die Finger. Die einen wollen alternative Energie und die anderen eine unverfälschte Landschaft. Aber sonst ..."

„Was ist mit aber sonst?"

„Sonst kenne ich mich damit nicht so gut aus. Ich gebe dir mal die Telefonnummer von Markus Stankowski, der ist unser Fachmann auf dem Gebiet."

Markus Stankowski ist ein auskunftswilliger Umweltschützer.

Er verabredet sich mit Wesemann für den Nachmittag im Böhmerwald-Restaurant. Da soll es heute Marillenknödel mit Mohn, Puderzucker und brauner Butter geben.

„Um fünfzehn Uhr", sagt Wesemann, bevor ihm das Wasser im Mund zusammenläuft und am Sprechen hindert.

Jetzt aber zum Sender, um den Bericht abzuliefern. Baxmann ist im Empfang und hält Timo einen Vortrag über investigativen Journalismus.

Timo kann sich mit Wirtschaftsthemen nicht so richtig anfreunden, er würde lieber Lokales machen und ab und zu auch mal über ein Konzert berichten.

Popkonzert, nicht Pinguinkonzert, damit meint er die Herren im Frack mit Oboe oder Violine oder so.

„Aha, der Wesemann, was gibt es Neues vom toten Bauern? Halten Sie sich ran. Wir müssen handeln. Jetzt. Setzen Sie sich ins Studio und machen Sie einen ersten Bericht. Engagiert, professionell - aber richtig viel Herzblut …"

„… investieren!", ergänzt Timo, der sein gerade Gelerntes gewinnbringend mitteilen will.

… ein grausiger Fund auf der Hämelschenburg. Ein Mann treibt leblos im trüben Wasser des Burggrabens. Die Polizei kann einen Mord nicht ausschließen. Das Opfer ist ein Landwirt aus Hämelschenburg, auf dessen Grund und Boden im Auftrag einer Investorengruppe sechzehn Windkraftanlagen errichtet werden sollen. In den Hosenträgern des Toten steckte ein Windrädchen.

Ein merkwürdiger Zusammenhang zum Fall in Bad Pyrmont. Auch in der Hand von Cord zu Ottendorff, der vor wenigen Tagen in der Dunsthöhle Bad Pyrmonts zu Tode kam, fand man ein Windrad. Könnte es ein Hinweis auf einen Serientäter sein oder zeichnen sich da undurchsichtige Machenschaften im Hintergrund des Windkraftanlagenprojekts im Emmertal ab? Nähere Einzelheiten wurden von der Polizei noch nicht bekannt gegeben. Wir bleiben dran.

Hubert Wesemann für radioTOTAL.

„Ging doch", sagt Baxmann, als Wesemann aus dem Studio kommt. „Nur *undurchsichtige* muss durch *kriminelle* ersetzt werden. – Dem Volk mehr aufs Maul schauen, Wesemann!"

Also muss Wesemann noch mal ins Studio und die geänderte Aussage neu einsprechen.

Markus Stankowski fragt, auf wessen Rechnung die Marillenknödel gehen, bestellt nach Wesemanns großzügigem „Meine" eine große Portion, berichtet dann von seinem Wohlbefinden und dem übervollen Terminkalender. Windkraftanlagen? Heißes Eisen, sehr heißes Eisen. Hat sich wohl mit Hanno abgesprochen, der Mohnbelag der Marillenknödel ist ihm in die Zahnzwischenräume geraten. Erst versucht er, sie mit der Zunge zu befreien, dann greift er aber doch nach einem Zahnstocher. Über Windkraftanlagen ließe sich lange philosophieren. Wesemann weigert sich, eine weitere Portion der köstlichen Knödel zu übernehmen. Markus Stankowski verspricht Wesemann eine E-Mail mit entlarvendem Anhang. Gleich morgen oder übermorgen, wegen der Termine.

Als Wesemann noch einen Mokka ausgibt, ist Markus Stankowski bereit, die Datei am gleichen Abend abzuschicken.

Wesemann will seinen Computer gerade abschalten, da trifft die Datei von Markus Stankowski ein. Wesemann liest und mit jeder Zeile steigt sein Interesse. Schließlich ruft er im Sender an. Baxmann ist noch da. Wesemann berichtet von Markus Stankowskis Informationen. Baxmann ist keineswegs abgeneigt, Wesemann einen Fünfminüter abzunehmen. Ausstrahlung zwischen zwei und drei Uhr, nachts.

Doch als der Bericht schließlich eintrifft, lässt ihn Baxmann in mehreren Kurzeinspielungen ankündigen und setzt ihn auf den Sendeplatz nach den Vierzehnuhrnachrichten. Rechthaberei!

Die Toten in Bad Pyrmonts Dunsthöhle und im Burggraben der Hämelschenburg, so verschieden sie auch sein mögen, verbanden sie doch gleiche geschäftliche Interessen. Beide waren in die geplante Errichtung von sechzehn Windkraftanlagen im Tal der Emmer, unterhalb der Hämelschenburg, eingebunden. Ein umstrittenes Projekt.

Werbeeinblendung für einen Reifenhändler, Sonderangebote bei Edeka, ein Hinweis auf eine Schultheateraufführung.

Die Einstellung zur Windenergie spaltet die Gesellschaft. Wer für Windstrom ist, ist ein Gutmensch, wer dagegen ist, ein egoistisch notorischer Nörgler. Keiner kann allerdings übersehen, wie das Landschaftsbild beeinträchtigt wird und sich die Lebensbedingungen bedrohter Tierarten wie Fledermäuse und Vögel, insbesondere der Greifvögel, verschlechtern. Zu den Leuten mit der ökologischen Brille gesellen sich immer mehr Rechner mit dem spitzen Bleistift. Die Unstetigkeit des Windaufkommens macht es erforderlich, mit der steigenden Anzahl der Windkraftanlagen auch die Anzahl herkömmlicher Kraftwerke zu steigern, die als sogenannte Schattenkraftwerke zur Vermeidung von Spannungsschwankungen parallel betrieben werden müssen. Daraus ergeben sich Aufwendungen für die benötigte Regelenergie durch Zukauf von Strom und die Erweiterung des Hochspannungsnetzes. Wer profitiert also von den Windkraftanlagen? Wir alle. So argumentiert jedenfalls eine rührige Windkraft-Lobby. Aber so einfach wollen sich nicht alle Be-

troffenen vereinnahmen lassen. Hubert Wesemann für radioTOTAL.

Warum ist sein Kaffee bloß immer so schnell kalt? Wahrscheinlich kann ihn die Thermoskanne nicht leiden, überlegt Wesemann, oder es ist gar keine richtige Warmhaltekanne. Heutzutage wird doch alles gefaked.

„Da hat sich einiges bewegt", wird Wesemann am nächsten Morgen von Baxmann empfangen. „Etliche Hörer haben angerufen und gemailt."

Wir sind hierher gezogen, weil das Land wunderschön ist. Wegziehen kann ich jetzt nicht mehr, weil mein Haus nichts mehr wert ist, wenn in unmittelbarer Nähe riesige Windkraftanlagen gebaut werden.

Es ist doch inzwischen bekannt, dass Windräder Industrieanlagen sind, die durch unhörbare Schallwellen Kopfschmerzen, Depressionen, Blutdruckveränderungen, Angst, epileptische Anfälle, Schlafstörungen, also kurz gesagt, schlimme Krankheiten hervorrufen können.

Kein Strom ist so teuer wie der aus Windkraft. Nur die Betreiber verdienen. Der Rest, Mensch, Tier, Natur leidet. Und das alles von unseren Steuergeldern!

„Außerdem haben sich WDR und NDR gemeldet", sagt Baxmann. „Sie wollen sich in unsere Berichterstattung einklinken. Wesemann, wir sind ein Dreamteam!"

Karola hat den Nachmittag freigenommen und lädt Wesemann zu einer kleinen Versöhnungstour durchs Weserbergland ein. Die allgemeinen Sehenswürdigkeiten finden weniger Beachtung, dafür aber die abwechslungsreiche Landschaft. Karola hat sich fürs Wasser entschieden. Weser, Hemeringer Bach, Beberbach, Humme. So geht es durch schattige Wälder mit ersten bunten Blättern an den Bäumen, über abgeerntete Hochflächen, an Wiesen entlang, auf denen Karola Champignons vermutet, die Wesemann für ein Dosengewächs hält, durch kleine Ortschaften und vorbei an einzeln stehenden Bauernhöfen.

Ein herrlicher Nachmittag, doch plötzlich ist man in Bad Pyrmont. Sie parken den Škoda am Schwimmbad. Karola spricht von einem kleinen Spaziergang durch den Kurpark, anschließend einem Bummel durch die Brunnenstraße, und Wesemann wird es allmählich mulmig.

Dann sind Karola die vier Euro Eintritt für einen Kurzbesuch des Kurparks plötzlich zu viel, und sie möchte gleich in die Brunnenstraße.

Wesemann, das Unglück naht!

Karola schaut hier ein wenig, interessiert sich natürlich für das Schuhangebot, bleibt einen Augenblick vor dem Kinderkarussell stehen und betrachtet mit wehmütigem Lächeln das fröhliche Treiben auf der runden Plattform. „Ist es dafür nicht ein bisschen spät?", fragt Wesemann.

„Heutzutage wollen die Kinder nicht mehr so früh ins Bett", sagt Karola geistesabwesend.

„Die Erwachsenen schon", brummelt Wesemann.

Karola sieht ihn überrascht an. Sie setzen sich auf eine Bank in der Nähe des Karussells und dann kommt der gefürchtete Satz, den sich Wesemann mit *Äpfel* vorgestellt hat, der aber mit Trauben kommt: „Ich hätte jetzt so richtig Lust auf ein paar *Trauben*. Lass uns drüben in dem Obst- und Gemüseladen eine Handvoll kaufen!"

Welch ein Zufall, Wesemann, woher hat sie auf einmal diese Lust auf Trauben? Wesemann startet ein verzweifeltes Ablenkungsmanöver: „Ich würde lieber ein Rosinenbrötchen essen. Wie wäre es mit einer Zuckerschnecke oder einem Stück Mohnstrudel für dich?"

„Trauben", sagt Karola und erhebt sich von der Bank. Wesemann muss mit, will sich ein wenig hinter ihr verbergen, doch als sie die Tür zu Linas Laden aufdrückt, greift Karola nach seinem Arm, zieht ihn an sich vorbei und schiebt ihn ins Geschäft.

„Wesemännchen, wie schön ..."

Lina verstummt, als sie Karola sieht.

Wesemann wäre auch verstummt unter ihrem Blick, da möchten sogar die Tomaten blass werden vor Schrecken.

„Wesemännchen?", fragt Karola spitz.

„Wir kennen uns von früher", versucht Lina die Wogen zu glätten, „ich habe die Leiche in der Dunsthöhle gefunden."

„Dann bleiben Sie mal bei Ihrem Toten und vergreifen Sie sich nicht an den Lebenden", sagt Karola.

Lina starrt sie an und knetet die Bananen in ihrer Hand.

„Wollen Sie mir drohen?"

„Könnte ich Ihnen drohen?", fragt Karola.

Wesemann hält Blickkontakt mit der Tür und bleibt auf der Fluchtlinie.

„Sie sind so aggressiv", sagt Lina.

Da wird die Ladentür aufgestoßen, und damit ist die Auseinandersetzung schlagartig beendet.

Jetzt geht es nur noch um den Kauf der Trauben, und Karola ist bei der Auswahl sehr kritisch.

Draußen hängt sich Karola bei Wesemann ein und zieht ihn beschwingten Schrittes weiter die Brunnenstraße hinauf.

„Du bist so still?"

„Ich überlege die ganze Zeit", sagt Wesemann, „warum ich nicht gefragt wurde."

„Ach, Hubert, so etwas muss von Frau zu Frau erledigt werden. Wir haben einfach die besseren Argumente."

„Und wenn ich mit dem Erledigen nicht einverstanden gewesen wäre?"

„Ihr Männer wisst doch nicht, was ihr wollt!" Karola gibt ihm einen Kuss direkt auf den Mund.

Wesemann weiß, dass sie noch vom Laden aus beobachtet werden, und Karola scheint es zu genießen. Sie drückt ihm die Tüte mit den Trauben in die Hand.

Karola ist den ganzen Nachmittag überaus gut gelaunt, Wesemann hat ein flaues Gefühl im Magen. Irgendwie fühlt er sich wie ein Schnäppchen aus dem Second-Hand-Laden, das Karola erobert hat.

Zurück wählt sie den Weg über Grießem und die B 1 nach Hameln. Wesemann ist es ganz recht, so kommen sie nicht an der Hämelschenburg vorbei. Er mag nicht an die Wasserleiche denken.

„Vorgestern habe ich zufällig in der Stadtgalerie meine alte Freundin Heike getroffen …", sagt Karola. Wesemann kennt Gott sei dank keine Heike, nicht von früher und nicht näher.

„Sie hat ein Tuch in einem ganz schrecklichen Lila gekauft, ich hoffe nur, sie will es verschenken."

Wesemann spielt geistesabwesend mit dem Kleinkram in der Ablage des Armaturenbretts.

„Wir haben einen Kaffee zusammen getrunken."

„Kaffee wäre jetzt nicht schlecht", sagt Wesemann.

„Ich hatte einen Milchkaffee und Heike einen Capuccino."

Wesemann biegt aus einer Büroklammer das Haus vom Nikolaus.

Die Büroklammer bricht durch.

„Irgendwie sind wir auf Cord zu Ottendorff zu sprechen gekommen."

„Ach?"

„Ein unangenehmer Mensch. Da waren wir uns einig. Er soll sogar mal was mit einer Vergewaltigung zu tun gehabt haben."

Wesemann schaut Karola an. „Fehlt mir in meinem journalistischen Gedächtnis, darüber ist wohl nichts bekannt geworden."

„Also, Danni ist die Tochter einer Freundin von Heike."

„Es ist grün."

„Bei Grün fährt doch jeder." Karola lacht und tätschelt Wesemanns Knie.

„Du bist wirklich eine außergewöhnliche Frau."

Karola schenkt ihm ein Lächeln, ohne den Blick von der Straße zu nehmen.

„Danni hat als Aushilfe im Café an der Hämelschenburg gearbeitet. Da soll sie auf Cord zu Ottendorff getroffen sein. Eines Abends hat er ihr angeboten, sie nach Betriebsschluss nach Hause zu fahren. So ein alter Sack, er hätte ihr Vater sein können. Die Verabredung haben wohl einige Gäste des Cafés mitbekommen. Ottendorff hat erst im Café rumgesessen und dann im Auto auf Danni gewartet. Über den weiteren Verlauf des Abends gibt es unterschiedliche Darstellungen. Danni behauptet, Cord zu Ottendorff sei trotz ihrer Proteste nicht direkt nach Hameln gefahren, sondern nach Gellersen abgebogen. Kurz hinter dem Ort soll er am Schlierholzberg in einen Forstweg eingebogen sein und sie vergewaltigt haben."

„Für viele Straftaten kann ich mit einiger Phantasie Verständnis aufbringen, aber bei Vergewaltigungen hört meine Vorstellungskraft auf. Wieso macht ein Mann so etwas?“

„Warum fragst du mich? Ich bin kein Mann und von weiblichen Vergewaltigungen ist doch nur in abstrusen Illustriertenberichten zu lesen.“

„Trinken wir noch einen Kaffee zusammen?“

„Es spricht nichts dagegen“, sagt Karola.

„Bei mir oder bei dir?“

„Ich könnte uns ein paar leckere Käsespießchen mit Weintrauben dazu machen.“

„Überredet“, sagt Wesemann.

„Jedenfalls soll Danni einige Tage später mit ihrem Freund bei Ottendorff aufgetaucht sein, um ihn zur Rede zu stellen.“

„Zur Polizei ist sie nicht gegangen?“

„Sie wollte die ganze Sache angeblich ganz schnell vergessen. Nicht so ihr Freund. Schmerzensgeld soll er von Cord zu Ottendorff verlangt haben, eine ordentliche Summe.“

„Dubiose Geschichte.“

„Es kommt noch besser. Ottendorff soll ihnen mit einer Anzeige wegen Erpressung gedroht haben, und als die beiden sich nicht zufriedengeben wollten, hat er ihnen die Tür vor der Nase zugeknallt.“

„Wohl ein bisschen jähzornig, der Mann.“

„Irgendjemand muss die Auseinandersetzung allerdings mitbekommen und die Polizei eingeschaltet haben. Ottendorff ist dann vernommen oder befragt worden. Ich kann mir den Unterschied einfach nicht merken. Doch sein Freund Tenschel hat Ottendorff für den angegebenen Tatzeitpunkt ein wasserdichtes Alibi gegeben. Ottendorff sei zu einer geschäftlichen Besprechung bei ihm gewesen und die hätte den Nachmittag und den ganzen Abend beansprucht."

„Tenschel? Hermann Tenschel", überlegt Wesemann, „der Kreistagsabgeordnete, der sich so vehement für die Windräder an der Hämelschenburg einsetzt?"

„Genau der."

„Merkwürdig."

„Ottendorff hat versucht, Danni bei der Polizei als Stalkerin darzustellen, die ihm keine Ruhe lasse und sich mit ihrer Behauptung von der Vergewaltigung für ihre Abweisung durch ihn habe rächen wollen. Jedenfalls war der Vorwurf gegen Ottendorff damit vom Tisch der Polizei."

„Und Danni?"

„War ihren Job im Café der Hämelschenburg los, und eine Menge Häme hat sie wohl auch noch einstecken müssen."

Sie sind vor Karolas Wohnung angekommen und steigen aus. „Wo sind denn die Weintrauben?", fragt Karola.

Wesemann schlägt sich mit der flachen Hand gegen die Stirn. „Die habe ich am Parkplatz abgelegt, um mir die Jacke auszuziehen, und dann habe ich sie vergessen. Soll ich sie rasch holen?"

„Untersteh dich!"

Die neueste Hörerstatistik ist im Sender eingetroffen. Seit längerer Zeit zeigt sich in Baxmanns Gesicht mal wieder der Anflug eines Lächelns. Die Zahlen scheinen nicht allzu schlecht zu sein. „Was machen unsere Kriminalfälle? Hoppeln wir mal wieder auf der Stelle? Noch immer keine Ergebnisse?" Eine Fehldeutung seines Gesichtsausdrucks. Vielleicht drücken ihn seine

Schuhe? Ein umgänglicher Baxmann wäre auch zu schön gewesen. Er zieht sich in sein Büro zurück.

„Darf ich Sie mal etwas fragen?" Timo verlässt seinen Arbeitsplatz, kommt an den Empfangstresen des Senders und schenkt Wesemann Kaffee in die noch halbvolle Tasse nach. „Mein Praktikum bei einem Radiosender habe ich mir ganz anders vorgestellt. Die ganze Zeit geht drauf fürs Fotokopieren, Unterlagen abheften und Termine machen. Zu meinen eigenen Radioberichten komme ich überhaupt nicht. Haben Sie einen Tipp?"

„Themen gibt es genug, nur haben Chefs wie Baxmann immer weniger Lust, dafür zu zahlen. Die Sendezeit zwischen den Werbeeinblendungen wird mit Moderatorenmonologen, Hörerbefragungen oder Aufrufen zu belanglosen, aber aktuellen Themen gefüllt. Neulich hat ein Gebührensender sogar einen Fotowettbewerb für seine Hörer ausgelobt - die Bilder gingen dann allerdings übers Internet. Fotowettbewerb im Rundfunk - das ist doch wie das Knoten von Krawatten für Einarmige."

„Mit dem Internet kenne ich mich auch aus."

„Du bist ein kluges und wendiges Kerlchen, aber so spontan fällt mir auch keine Story für dich ein", sagt Wesemann.

„Er könnte dir doch bei deinem Pyrmonter Dunsthöhlenfall helfen", wirft Karola ein.

„Ein echter Kriminalfall, das wär's!", meint Timo. Er kaut vor Aufregung auf seiner Unterlippe.

„Das wird mit Sicherheit kein Schnellschuss, dafür braucht man einen langen Atem."

„Macht nichts", sagt Timo, „Hauptsache, ich bin dabei!" Er schaut kurz zu Karola hinüber, Karola lächelt unmerklich, und Wesemann wird das Gefühl nicht los, in eine Falle getappt zu sein. Jetzt hat er Timo am Bein, und Karola wird mit Sicherheit über jeden seiner Schritte informiert.

„Wenn es denn sein muss ..." Wesemann gibt sich geschlagen. „Du könntest dich mal im Umfeld von Danni umhören."

„Danni was?"

„Uhrmann", sagt Karola, ohne von ihrer Tastatur aufzublicken.

Timo greift sich ein Blatt Papier und einen Kugelschreiber. „Mit oder ohne H?"

„Wie man's spricht", sagt Karola.

Timo will protestieren, doch dann sieht er in Wesemanns breites Grinsen und verschluckt die Frage.

In der Mittagspause sehen sich Wesemann und Karola eine Wohnung an. Sedemünder Straße. Nicht gerade Klütviertel, aber auch nicht schlecht. Wesemann könnte sein Umzugsgut fast über die Straße tragen.

Der Vermieter ist dick und über sechzig und empfängt Karola und Wesemann mit einer spindeldürren Frau an seiner Seite. Die Vermieter stellen sich vor, Wesemann sagt Wesemann und Karola sagt Weber.

„Sie sind nicht verheiratet?", fragt die Spindeldürre.

Karola macht schon den Mund auf, um etwas zu sagen, Wesemann stupst sie mit dem Ellbogen leicht am Oberarm. „Sie ist mir zugelaufen."

Der Dicke grinst und seine Frau läuft rot an. Dass es so was in unserer Zeit noch gibt, denkt Wesemann, aber in Hameln ist wohl alles möglich.

„Meine Mutter hat bis zu ihrem Tod in dieser Wohnung gewohnt", sagt der Dicke und geht voraus.

„Als erstes würde ich hier lüften", flüstert Karola Wesemann zu.

Auf dem Boden im Flur ein dunkelvioletter Teppichboden, an der Decke eine Glühbirne an einem weißen Kabel. Im Wohnzimmer steht noch die Polstergarnitur, großes Sofa, zwei Sessel und gefliester Couchtisch. Das Bad ist im Moosgrün der Siebziger gehalten, nur am Zulauf der Badewanne sind die Fliesen mal durch drei hellgrüne ersetzt worden.

„Lass uns ganz schnell wieder gehen." Karola zupft an Wesemanns Ärmel.

„Sei doch nicht so unhöflich!" Wesemann grinst.

Sie sind im Schlafzimmer angelangt. Ein viertüriger Schrank und ein breites Bett in dunklem Kirschbaum. Fliegendreck auf der Lampe.

„Die Möbel können übernommen werden", sagt die Spindeldürre, „alle sehr gepflegt." Die Tapeten elfenbein, früher sicher einmal weiß, mit gelben Teerosen.

Dann allerdings ein wunderbar großer Balkon mit Ausblick ins Grüne, vom Schlafzimmer und Wohnzimmer aus zu erreichen.

Wesemann spürt, wie sich Karolas Widerwille besänftigt. Die Wohnung ist ordentlich geschnitten, Wesemann könnte sich in einem kleinen Zimmer sein Aufnahmestudio einrichten und ein ausreichend großer Keller für die Ablage soll auch vorhanden sein.

„Nicht schlecht", sagt Wesemann zu dem Dicken, „Sie werden doch sicher renovieren, dann sieht auch alles schon ganz anders aus."

„Die Renovierung überlassen wir unseren Mietern", sagt die Spindeldürre, „da hat doch jeder seinen eigenen Geschmack."

Damit ist nach einem kurzen Blickkontakt die Entscheidung der Wohnungssuchenden gefallen. Doch Wesemann will sich die Pointe nicht entgehen lassen: „Und die Miete?"

„Horrende Mieten werden in der Nachbarschaft verlangt", sagt der Dicke.

„Aber so sind wir nicht", ergänzt seine Frau, „uns ist mehr an einem harmonischen Verhältnis mit den Mietern gelegen. Schließlich war es die Wohnung meiner Schwiegermutter."

„Das sind knapp achtzig Quadratmeter", übernimmt ihr Mann das Geschäftliche, „siebenhundertzweiundvierzig kalt, plus zweihundertachtzig Nebenkosten und drei Monatsmieten Kaution."

„Das ist doch fast geschenkt", murmelt Wesemann.

„Eine Garage gehört auch zur Wohnung", sagt die Spindeldürre, „aber die ist noch vermietet. Meine Schwiegermutter war vierundneunzig."

„Dreiundneunzig", sagt der Dicke.

„Dreiundneunzigeinhalb!"

Wesemann und Karola wollen das Ergebnis der Altersbestimmung nicht abwarten und verschwinden. Bis zur Haustüre schaffen sie es gerade noch, bevor sie herausplatzen. „Ich liebe dunkelviolette Teppichböden", sagt Wesemann. „Und erst das Kirschholzschlafzimmer", fügt Karola hinzu, „ein Traum!"

„Ich weiß jetzt alles", werden sie im Sender von Timo begrüßt.

Karola stellt ihre Handtasche auf die Fensterbank und hängt ihre Jacke an die Garderobe.

Wesemann schüttet sich nach kurzem Zögern selbst einen Kaffee aus der Thermoskanne ein.

Baxmann kommt aus seinem Büro.

„Ist gerade reingekommen." Er reicht Wesemann ein Fax: *4 for Love,* A-cappella-Quartett aus Hannover.

„Vier oder four?"

„Woher soll ich das wissen? Finden Sie es heraus. – Warum stehen Sie eigentlich noch rum?", wendet sich Baxmann an Timo.

„Haben Sie nichts zu tun? Sie wissen doch, Praktikantenstellen sind heiß begehrt."

„Ich recherchiere."

„Wesemann, haben Sie den auch schon verdorben?" Damit verschwindet Baxmann wieder in seinem Büro.

„Ich weiß jetzt ..."

„Gehen wir?", fragt Wesemann und wedelt mit Baxmanns Fax, um Karolas Aufmerksamkeit auf sich zu lenken.

„Warum nicht", meint Karola, „wenn keine Wohnungsbesichtigung ansteht ..."

Wesemann schaut Timo an. „Nun zu dir. Wer hat den Panama-Kanal gebaut, die Glühbirne erfunden, dunkelviolette Teppichböden für Wohnungen designt?"

„Woher soll ich das wissen?"

„Du weißt doch alles."

„Alles über Danni Urmann, richtig Daniela Urmann, übrigens ohne H. Sie arbeitet in einer Hannoveraner Praxis für plastische Chirurgie, lässt sich zur MTA ausbilden, ein Beruf mit Zukunft."

Karola wird aufmerksam, Wesemann steckt das Fax in seine Jackentasche. „Auf alle Fälle lässt sich viel Geld damit verdienen."

„Danni Urmann wohnt in Holtensen mit ihrem Freund zusammen. Ein Mike Becker. Mit E, nicht mit Ä. Hat einen Laden für Autodesign in Bad Pyrmont, Lange Wand oder wie die Straße heißt. Unfreundlich. Arrogant. Das war's."

„Woher hast du das alles?" Wesemann nickt anerkennend.

„Kann ich leider nicht verraten", sagt Timo. „Informantenschutz!"

„Aber eine Knarre hast du dir noch nicht besorgt?", fragt Wesemann.

„Wer mit dem Köpfchen arbeitet, braucht kein Schießeisen."

„Wenn's Köpfchen arbeitet, arbeitet wenigstens einer!" Baxmann ist überraschend aus seinem Büro getreten und hat den letzten Satz noch gehört.

Timo wird verlegen und setzt sich wieder an seinen Arbeitsplatz, um Flyer für einen Werbekunden des Senders zu falzen.

Wesemann kauft bei Engin ein. Könnte doch sein, dass Karola nach dem Konzertbesuch noch auf einen Sprung mit in seine Wohnung kommt. Auf einen Sprung, wie sich das anhört, Wesemann, so jung bist du nun auch nicht mehr. Bei Engin gibt es köstliche Kleinigkeiten in Olivenöl, Salzlake oder Kräutertunke. Siebzehn Euro achtzig darf Wesemann seinem türkischen Freund dann auf die ausgestreckte Hand blättern. Keine Kleinigkeit. Und Engin strahlt ihn auch noch an, als habe er die Köstlichkeiten verschenkt.

Noch einen schnellen Mokka, der ist allerdings kostenlos, und dann ab nach Hause.

Als Wesemann von der Deisterstraße in die Bahnhofstraße einbiegt, packt ihn eine kalte Hand direkt ins Genick. Nur bildlich gesprochen, aber eine tolle Formulierung, wie Wesemann findet, will sie sich merken, hat sie aber sofort wieder vergessen. Auf den Stufen vor seiner Wohnungstür sitzt zusammengesunken Vera Winter. Eine ehemals recht aktive und attraktive Umweltschützerin. Wesemann kennt Vera Winter, sie tummelt sich auf verschiedenen Kampfplätzen im Weserbergland. Ihr Vorbild ist Elsa Buchwitz, die sich Anfang der Siebziger Jahre gegen die Zerstörung der Hamelner Altstadt gestemmt und gegen die großsprecherische Allianz aus Parteien, Verwaltung, Firmen und dem größten Baukonzern gewettert hat. Auf ihre Initiative wurde die *Bürgerinitiative Vereinigung Hamelner Bürger zur Erhaltung ihrer Altstadt* gegründet. Die Häuser sollten nicht abgerissen, sondern saniert und renoviert werden. Nach einer Wahl kam es schließlich zur Wende, die neue Mehrheitspartei im Rathaus beschloss die *Altstadterhaltung durch Objektsanierung mit altstadttypischer Erhaltung der Straßenzüge.* Für das Engagement zum Erhalt der Hamelner Altstadt wurde Elsa Buchwitz vom Deutschen Nationalkomitee für Denkmalschutz die höchste Auszeichnung, die *Silberne Halbkugel,* verliehen.

Bisher hat Vera Winter erst den undotierten Umweltpreis der Volkshochschule Weserbergland zuerkannt bekommen. Und mit Hamelns Altstadtsanierung steht noch immer nicht alles zum Besten. Aber

Vera Winters Interesse gilt mehr dem Schutz von Umwelt und Natur, doch im Eifer ist sie ihrem großen Vorbild Elsa Buchwitz sehr ähnlich.

In der Hand hält sie ein Windrad.

Auf den Schrecken folgt die Entwarnung. Sie bewegt sich noch. Sie streckt das Bein aus, wedelt mit dem Fuß, die Zehen scheinen ihr eingeschlafen zu sein. Als sie Wesemann entdeckt, rappelt sie sich auf. „Ich wollte zu Ihnen."

„Wollte oder will?"

„Sie sehen aus, als wäre Ihnen der Leibhaftige begegnet."

„Ich hatte gerade so ein merkwürdiges Déjà-vu-Erlebnis."

„Was Sie alles haben."

Wesemann schließt die Haustür auf, betritt den Flur, Vera Winter bleibt ihm auf den Fersen, sagt dann aber „Augenblick", verschwindet für einen kurzen Moment noch mal nach draußen, taucht wieder auf: „Hab nur noch mal nachgesehen, ob ich mein Fahrrad auch abgeschlossen habe."

Sie steigen die Treppenstufen hinauf, Wesemann öffnet seine Wohnungstür und geht voraus, hängt seine Jacke an die Garderobe, öffnet die Tür zum Wohnzimmer und stellt rasch noch Engins Köstlichkeiten in den Kühlschrank.

„Ich hab mich bis auf die Knochen erschreckt", sagt Vera Winter. Sie sitzt mittig auf Wesemanns Ledersofa, das Windrad hat sie auf die Schale mit den Äpfeln gelegt. Wesemann nimmt sich einen Stuhl, will nach dem Windrad greifen.

„Finger weg", fährt ihn Vera Winter an, „das ist ein Corpus Delicti."

Wesemann zieht seine Hand zurück.

„Das Windrad steckte nämlich im Halsband der toten Katze von Frau Wehner, meiner Nachbarin, und die Katze lag ausgestreckt vor meiner Haustür. Mausetot. - Da gibt es nichts zu grinsen!“

„Mausetot für eine Katze ...“

„Sie sind bekannt als Wortklauber und Haarspalter. Doch an wen soll ich mich sonst wenden? Beim Radiosender hat man mir gesagt, Sie wären für die Todesfälle mit den Windrädern zuständig. Und da bin ich!“

Wesemann schielt auf die Uhr.

Vor dem Konzertbesuch würde er gern noch duschen, aber das Windrad, die tote Katze und Vera Winters energischer Gesichtsausdruck lassen ihn resignieren.

Drei gegen seinen guten Willen.

„Einfach tot, aber Verletzungen konnte man keine erkennen“, sagt Vera Winter.

„Vielleicht wurde sie vergiftet.“ Es schüttelt sie. „Dann wurde ihr das Windrad ins Halsband gesteckt und Katze mit Windrad vor meine Tür geworfen. So eine Gemeinheit. Sie glauben gar nicht, wie Frau Wehner geschrien hat. Erst hat sie geglaubt ...“ Vera Winter zieht ein zerknülltes Papiertaschentuch aus der Hosentasche, Wesemann eilt in die Küche und kommt mit der Küchenrolle zurück. „... ich hätte die Katze überfahren. Ich bin keine geübte Autofahrerin, müssen Sie wissen. Und beim Rückwärtsfahren in unserer schmalen Auffahrt ... Das Flurfenster hat sie mir eingeschlagen und die Mülltonne umgeschmissen, bevor ich ihr überhaupt etwas erklären konnte.“

Wieder ein Griff zur Küchenrolle. Man könnte so ein Blatt vielleicht in mehrere Teile auseinander schneiden, überlegt Wesemann, Umweltschutz fängt bei

Kleinigkeiten an. Er muss Karola anrufen. Das wird nichts mit dem gemeinsamen Konzertbesuch.

„Sag bloß nicht ab“, sagt Karola, „ich habe mir gerade die Fingernägel lackiert.“

„Es geht wirklich nicht. Aber könntest du vielleicht, es ist sicher ein bisschen viel verlangt, aber du kennst dich doch aus mit der Rundfunkarbeit. Es muss auch kein langer Bericht sein ...“

„Ich soll den Rundfunkbericht für dich machen?“

„Es reicht ein ganz kurzer.“

„Und du amüsierst dich ohne mich?“

„Kann ich dir jetzt nicht richtig erklären, vertrau mir, bitte, es ist wichtig. Es geht ...“, Wesemann flüstert ins Telefon, „... um die Todesfälle mit den Windrädchen.“

„Och, Mann, ich habe mich so gefreut.“

„Bitte, ich mach es am Wochenende wieder gut.“

Karola ist sofort hellwach. „Zum Shopping nach London?“

„Einmal Bäckerstraße rauf und runter.“

„Versprochen?“

„Versprochen!“

Und so trifft Wesemann am nächsten Tag im Empfang des Senders auf Baxmann, der ihm sofort mit hochrotem Kopf den *innovativen Konzertbericht* vorspielt:

Netter Abend, charmante Jungs, freundliches Publikum – mehr gibt es nicht zu sagen zu dem A-cappella-Quartett aus Hannover.

Huberta Wesemann für radioTOTAL.

„Wesemann, Sie sind ein ...“

Aber so weit ist es noch nicht. Vera Winter ruckelt sich in eine neue Sitzposition auf Wesemanns Couch und fragt nach einem Glas Wasser.

Wesemann holt gleich eine ganze Flasche aus der Küche, geht noch mal zurück und stellt dann ein kleines Schälchen mit Engins Oliven vor Vera Winter auf den Couchtisch. „Haben Sie vielleicht Feinde?"

„Sicher ist nicht jeder glücklich, wenn er mich sieht, aber eine tote Katze vor der Haustür, das sind doch Mafia-Methoden."

Sie schluchzt.

„Bloß nicht wegschmei…, äh, entsorgen", sagt Wesemann, „die Polizei könnte sich noch für die tote Katze interessieren." Er nimmt sich eine Olive. Die Oliven sind mit Knoblauch gefüllt, er hatte es für Mandeln gehalten und legt die Olive zurück. Eine merkwürdige Allianz: Cord zu Ottendorff als Investor, Thilo Stängelfeld der Grundbesitzer und Vera Winter die Umweltschützerin, vereint in ihrem vehementen Eintreten für die alternative Windenergie. Der Täter muss ein massives Interesse haben, die Windkraftanlagen zu verhindern.

„Das haben sie nicht verdient", murmelt Wesemann vor sich hin. Vera Winter nimmt schon die sechste oder siebte Olive. Knoblauch gehört eben auch zur natürlichen Ernährung. Im Schrank ist noch eine angebrochen Packung Salzstangen, daran wird sich Wesemann halten.

„Wer?", fragt Vera Winter.

„Die Windkraftbefürworter natürlich!"

„Ich bin Solar-Aktivistin!"

Wesemanns Salzstange hält auf halbem Wege von der Packung zum Mund inne. „Und nicht für Windkraftanlagen?"

„Ich habe selber Verstand und lass mich nicht vor den falschen Karren spannen. Die Zukunft der alternativen Energieversorgung liegt in der Solarenergie." Jetzt greift sie auch zu Wesemanns Salzstangen.

Wesemann hört und staunt noch eineinhalb Stunden lang. Dann versucht er, Karola zu erreichen. Sie nimmt das Gespräch nicht an. Wesemann zieht sich in sein Aufnahmestudio zurück.

„... Sie sind ein ... ein ...", Baxmann gerät ins Stottern.

„Sagen Sie nichts ...", fällt Wesemann dem Sendeleiter ins Wort, „... bevor Sie das gehört haben." Er steckt seinen Speicher-Stick in den USB-Anschluss an Karolas Computer.

Baxmann holt tief Luft zur Fortsetzung seines Mitarbeitergesprächs, zu tief. Wesemanns Beitrag beginnt:

Zwei Todesfälle in kürzester Zeit erschüttern unser Weserbergland. Zwei Todesfälle in Zusammenhang mit dem Bau von Windkraftanlagen. Da liegt es doch nahe, den oder die Täter bei den Befürwortern konservativer Energieerzeugung zu suchen. Doch so leicht macht es uns die Branche nicht. Neuerdings steht die Windbranche auch offiziell in direkter Konfrontation zur Photovoltaik-Technik, der Stromgewinnung aus Sonnenlicht. Solaranlagen speisen deutlich weniger Strom ins Netz als Windräder, verursachen aber mindestens die Hälfte der gesamten Ökostromkosten. Und die Nachfrage nach Solaranlagen boomt, weil die Politik sie großzügig fördert. Für jede Kilowattstunde Sonnenstrom bekommen die Betreiber eine feste Vergütung, die deutlich über dem handelsüblichen Strompreis liegt. Droht hier ein Bruderkrieg in der alternativen Energieszene? Es geht um Milliarden und da hört bekanntlich jede Freundschaft auf. Hubert Wesemann für radioTOTAL.

Baxmann wiegt den Kopf. „Den Wesemann muss man nur richtig anpacken, dann kommt er auf Touren."

Karola tastet nach Wesemanns Oberschenkel, kneift leicht hinein. Wesemann lässt sich nichts anmerken.

Baxmann schmunzelt und zieht sich in sein Büro zurück. Timo springt von seinem Stuhl auf, vergewissert sich, dass Baxmann die Tür hinter sich geschlossen hat und ist dann mit drei, vier Schritten am Empfangstresen. „Ich hab noch etwas rausbekommen."

„Du bist aber eifrig", lobt Wesemann den jungen Kollegen.

„Danni Urmann ..." Timo geht zurück an seinen Arbeitsplatz, holt ein kleines Notizbuch. „... ist doch mit diesem Mike Becker zusammen. Der hat jahrelang einen Schlüsseldienst betrieben. So eine Abzockfirma, die es nur im Telefonbuch gibt und die Leute in Notfällen mächtig abkassiert. Als ihm die Polizei zu sehr auf die Pelle gerückt ist, hat er diesen Laden für Autodesign in Pyrmont aufgemacht. Alles nur vom Feinsten."

„Da fällt mir ein", meldet sich Karola, „HK Bertram hat angerufen, er würde dich gern mal treffen. Einfach so, zu einem informellen Gespräch, du solltest es aber nicht vergessen."

„Mit mir?" Timo schaut überrascht.

„Mit Wesemann, natürlich", sagt Karola, „noch ist er die Nummer eins!"

Irgendein Gepolter unterbricht das Gespräch. Es scheint aus dem Treppenhaus zu kommen.

„Gewitter?", fragt Karola etwas ängstlich und Wesemann würde sie jetzt zu gerne in seine Arme schließen.

Da fliegt auch schon die Tür auf, ein durchdringendes „Töröőö" ertönt. Ralle schleppt einen wuchtigen

Gegenstand, stößt einige Male gegen den Türrahmen, bevor er sich umdreht und dem anwesenden Personal des Senders ein strahlendes Lächeln schenkt. „Da bin ich!"

„Wie schön", sagt Karola, doch ihre Stimmlage meint etwas ganz anderes.

„Ich soll hier etwas abgeben." Ralle stellt einen Stuhl direkt vor Wesemanns Füße. Späte sechziger Jahre, aber aufgemöbelt, rostrot bezogene Sitzfläche mit einem Rosenmuster wie ein Linolschnitt. Timo verzieht sich wieder an seinen Arbeitsplatz.

„Den hab' ich restau…, heil gemacht."

„Schön", sagt Wesemann, weil er Ralle am nächsten steht, „wunderbar. Du hast es drauf. Für wen ist der denn?"

Ralle sagt keinen Ton mehr, strahlt Wesemann mit seinem umwerfenden Lächeln an.

„Für mich?"

Ralle nickt, und Karola muss sich eine Hand vor den Mund halten, um nicht vor Lachen herauszuplatzen.

„War eigentlich für meine Freundin Vera. Hat ihr mächtig gut gefallen. Soll ich aber dem netten Mann vom Sender bringen. Dem supernetten."

„Ach, nee", sagt Karola schlagartig ernüchtert, „dem supernetten?"

Wesemann will sich nicht provozieren lassen. Er sieht Ralle an. „Wer ist denn deine Freundin?"

„Vera."

„Und weiter?"

„Nee, der Stuhl bleibt hier."

„Wie heißt deine Freundin mit Nachnamen?"

„Vera Winter. Wir sind Umweltaktive."

„So, so", wirft Karola ein, „Vera Winter findet Herrn Wesemann supernett."

„Sie hat Hubert gesagt“, freut sich Ralle.

„Das ist doch wohl …“, Karola funkelt Wesemann wütend an.

„Du müsstest sie mal sehen“, versucht Wesemann, sie zu beschwichtigen.

„Vera ist hübsch“, empört sich Ralle, „superhübsch.“

„Ich kenne Frau Winter vom Sehen und aus der Zeitung“, sagt Karola und plötzlich lächelt sie, „ich denke mal, du bist in diesem Fall entlastet.“

Wesemann erinnert sich an den Termin mit HK Bertram und macht sich auf den Weg zu seinem Auto.

Beim Einsteigen fällt ihm ein Bindfaden an der Antenne seines Autos auf, der zu einer Laterne führt.

Sehen so die Streiche der Kinder heutzutage aus? Einfallslos. Sohn Moritz hat mal Schweizer Kracher in einer Blechmülltonne explodieren lassen. Das war noch was, aber die Ordnungsstrafe fiel recht saftig aus, und Vater musste zu erzieherischen Maßnahmen greifen. Aber ein Bindfaden … Wesemann löst die Schnur von der Antenne, wickelt sie um seine Hand und nähert sich so der Laterne.

Da tritt Ralle plötzlich hinter einer Infotafel hervor, ohne Törööö, greift nach Wesemanns Arm und zieht ihn hinter die schützende Wand.

„Was soll das denn?“, fragt Wesemann und macht sich los.

„Wir werden verfolgt.“

Ralle geht zur anderen Seite der Tafel und späht auf die gegenüberliegende Straßenseite.

„Hast du dich mit Vera gezankt?“

„Außerirdische“, sagt Ralle.

„Ralle, ich glaube nicht, dass sich die Außerirdischen für uns interessieren.“

„Sie sind überall."

„Wie kommst du denn darauf?"

Ralle tritt wieder hinter die Tafel, hebt einen Arm und zeigt auf das Spiegelbild in der Scheibe des Schaukastens. „Was siehst du?"

„Eine Straßenkarte, Reklamezettel, und deinen Arm, der in der Luft herumfuchtelt."

„Das bin nicht ich. Das ist ein Klon."

„Du meinst Clown?"

„Nein, Klon! Einer wie ich, nur von ganz weit weg."

„Musst du Medikamente nehmen?"

Ralle hört gar nicht hin. Er atmet stoßweise und starrt auf das Spiegelbild. „Welcher Arm ist das?" Er wedelt mit dem Arm durch die Luft.

„Dcin linker?"

„Und welcher Arm ist im Spiegel?"

„Natürlich auch der linke." Wesemann möchte weiter. „Soll ich dich zur Bushaltestelle bringen?"

„Hier", sagt Ralle und hält Wesemann seinen linken Arm vors Gesicht. „Uhr!"

„Schöne Uhr", will ihn Wesemann beschwichtigen.

Ralle tritt wieder vor das spiegelnde Glas und hebt den Arm mit der Uhr. „Der Klon hat die Uhr rechts."

„Quatsch", sagt Wesemann und stellt sich neben Ralle. Er legt seinen Kopf auf die rechte Seite, sein Spiegelbild auf die linke. Er hebt den Kopf, sein Spiegelbild ebenfalls.

„Alles richtig", sagt Ralle und jetzt flüstert er, „sie haben nur rechts und links vertauscht. Kann Vera auch nicht. Aber Vera ist keine Außerirdische."

„Vielleicht eine Überirdische", murmelt Wesemann. So ein Spiegelbild ist wirklich merkwürdig, sogar ein bisschen unheimlich.

„Und was machen wir jetzt?"

„Bring mich ins Stuhlmuseum nach Bad Münder. Da haben Außerirdische keinen Zutritt."

Wesemann kann sich wohl schlecht drücken. Er lädt Ralle in sein Auto und fährt los. Damit scheint Ralle alles Außerirdische vergessen zu haben. Er sitzt guter Dinge auf dem Beifahrersitz, schaut aus dem Fenster, kommentiert das Gesehene und versucht zwischendurch, eine kleine Melodie zu pfeifen.

Als sie am Stuhlmuseum in Bad Münder ankommen, springt Ralle sofort aus dem Auto. Der Anzugträger des Museums kommt ihnen entgegen. „Ich dachte schon, du würdest heute schwänzen?"

„Ich doch nicht", sagt Ralle, „hab' nur Bus verpasst."

SECHS

HK Bertram steckt in einem sonderbaren Fall. Über Nacht hat jemand den kornblumenblauen Zaun an der Hamelner Schleuse auf einer Länge von fast fünfzig Metern grün angesprüht. Moosgrün. Sieht irgendwie interessanter aus, findet auch HK Bertram, ist aber Sachbeschädigung.

HK Bertram bietet Wesemann freiwillig einen Kaffee an. Vorsicht, Wesemann, der will was von dir.

„Gott sei dank, keine neue Leiche", sagt Bertram.

„Doch", sagt Wesemann."

„Und davon erfahre ich erst jetzt? Wer? Wo?"

„Eine tote Katze auf den Treppenstufen von Vera Winter."

„Wollen Sie mich ...?"

„Nein", sagt Wesemann ganz schnell. „Der toten Katze wurde ein Windrad ins Halsband gesteckt."

„Haben Sie sich die Sache angesehen?"

„Ich mag keine toten Katzen."

„Und keine Wasserleichen!" HK Bertram lacht. Beim nächsten Lacher in dieser Lautstärke und Tonhöhe wird ihm Wesemann seine Dienstwaffe entreißen. „Wir sollten unsere Erkenntnisse offen auf den Tisch legen", fährt HK Bertram fort, nachdem er sich an seinem eigenen Lachen verschluckt und ausgehustet hat. „Wir haben zwei Leichen. Cord zu Ottendorff wurde mit GHB betäubt und ist dann in der Dunsthöhle erstickt. Bauer Stängelfeld wurde ebenfalls mit GHB außer Gefecht gesetzt und ist dann im Burggraben der Hämelschenburg ertrunken." Er blättert in seinen Unterlagen. „Wasser in der Lunge. Ansonsten weder Verdächtiges noch Verdächtige im persönlichen Umfeld der beiden. Aber wir geben nicht auf. Nein, so leicht nicht."

„Vielleicht sollte man die Katze auch auf K.-o.-Tropfen untersuchen."

„Damit kann ich mich nicht aufhalten."

Wesemann bekommt noch einen Kaffee. „Ich auch nicht", sagt Wesemann.

HK Bertram muss mächtig auf dem Schlauch stehen, wenn er sich so großzügig zeigt. Wahrscheinlich setzt ihm sein Kriminaloberrat zu.

„Zentrales Thema ist wohl die Windenergie." Die Kaffeekanne ist leer, HK Bertram kann ihr nur noch ein paar Tropfen für sich selber abgewinnen. „Also ist es logisch, den oder die Täter unter den Windkraftgegnern zu suchen."

„Ich bin mir da nicht so sicher", sagt Wesemann, „die Windräder sind einfach ein zu deutlicher Hinweis."

„Und wenn der Täter genauso denkt? Wir müssen der Spur auf alle Fälle folgen."

Den logischen Schluss hat Wesemann zwar nicht verstanden, doch er nickt zustimmend.

„Dabei sollten wir uns nicht in Allgemeinheiten verlieren, sondern auf die konkreten Fälle beziehen. Wer gehört zu den Unterstützern der Windkraftanlagen im Emmertal? Wer verdient daran und wer hat in der Vergangenheit schon mal zu erkennen gegeben, dass er sich vehement gegen den Bau der Anlagen einsetzen will?"

„Und zu welcher Seite gehört die tote Katze?"

„Die tote Katze war sicher als Warnung gedacht. Wenn ich mich recht erinnere, ist Frau Winter eine energische Umweltaktivistin."

„Stimmt. Sie ist für alternative Energiegewinnung, aber nicht so sehr durch Windkraftanlagen. Sie setzt sich für Strom aus Photovoltaik ein."

„Ja, ja", sagt HK Bertram, „so ist es doch immer. Die Befürworter sind keine richtigen Befürworter und die Gegner nur halbe Gegner. Wie soll man da weiterkommen?"

„Vielleicht sollten wir einfach bei unserem ersten Toten anfangen? Cord zu Ottendorff war der Initiator der Windräder an der Hämelschenburg. Allerdings konnte er das Projekt bestimmt nicht alleine stemmen. Es wird eine Investorengruppe gegeben haben."

„Das hab ich mir auch schon gedacht."

„Die Damen und Herren dieser Gruppe müsste man sich mal ansehen."

„Gute Idee, aber ohne irgendeinen begründeten Verdacht kann ich niemanden vorladen. Und hinschicken kann ich auch niemanden. Sie wissen schon, Personalmangel."

„Deshalb wurde ich also herbeordert?"

„Wie kommen Sie denn darauf? Ich wollte mich nur mit Ihnen unterhalten. So ganz ohne Hintergedanken."

Wesemann steht auf, Kaffee kann sowieso nicht mehr nachgeschenkt werden. „Wirtschaftsanalysen sind zwar nicht mein Spezialgebiet, aber mal sehen, was sich erfahren lässt."

Doch heute Abend ist Tangokurs. Also nicht nachdenken, rasieren, frisieren und besprayen und diesen leicht wiegenden Gang eines argentinischen Machos vor dem Spiegel üben. Bist du sicher, dass dir das gefällt? Jedenfalls ist Karola ganz begeistert, als er in der Tanzschule eintrifft. Sofort verlässt sie ihren Hocker an der Bar und kommt ihm entgegen. Aber neben wem hat sie gesessen? Natürlich neben diesem Kerl mit der übertriebenen Sonnenbräune und dem Ring im Ohr. Bestimmt Verkäufer von dubiosen Gebrauchtwagen auf irgendeinem Hinterhof.

Die Tanzlehrerin bittet zur Übungsstunde, stutzt, als sie Wesemann an der Hand von Karola sieht, scheint sich vage zu erinnern und nickt ihm kurz zu. Den Sonnenbänkler begrüßt sie mit Küsschen links und Küsschen rechts.

Natürlich hat Wesemann längst die Grundaufstellung vergessen. Sosehr er sich auch bemüht, kein einziger Schritt will ihm einfallen.

Die Musik beginnt, Karola schmiegt sich in seinen Arm. Links vor oder rechts? Karola zieht ihn mit sich, dann eine kurze, knackige Wendung und Wesemann tritt ihr auf den Fuß. Sie verzieht das Gesicht vor Schmerz, fängt sich aber gleich wieder, doch eine kleine Spitze muss sie noch loswerden: „Schade, die Pumps sind hin. Vierundachtzig Euro."

„Tut mir leid." Wesemann traut sich keinen Schritt weiter. Die Tanzlehrerin kommt heran, legt ihm eine Hand auf die Schulter. „Schauen Sie doch einfach mal zu, dann lernen Sie vielleicht schneller, wie es richtig geht!" Sie winkt den Sonnenbänkler heran. Der zeigt sein ebenmäßiges, weißes Gebiss, Karola schenkt ihm ein Lächeln, er legt seinen Arm um sie und die Musik beginnt von vorn.

Der Sonnenbänkler drückt Karola an sich, dass ihr sicher der Atem stockt, doch sie legt ihre Stirn gegen seine Wange und vollführt mit ihm Giros, Mulinetas und Promenaden, wie die Tanzlehrerin die einzelnen Schrittfolgen ankündigt. „Meine Damen und Herren", ruft sie in den Saal, „denken Sie daran, Tango ist getanzte Sinnlichkeit."

Das scheint dem Sonnenbänkler zu gefallen, Wesemann aber überhaupt nicht. Er hat genug gelernt und setzt sich an die Bar, doch im Spiegel beobachtet er ganz genau Karola und ihren schleimigen Tanzpartner. Bei einer Drehung versucht er sogar, sie zu küssen. Das reicht. Wesemann bezahlt seinen Campari-Soda und verlässt die Tanzstunde. Eifersucht tut richtig weh. Unten im Bauch und oben unter der Schädeldecke. Bestimmt hat er morgen Fieber und kann nicht arbeiten. Aber Karola amüsiert sich. Ihr ist bestimmt nicht aufgefallen, dass er gegangen ist.

Plötzlich spürt er eine Hand, die sich in seine Armbeuge schiebt, ihn festhält und herumdreht. Karola. Sie küsst ihn und es wird ein Kuss, der Wesemann alle Zweifel, Schmerz und Eifersucht vergessen lässt.

„Das war's dann wohl mit dem Tangokurs", sagt Karola, nachdem sie wieder einigermaßen zu Atem gekommen ist, „getanzte Sinnlichkeit ist wohl nicht unser Ding."

„Vielleicht sollten wir einfach mehr Zuhause üben."

„Im Augenblick", sagt Karola, „ist mir mehr nach Tango horizontale."

Das hört Wesemann nicht ungern, allerdings ist er ein wenig unsicher, ob er ihr Bedürfnis nach Zärtlichkeit seinem eigenen Charme oder mehr der Anmache des Sonnenbänklers zu verdanken hat.

Wesemann fühlt sich matt und platt. Er würde gern ein bisschen vor sich hin duseln oder sogar ein wenig schlummern. Doch Karola hat sich an seinen Rücken geschmiegt und knabbert an seinem Ohrläppchen. „Mir ist was eingefallen."

„Mir ist alles recht, nur kein neuer Tangokurs."

„Zu deinen Todesfällen."

„Meinst du, dass ist jetzt der richtige Zeitpunkt?"

„Dass ihr Männer immer so eingleisig seid. Frauen können an alles Mögliche denken und dabei sogar noch einen Apfel essen."

„Ich denke immer nur an dich."

„Und ich an den Apfel." Karola drückt Wesemann einen Kuss aufs Ohr und steht auf. „Willst du auch einen?"

„Ich bin wunschlos glücklich."

Karola holt sich einen und setzt sich zu Wesemann aufs Bett. „Hat HK Bertram schon was herausbekommen?"

„Hm."

„Also nicht. Vielleicht verzettelt ihr euch. Cord zu Ottendorff, der Bauer und jetzt die Katze. Alles wird akribisch untersucht, analysiert und protokolliert."

„Hmm."

„Hinter den meisten Verbrechen steckt zwar ein privates Motiv, aber bei Ottendorff würde ich auf geschäftliche Interessen tippen. Hast du schon herausgefunden, wie so ein Großprojekt finanziert wird und wer zu der Gruppe von Investoren gehört? Da könnten doch Feindschaften entstanden sein, die Ottendorff das Leben gekostet haben."

„Hmm - Hmm - Hmmm."

„Hoffentlich überfordere ich dich nicht gerade", sagt Karola und kriecht zu Wesemann unter die Decke.

Wesemann holt Engins kleine Köstlichkeiten aus dem Kühlschrank und steckt Karola eine Olive zwischen ihre verführerisch gespitzten Lippen. Mit einem leisen Plopp verschwindet die Olive in ihrem Mund. Doch Wesemann ist nicht zu beeindrucken. „Ich muss wohl für einen kurzen Augenblick eingenickt sein", sagt er.

„Ein kurzer Augenblick von zwanzig Minuten."

„Ach, ich hab gar nicht auf die Uhr gesehen." Wesemann greift nach einer Peperoni. Scharf macht scharf? Er beißt in die Schote, der saure Inhalt spritzt über den Tisch Karola auf den Bademantel. Wesemann springt auf, holt eine Küchenrolle und reibt den Flecken trocken.

Karola lacht. „Wie die Fontäne im Kurpark von Bad Pyrmont."

„Seltsam", Wesemann wird nachdenklich, „so im Einschlummern hab ich an Cord zu Ottendorff gedacht. Ich sollte mich bei meinen Ermittlungen nicht verzetteln und mich erst einmal um ihn kümmern. Meist sind es wohl private Motive, die zu einem Verbrechen führen, aber bei Ottendorff würde ich eher auf geschäftliche Interessen tippen. So ein Großprojekt muss schließlich finanziert werden, das braucht Investoren. Da werde ich ansetzen. Wer hat außer Ottendorff noch seine Finger im Spiel? Wie schnell entsteht aus einer geschäftlichen Meinungsverschiedenheit eine bitterböse Feindschaft. Sie könnte doch Ottendorff das Leben gekostet haben."

„Wesemann, Wesemann", Karolas Augen blitzen, „was dir im Traum so alles einfällt."

„Wenn ich mich in einen Fall verbissen habe, lässt er mich einfach nicht mehr los."

Wesemann hat sich telefonisch mit seinem Freund Karl-Wilhelm für vier in einer namenlosen Kneipe in Karl-Wilhelms Nähe verabredet. Karl-Wilhelm ist kein richtiger Freund, eher etwas mehr als ein guter Bekannter. Hat er überhaupt Freunde? Karl-Wilhelm kennt er vom jährlichen Nikolausskat beim Lohnsteuerhilfeverein. Karl-Wilhelm hat im letzten Jahr den

Abonnementsmeister der Vorjahre geschlagen und die Gans gewonnen. Danach sind Wesemann und Karl-Wilhelm noch im Rattenfängerhaus gelandet, aber von dem Abend weiß Wesemann nicht mehr viel. Eine Visitenkarte hat er am nächsten Tag in seiner Jacke gefunden. Karl-Wilhelm Handtke, Karl-Wilhelm mehrmals unterstrichen.

Karl-Wilhelm Handtke ist Filialleiter der Sparkasse und damit Finanzmensch. Der müsste sich doch damit auskennen, wie so eine Investition bei dem Windkraftprojekt gelaufen sein könnte. Karl-Wilhelm freut sich, Wesemann zu sehen. Sie versichern sich gegenseitig, den Abend nicht wieder ausufern lassen zu wollen. „Investitionen in die Windkraftanlage an der Hämelschenburg?" Karl-Wilhelm bestellt die erste Runde. Sie sprechen über das Wetter und die Baustellen in Hameln. Das Bier kommt, man prostet sich zu. „Wie gesagt", sagt Karl-Wilhelm, obwohl er noch gar nichts gesagt hat, „wir saßen bis fast zum Schluss mit am Verhandlungstisch. Dann wurde uns allerdings die Sache zu windig."

Karl-Wilhelm lacht über seinen Wortwitz, Wesemann verzieht ein wenig die Mundwinkel.

„So eine Windkraftanlage wird üblicherweise zu dreißig Prozent von den Eigentümern und zu siebzig Prozent über Bankkredite finanziert. Die siebzig Prozent sollten wir sein, ist dann aber die SBW-Bank aus Bückeburg geworden."

Fakten machen durstig. Wesemann bestellt die zweite Runde.

Jeder hängt eine Weile seinen Gedanken nach. Das Bier kommt, man hebt die Gläser. „Investieren ist die eine Seite", Wesemann wischt sich den Mund ab, „verdienen die andere".

„Der Rubel rollt", sagt Karl-Wilhelm. „Hersteller und Initiatoren solcher Windkraftanlagen haben fast immer die Möglichkeit, Erlöse zu erzielen oder Provisionen zu erhalten, weil die Zahlungen gleich bei der Errichtung der Anlagen fällig werden. Mittelbar profitieren von der Vermarktung der Anlagen auch diejenigen politischen Kräfte, die von der Windbranche finanziell gefördert werden, also eher das grüne politische Spektrum."

„Den letzten Satz werde ich in meinem Radiobericht wohl nicht erwähnen können."

„Besser nicht."

Eine neue Runde rollt an.

Komisch ist das mit dem Biertrinken, denkt Wesemann, erst ist man durstig, dann ist der erste Durst gelöscht, entwickelt man sogar einen gewissen Widerwillen gegen das Weitertrinken, doch dann trinkt man noch einen kleinen Schluck und plötzlich schmeckt es und schmeckt und schmeckt.

„Ich sehe da kein Streitpotential", sagt Wesemann und trinkt den entscheidenden Schluck über den Widerwillen hinaus.

„Das ist doch wirtschaftspolitisch alles abgesichert und rechtlich wohl auch in trockenen Tüchern."

Karl-Wilhelm bestellt eine Runde Hardenberg Korn.

„Du weißt doch, wie Zahlen sind", sagt Karl-Wilhelm, „man kann sie so oder so interpretieren. Zu jedem Windkraftprojekt gehören Pläne. Schöne Pläne, große Pläne, überzeugende Pläne, nur ..."

Und so sendet *radioTotal* am frühen Nachmittag, nachdem Wesemann seinen Kater in Kaffee ertränkt hat, neue Aspekte zu den Todesfällen in Bad Pyrmont und der Hämelschenburg:

Mit aufwändigen Broschüren wird um Kapitalanleger für die Windkraftanlagen im Emmertal geworben. Doch kaum einem Anleger ist das Risiko bewusst, dass er eingeht. Hohe Renditen werden mit den Prognosen beeindruckender Gutachten vorhergesagt. Wind in ausreichender Menge und Stärke stehe zur Verfügung, und zur Veranschaulichung wird das Ganze in überzeugenden Grafiken dokumentiert. Bleibt dann das tatsächliche Windaufkommen einmal hinter der Prognose zurück, so müsse man eben geringere Abstriche an den Gewinnaussichten vornehmen. Doch so einfach ist die Rechnung nicht: Die in einer Luftströmung enthaltene Energie verhält sich proportional zur dritten Potenz der Luftgeschwindigkeit. Ein vermindertes Windaufkommen lässt die Energieerträge also nicht geringfügig sinken, sondern dramatisch abstürzen. Bei einem um zwanzig Prozent geminderten Windaufkommen wäre eine Ertragsausschüttung überhaupt nicht möglich und die Einlagen gingen innerhalb weniger Jahre vollständig verloren. Führen die Spuren in den Todesfällen Cord zu Ottendorff und Thilo Stängelfeld eventuell zu unzufriedenen Kapitalanlegern?

Hubert Wesemann für radioTOTAL.

„Sie brauchen Erholung von Ihren anstrengenden Ermittlungsarbeiten", sagt Baxmann. „Ich hab' da einen interessanten Auftrag für Sie, ein Wolfsabend im Wisentgehege Springe."

Wesemann schaut unauffällig zu Karola hinüber. Fast unmerklich schüttelt sie den Kopf. „So viel Erholung brauche ich nun auch wieder nicht." Er nimmt doch nicht jeden Auftrag an.

„Vielleicht könnte ich...", bringt sich Timo ins Gespräch, „... ich kenne mich aus, war jedes Jahr mit der Schulklasse im Wisentgehege."

„Das nenne ich eine gesunde Arbeitsauffassung." Baxmann klopft seinem temporären Freund auf die Schulter.

„Ich weiß nur nicht, wie ich hinkomme", überlegt Timo.

„Früher sind wir mit dem Fahrrad an einem Sonntagnachmittag bis zur Marienburg gefahren", sagt Baxmann, „und abends zurück."

Timo schaut recht gequält. So vergiftet man das Arbeitsklima.

Wesemann muss nachdenken, vielleicht eine Runde Planschen in der Badewanne, obwohl heute gar nicht Sonntag ist? Doch vorher noch ein kleiner Zwischenaufenthalt bei Engin. Einen Mokka und noch einen und dazu ein paar Köstlichkeiten, diesmal aus dem süßen Bereich. Schließlich nimmt er seine Tasche und verabschiedet sich.

Sollte es eine Vorahnung geben, was die Zukunft bringt, so trifft sie Wesemann genau in dem Augenblick, als er den Laden verlässt. Er hat nicht die geringste Lust, sich in Richtung seiner Wohnung zu wenden. Aber Karola muss noch zweieinhalb Stunden arbeiten und einen Schlüssel zu ihrer Wohnung hat er noch nicht.

Also bleibt ihm nichts anderes übrig. Wie könnte er sich motivieren? Mit dem wohligen Gedanken an eine warme Badewanne und den neuen Badezusatz. Thymian. Hat ihm Karola geschenkt. Oder war es Sesam? Blödsinn, Sesam würde doch in der Wanne kratzen.

Er öffnet die Haustür, steigt die Treppe hinauf und will seine Wohnungstür aufschließen. Der Schlüssel hakt, Wesemann will ihn nicht abbrechen, hat erst neulich von unseriösen Schlüsseldiensten gehört. Plötzlich ist da so ein unbestimmter Gedanke in seinem Hinterkopf, er kann ihn nicht fassen und versucht es vorsichtig noch einmal. Die Tür springt auf. Ein Tropfen Öl ins Schloss wird die kleine Macke beheben. Wird er nicht, wie er kurz darauf mit immer weiter aufgerissenen Augen erkennen muss. Kleidung wurde von der Garderobe gerissen. Auf dem Boden vor der Garderobe türmen sich Mäntel, Jacken, Schal und seine Ersatztasche zu einem wüsten Berg. Im Wohnzimmer scheint eine Bombe explodiert zu sein, der Couchtisch wurde umgeschmissen und die Blumentöpfe von der Fensterbank liegen zerschlagen auf dem Boden. Wesemann ahnt noch Schlimmeres. Auf der Tür zu seinem Aufnahmestudio wurde ein grünes *Raus!* gesprayt.

Er reißt die Tür auf und blickt in ein Chaos. Wie in Trance fahren seine Augen über die zerstörten Geräte, bleiben schließlich am Abflussrohr hängen. Ein Zettel! Groß, weiß, neu! Tränen steigen ihm in die Augen, es dauert eine Weile, bis er die Schrift auf dem Zettel lesen kann: *Verpisch disch! Bei näschstes Mal bischt du dran!* Obwohl es ein wenig unglücklich formuliert ist, weiß Wesemann natürlich, was gemeint ist.

Flur und Wohnzimmer kann man aufräumen, aber die Geräte in seinem Studio sind zerstört. Alles hin, aus, vorbei. Ohne Arbeitsgeräte keine Radiobeiträge und ohne Radiobeiträge kein Einkommen. Er wird hartzen müssen.

Vorsichtig kontrolliert er die ganze Wohnung, ob der Einbrecher vielleicht noch anwesend ist. Erst dann erinnert er sich an die offengelassene Wohnungstür und drückt sie ins Schloss. Nach einem kurzen Zögern schließt er sogar zweimal ab.

Er hat schon über verschiedene Einbrüche berichtet, hat sich aber nie vorstellen können, wie beängstigend eine solche Situation in Wirklichkeit ist. Wesemann lauscht. Die Wasserspülung in der Wohnung über ihm wird betätigt. Lärm von der Straße, den er überhaupt nicht mehr wahrgenommen hatte und dann noch dieses Ticken. Ein unheimliches Ticken, präzise und bedrohlich. Wesemann schleicht durch die Wohnung, findet den Ausgangspunkt des Tickens. Der alte Regulator an der Wohnzimmerwand. Hat er mal mit seiner Ex auf dem Flohmarkt am Weserufer erstanden. Wesemann hält das Pendel an.

Er lässt sich auf die Couch fallen, atmet tief durch. Seine Hände zittern, ihm ist schlecht. Wo ist der Strohhalm, an dem er sich festhalten kann? In seiner Jackentasche. Wesemann holt sein Handy heraus, ruft Karola an. Karola bekommt auf der Stelle Zahnschmerzen, wie sie Baxmann von Timo übermitteln lässt und meldet sich zum Zahnarztbesuch ab.

Nach zwanzig Minuten sitzt sie neben ihrem Wesemann auf der Couch. Der schaut sie mit einem ihr unbekannten, stumpfen Blick an. Er hat nichts denken können, weiß nicht einmal, ob die Zeit bis zu Karolas Eintreffen schnell oder langsam vergangen ist. Karola nimmt ihn in die Arme, sagt „du Armer" und alles ist schon nicht mehr ganz so schlimm.

„Böse Sache", sagt HK Bertram, als sich Wesemann endlich aufraffen kann, ihn anzurufen. „Ich schicke einen Mann von der Spurensicherung. Aber ganz ehrlich, Wesemann, Ihr letzter Radiobericht hat doch jeden schlafenden Hund wecken müssen. Mir kann es nur recht sein, wenn sich etwas bewegt. Hoffentlich Sie auch noch lange." Im Augenblick ist Wesemann sogar HK Bertrams meckerndes Lachen egal.

Karola hat eine Kanne Kaffee gekocht und Tassen mit Untertassen auf den Couchtisch gestellt.

„Das ist alles so unwirklich", sinniert Wesemann, „wie aus einer anderen Welt. Organisiertes Verbrechen, davon liest man doch nur. Und jetzt auch im Weserbergland."

„Nun mach es mal nicht gleich so dramatisch", sagt Karola und schüttet den Kaffee in die Tassen. „Da wollte dir jemand einen Denkzettel verpassen und dich an deinen weiteren Recherchen hindern."

„Hinter meinen Recherchen stehen zwei Todesfälle und bald vielleicht ein dritter ..."

„Ich hol uns rasch ein Stück Kuchen vom Bäcker. Nach Kaffee und Apfelkuchen sieht die Welt wieder ganz anders aus." Karola schnappt sich Wesemanns Schlüssel und ist auch schon weg.

Wesemann löst sich allmählich aus seiner Erstarrung, sieht sich um, steht auf, stellt die Zeiger des Regulators und stößt das Pendel wieder an.

Natürlich war es eine Warnung. Ist er mit seinem Bericht wirklich zu weit gegangen? Dann müsste der Täter oder Auftraggeber direkt aus dem Kreis der Investoren in die Windkraftanlagen an der Hämelschenburg kommen. Oder ist es ein zu offensichtlicher Hinweis, der absichtlich in die Irre führen soll? Wie kommt er jetzt bloß an neue Geräte für seine Rundfunkberichte?

Karola bringt den Apfelkuchen, in ihrem Schlepptau erscheint ein Mann mit einem größeren silbernen Handkoffer. Der Mann von der Spurensicherung. Routiniert macht er sich an die Arbeit und geht Stück für Stück durch die Wohnung. Kommentarlos. Bloß als er abschließend noch einmal das Schloss zur Wohnung untersucht, hält er einen Moment inne. „Das war kein Laie", murmelt er mehr zu sich als zum aufmerksamen Wesemann, „dafür ist das Schloss viel zu kompliziert.

Saubere Arbeit, und schnell musste es auch gehen, konnten doch jederzeit Leute durchs Treppenhaus kommen. Alle Achtung."

Wesemann kann sich der fachlichen Begeisterung nicht anschließen. Wenn es kein Laie war, war es ein Profi. Und Profis machen ihm Angst, zumindest auf diesem Gebiet.

Als der Mann von der Spurensicherung gegangen ist, kehrt Wesemann ins Wohnzimmer zurück. Der Kaffee in der Tasse ist natürlich kalt, aber den Rest hat Karola in einer Thermoskanne gerettet. Der Apfelkuchen schmeckt vorzüglich und ganz allmählich kann sich Wesemann auch wieder seiner anderen Sinne sicher sein. Karola hat ein neues Parfüm.

„Dummchen", Karola tippt ihm auf die Nasenspitze, „das hast du mir selbst bei unserem letzten Einkaufsbummel geschenkt."

„Ich dir?"

„Also, ich hab es ausgesucht und du hast es bezahlt."

„Das waren noch Zeiten. Heute bin ich pleite."

„Ich sorge schon für dich, damit du nicht verhungerst. Notfalls bringe ich dir ein paar Stullen zu deinem Schlafplatz unter der Münsterbrücke."

Karola bietet Wesemann ein vorübergehendes Asyl in ihrer Wohnung. Baxmann zeigt sich von seiner besten Seite. Er hat Wesemann angerufen. Wesemann kann seine Berichte direkt im Sender aufnehmen und schneiden. Zumindest bis sich seine Nerven wieder beruhigt haben. Wenigstens die Anrufweiterleitung aus seiner Wohnung in der Deisterstraße auf Karolas Apparat funktioniert.

Jetzt sitzt Wesemann an Karolas Küchentisch und wartet auf ihre Rückkehr.

Vor sich eine Tasse Kaffee, im Ohr *radioTOTAL* und im Herzen ein mulmiges Gefühl. Jeder Mensch braucht doch schließlich eine Beschäftigung, um sein Selbstwertgefühl nicht zu verlieren. Er hat die Blumen gegossen und die Batterien in der Fernbedienung des Fernsehgeräts erneuert.

Wesemann hört, wie ein Schlüssel in die Wohnungstür gesteckt wird. Wieder schießt ihm ein Gedankenfetzen ganz hinten durch den Kopf. Doch bevor er ihn fassen kann, hat er sich verflüchtigt. Außerdem muss er die Türe aufmachen, Karola hat sich beim Reinkommen mit ihren Plastiktüten verhakt.

Karola schenkt ihm ein Lächeln und einen Kuss.

Sie stellt ihre Einkäufe ab, sieht ihn an, und dann fragen sie beide fast gleichzeitig: „Was gibt es heute zu essen?"

„Hast du nicht gekocht?", fragt Karola.

„Ich dachte, du würdest etwas mitbringen", sagt Wesemann, „ich kann eigentlich gar nicht kochen. Aber den Tisch habe ich schon abgewischt."

„Ich mache uns ein Rührei mit Champignons", Karola nimmt eine Pfanne aus dem Schrank, stellt sie auf den Herd und zieht dann im Flur ihre Schuhe aus. „Morgen kaufst du dir ein Kochbuch."

„Aber nur ein ganz dünnes", sagt Wesemann und knipst die Herdplatte an. Er hat mächtigen Hunger.

„Ich habe Marion im Supermarkt getroffen", sagt Karola, „sie lässt dich grüßen."

„Danke."

Wesemann nimmt die Butter aus dem Kühlschrank und stellt sie auf den Tisch.

„Sie arbeitet in der, Moment, ich hab's mir genau gemerkt, in der Steuerberatungs- und Wirtschaftprüfungsgesellschaft von Wedemeyer und Partner."

„In der Mühlenstraße?"

„Genau."

„Gute Firma, hab ich gehört. Keine anonyme Adresse, da kümmert man sich noch um jeden Mandanten im persönlichen Gespräch."

„Bist du auch ihr Mandant?"

„Ich wüsste nicht, was es bei mir zu beraten gibt."

„Beratungsbedarf besteht immer."

„Ich überleg es mir, wenn wir Doppelverdiener sind."

„Natürlich sind wir auch auf die beiden Toten zu sprechen gekommen, Marion hat deine Radioberichte gehört." Karola schneidet ein Stück von der Butter und streicht sie am Pfannenrand ab. „Sie hat eine Bekannte, die arbeitet bei der WeBe-Holding in Langenhagen."

„Nett."

„Aber jetzt wird es interessant: Die WeBe-Holding verwaltet den Fond für die geplanten Windräder im Emmertal."

„Und die Eier?", fragt Wesemann.

Karola schneidet Zwiebeln und zeigt mit der Spitze ihres Hausschuhs auf eine der mitgebrachten Plastiktüten.

„Soll ich mal mit Marions Freundin sprechen?", fragt Wesemann.

„Sie hat selber nachgefragt. Wollte sich bestimmt erkenntlich zeigen für die kleine Hilfe, die du ihr mal hast zukommen lassen."

Ein Lächeln macht sich auf Wesemanns Gesicht breit. „Und?"

„Nichts Auffälliges, nur ..."

„Mein Gott, sind wir hier beim Gummi-Twist?"

„... der Gutachter für den Standort der Windräder ist kurz vor Ottendorffs Tod von der Investorengruppe verklagt worden."

„Wer war der Gutachter?"

„Danach hat Marion ihre Freundin wohl nicht gefragt."

Wesemann isst, trinkt und hat eine wirre Nacht. Als er am nächsten Morgen aufwacht, ist das Bettlaken neben ihm längst kalt. Er wird sich um den Gutachter kümmern und ruft Karl-Wilhelm von der Sparkasse an. Karl-Wilhelm hat gerade einen brandaktuellen Sparkassenbrief hereinbekommen, den er Wesemann unbedingt empfehlen möchte. Wesemann hat nichts und will nichts. Gutachter für die Windkraftanlagen war ein Dr. Schaffrath aus Eisenach. „Wieso aus Eisenach?", fragt Wesemann.

„Wieso Dr. Schaffrath?", fragt Karl-Wilhelm zurück.

„Weil er Experte ist?"

„Wer sagt das?" Karl-Wilhelm lacht. „Er ist Experte für blumige Worte und bunte Diagramme. Aber sonst hat er sich mit seinem Fachwissen noch nie hervorgetan."

„Er soll von der Fondholding hinter Ottendorff verklagt worden sein."

„Ach, nee. Das überrascht mich, wundert mich aber nicht."

„Wie komm ich an ihn ran?"

„Lass mich das mal machen. Interessiert mich selber. Ich werde mich mit meinen Kollegen kurzschließen."

HK Bertram ruft an. Sie haben eine Frau in Bad Pyrmont ausfindig gemacht, die Cord zu Ottendorff durch die letzten Stunden seines Lebens begleitet hat. Eine erste Tatverdächtige.

Ob sie gestanden hat, will Wesemann wissen. „Noch nicht, noch nicht!", sagt HK Bertram. Und neue Erkenntnisse über den Einbruch in Wesemanns Wohnung hat er auch nicht. „Gibt es überhaupt irgendwelche Erkenntnisse?"

„Eher marginale." HK Bertram weiß sich mit wohlgesetzten Ausdrücken ins rechte intellektuelle Licht zu rücken. „Viele winzige Narben auf der Kopfhaut."

„Akne?"

„Haarverpflanzung."

„Eitler Fatzke."

„Bringt uns aber auch nicht weiter. Sie haben doch von einer toten Katze gesprochen, die dieser Umweltaktivistin vor die Tür gelegt wurde?"

„Vera Winter."

„Es war nicht ihre eigene Katze?"

„Gehörte ihrer Nachbarin, einer gewissen Frau Berner, Wörner oder so ähnlich."

„Merkwürdig. Vielleicht auch völlig belanglos."

Wesemann wartet ab, bis HK Bertram seine Geistesblitze sortiert hat. „Wir haben Frau Stängelfeld über den plötzlichen Tod ihres Mannes informieren müssen. Unangenehme Aufgabe. Mach ich nicht gern. Allerdings haben wir hier keinen Notfallseelsorger, da muss man eben selber ran."

„Aber Herr Hauptkommissar, Sie finden doch immer die richtigen Worte."

„Die arme Frau schien schon erschüttert, aber viel mehr hat es sie aufgeregt, dass ihre Katze seit Tagen verschwunden ist. Ein schwarzes Tier mit einer weißen Pfote vorne rechts. Ich hab ihr versichert, dass ich den ganzen Polizeiapparat aufbieten werde, um nach der Katze zu fahnden. Das hat sie sehr beruhigt, jetzt in ihrer schwierigen seelischen Verfassung."

„Vielleicht sollten Sie selber Notfallseelsorger werden?"

„Wesemann, können Sie wegen der Katze nicht einen kleinen Aufruf im Sender starten? Tiere bringen doch immer Quote."

„Ich werde sehen, was sich machen lässt."

„Ich stehe bei Frau Stängelfeld im Wort", sagt HK Bertram und wünscht einen schönen Tag.

Wesemann ruft sofort bei Frau Winter an. Der Anrufbeantworter springt an. Wesemann bittet um einen Ruckruf und Vera Winter ist dran. Wesemann erkundigt sich nach ihrem Wohlbefinden. Vera Winter hat Schnupfen. Eine Nacht bei der Hirschbrunft im Hochsolling hat ihr neben dem einmaligen Naturereignis eine Triefnase und leichtes Fieber eingebracht. Sie wollte schon längst angerufen haben. Die Katze von Frau Wehner sei wieder aufgekreuzt und die eingeschlagene Scheibe im Flurfenster habe sie auch ersetzt.

„Und die tote Katze vor Ihrer Haustür?"

„Das arme Tier habe ich unten an der Hecke begraben."

„Sie wissen nicht, wem sie gehörte?“

„Keine Ahnung.“

„War das eine schwarze Katze mit einer weißen Pfote vorne rechts?“

„Lassen Sie mich mal überlegen. – Ja, stimmt, weiße Pfote vorne rechts. Woher wissen Sie das?“

„Intuition.“

„Sie müssen den Katzenmörder verhaften. Sofort. Wer Katzen umbringt …“

Wesemann will sich die weitere Karriere eines Katzenmörders gar nicht erst schildern lassen. Mit einem „Bin schon unterwegs“ legt er auf.

Doch er kommt nicht weit, bringt es nicht einmal dazu, sich vom Stuhl zu erheben.

Im Hintergrund läuft *radioTOTAL* und dann eine vertraute Stimme:

„Guten Morgen, meine Damen und Herren. Das Weserbergland erlebt einen wunderschönen Herbstmorgen. Die Nebel sind gewichen, die Sonne scheint und am Mikrofon begrüßt sie eine neue Moderatorin. Mein Name ist Karola Weber …“

Wesemann, jetzt musst du dich beweisen, sonst wirst du noch zu ihrem Assistenten abgestempelt.

Karl-Wilhelm schreibt eine SMS: Ruf bitte zurück, mein Akku ist leer. Banker wissen eben, wo sie sparen können.

Wesemann stellt die Kaffeemaschine an und wählt Karl-Wilhelms Nummer. „Manchmal hast du wirklich ein Näschen“, sagt Karl-Wilhelm, „alle Achtung! Ich habe mich ein wenig bei befreundeten Kollegen umgehört und interessante Neuigkeiten erfahren.“

Und dann reicht sein Akkustand sogar für eine längere Schilderung.

Wesemann schreibt Stichpunkte mit und eilt dann in den Sender. Er winkt Karola einen Gruß durch die Scheibe ihres Moderatorenstudios zu. Sie sieht mit den Kopfhörern auf den Ohren einfach professionell aus. Karola winkt zurück, bleibt aber konzentriert bei ihrer Moderation.

Wesemann verschwindet im Aufnahmestudio und braucht fast eine Stunde für seine Aufzeichnung, doch dann geht ein Bericht über den Sender, der selbst HK Bertram das Lachen vergehen lassen wird.

Nachdem Investoren mit schicken Hochglanzprospekten und lukrativen Gewinnaussichten für die Windkraftanlagen im Emmertal geködert waren, stellten sich die Grundlagen der Berechnungen als gewollter oder ungewollter Irrtum heraus. Der Grund und Boden, auf dem die Windkraftanlagen errichtet werden sollten, ließ keineswegs die Errichtung von einhundertachtzig Meter hohen Windrädern zu. Nach weiteren Erkundungen der Bodenbeschaffenheit und aktueller Berechnung durch einen neutralen Gutachter, können nur Windräder mit einer maximalen Höhe von neunzig Metern errichtet werden. Der bisherige Gutachter aus dem Thüringischen hat Insolvenz angemeldet, vermutlich, um sich vor Schadenersatzforderungen zu schützen.

Mit der Begrenzung auf kleinere Windkraftanlagen dürfte das ganze Projekt Emmertal in wirtschaftliche Schräglage geraten sein. Nach Insidermeinung müssten die Investoren ihre Gewinnerwartungen nicht nur kürzen, sondern gänzlich abschreiben, da sich mit der geringeren Windausbeute keine Überschüsse mehr erzielen ließen. Enttäuschte Erwartungen können ein starkes Motiv für kriminelle Handlungen sein.

Wir bleiben dran, Hubert Wesemann für radioTOTAL.

„Großartig, Wesemann", sagt Baxmann, „den Bericht werden wir noch dreimal wiederholen und bestimmt auch an andere Sender weiterverkaufen. Man wird uns noch kennenlernen in Deutschland. Bleiben Sie dran!"

In wenigen Minuten wird Karolas Moderatoreneinsatz beendet sein. Wesemann setzt sich vors Studio und wartet.

Karola scheint ein wenig erschöpft von ihrer ersten Live-Moderation. Doch bei näherem Hinsehen sieht sie weniger erschöpft als besorgt aus.

„Ist was?", fragt Wesemann. „Hat sich jemand beschwert, weil ich bei dir wohne?"

„Es geht mir nicht aus dem Kopf. Nach deinem letzten Enthüllungsbericht ist dein Aufnahmestudio verwüstet worden. Und was kommt jetzt?"

Wesemann hat schon gar nicht mehr an die Drohung gedacht: *Verpisch disch! Bei näschstes Mal bischt du dran!*

„Aber aufgeben?", fragt Wesemann.

„Nicht aufgeben, nur vorsichtiger sein. Bei mir bist du wohl im Augenblick sicher untergebracht. Aber zurück in die Deisterstraße kannst du auf keinen Fall. Wir brauchen eine neue Wohnung." Sie zieht Wesemann mit sich, steuert mit ihm die Fußgängerzone an und dann das Café der Dewezet. „Du kannst schon mal zwei Milchkaffees besorgen, ich kümmere mich um den Wohnungsteil der Zeitung."

Frauen sind pragmatisch, stellt Wesemann fest. Als er an den Tisch zurückkommt, liegt da ein bunter Prospekt in der aufgeschlagenen Zeitung. „Das wird unsere Couch zum Relaxen", sagt Karola und tippt mit dem Finger auf eine sündhaft teure Kombination aus hellbraunem Leder, Zweisitzer, Zwischenablage und Récamière.

„Ist die nicht ein bisschen zu …“, versucht Wesemann seine Bedenken einzubringen.

„Nein“, sagt Karola, „ich habe auch schon die passende Wohnung dazu.“ Sie schlägt mit einer weit ausholenden Bewegung die Zeitung auf. Der Zeitungshalter stößt an die Kaffeetasse und bringt den Inhalt ins Schlingern.

„Wo?“, fragt Wesemann.

„Hier“, sagt Karola und tippt auf eine kleine Textanzeige.

Eigentlich hat Wesemann Sehnsucht nach seiner alten Wohnung. Mit durchgesessenem Ledersofa und ohne Récamière. Er könnte seine Wohnungstür sichern lassen. Vielleicht ließe sich auch noch was vom Aufnahmestudio retten. Dann brauchte er sich nicht immer bei Baxmann zu bedanken. Strom und Heizung zieht er ihm doch sowieso vom Honorar ab.

Am nächsten Morgen findet sich Wesemann plötzlich in der Deisterstraße wieder, eigentlich ohne jede Absicht. Verlockende Angebote im Reisebüro, eine Woche Türkei für neunundneunzig Euro. Er könnte auch seine Armbanduhr anbieten. Im Goldankauf nebenan. Seine Armbanduhr hat nicht mal neben Gold gelegen.

Engin strahlt, als Wesemann seinen Laden betritt. Sofort wird ein Mokka gebrüht. Ein Teller mit honigsüßen Köstlichkeiten darf natürlich auch nicht fehlen.

„Hast du Bleibe?“, fragt Engin, „sonst ich könnte dir anbieten bei meiner Großtante.“

Wesemann winkt ab, trinkt vom Mokka, verbrüht sich fast die Lippen. „Ich komm schon klar.“

„Aber nichts ist wie Deisterstraße“, sagt Engin.

Wesemann nickt, sieht sich um. Ist das nun Vertrautheit oder schon Heimat? Nach so kurzer Zeit? Der Postbote bringt die Post herein. „Wie war der Urlaub?“, fragt er Wesemann. Eine Antwort erwartet er nicht, ist schon wieder weg.

„Ich würde gern zurückkommen.“ Wesemann schaut durch die Schaufensterscheibe nach draußen. Auto hinter Auto.

„Du fehlst uns“, sagt Engin. Ein wahrer Freund.

„Du weißt, was mit meiner Wohnung passiert ist?“

„Spricht sich rum.“

„Irgendwie ein mulmiges Gefühl, da wieder einzuziehen.“

„Sicher nicht ganz ungefährlich. Soll ich Wachdienst organisieren?“

„Bestimmt nicht nötig.“

„Wer weiß. Hier treiben sich Typen rum.“

„Was meinst du damit?“

„Nichts Genaues. Nur so. Fährt ein auffälliges Motorrad. Eine Ducati Multistrada.“

Wesemann schaut Engin ratlos an. Jetzt ein Foto von ihm wäre der Brüller auf Facebook.

„Ist am Abend nach Einbruch noch zweimal hier gewesen. Und gestern Nachmittag auch. Sah aus wie Kontrolle. Straße rauf, runter, rauf, runter. Oder vielleicht auch Warnung, weil so auffällig?“

„Kennst du ihn?“

„War schräger Typ, aber tolle Maschine.“

„Ducati was?“

„Ducati Multistrada. Schönes Frau auf dem Tank mit langes blondes Haar.“

„Zu zweit auf dem Motorrad?“

„Frau war Bild. Gemalt mit Sprühlack.“

„Airbrush?"

„Ich kann kein Englisch, zwei Sprachen reichen. Wenn du willst, ich kann Cousin Faruk fragen, wer macht."

Wesemann trinkt seinen Kaffee aus. „Gelegentlich." Er steht noch ein bisschen unschlüssig im Laden herum, geht dann zur Tür. Engin folgt ihm. Draußen tritt Wesemann mit einem Schritt auf die Straße, schaut zu seiner Wohnung hinauf. „Ob die Wasserspülung noch so rauscht?"

„Komm wieder her, wir passen auf dich auf."

„Ach, ja." Wesemann seufzt.

„Ich hab noch Notrufanlage mit zwei Stationen. War für Onkel in Türkei, hat aber nicht mehr gebraucht. Sitzt jetzt im Gefängnis. Du musst bloß einen Knopf drücken und jemand von uns ist da."

Wesemann sieht Engin an, eine ganze Weile, dann nimmt er ihn spontan in seine Arme.

„Du gehörst sozusagen zur Familie", sagt Engin. Er hat Tränen in den Augen.

„Hast du gekocht?", fragt Karola, als sie am Abend aus dem Sender kommt.

„Ich habe mir etwas überlegt", sagt Wesemann. Karola nimmt sich einen Stuhl und setzt sich ihm gegenüber an den Tisch. „Ich brauche keine Récamière."

Karola sieht ihm in die Augen, lächelt. „Es ist dir alles zu nah? Und eine neue Wohnung möchtest du auch nicht?"

„Noch nicht", sagt Wesemann. „Ich mag nicht Himmelhochjauzend und dann wieder ganz tief im Keller landen."

„Versteh ich." Karola steht auf und packt die Einkaufstüten aus. „Ich kann meine Selbstständigkeit auch noch nicht aufgeben. Außerdem bin ich noch nicht einmal geschieden."

„Zwischen uns bleibt aber alles wie es ist?", fragt Wesemann.

„Es wird doch von Tag zu Tag besser. Und deine Handynummer hab ich auch."

„Dann lass uns feiern und heute Abend essen gehen." Wesemann gibt Karola einen Kuss, der sich ein wenig hinzieht, schließlich in zwei Scheiben Toastbrot mit Spiegeleiern endet und einer Obstschale auf der Bettdecke.

„Ich denke gerade etwas ganz Verrücktes." Wesemann dreht sich wieder zu Karola. „HK Bertram hat berichtet, dass Cord zu Ottendorff eine Haarverpflanzung hinter sich hatte."

„Frauen stehen auf Männer mit vollem Haar."

„Über diese Danni Urmann hat Timo doch herausbekommen, dass sie in einer Praxis für Schönheitschirurgie in Hannover arbeitet."

„Du meinst …?"

„Sie hatten Ottendorff doch schon einmal zu erpressen versucht und sind abgeblitzt. Vielleicht wollten sie Rache. Angenommen, Ottendorff hat sich vor Dannis Zeit die Haare in der Praxis in Hannover verpflanzen lassen und sie hat seine Unterlagen mit Fotos zufällig gefunden."

„Wesemann, du hast zu viel Phantasie."

„Danni Urmann schickt ihren Freund vor, diesen Mike Becker. Er droht Ottendorff mit Veröffentlichung der Fotos im Internet, kassiert, teilt mit seiner Freundin und eröffnet von seinem Anteil diesen Laden für Autodesign in Bad Pyrmont."

„Das scheint mir doch ein wenig abwegig, Ottendorff hatte Danni doch als Stalkerin angezeigt."

„Was weiß ich denn? – Die beiden wollten sich eben rächen, und Mike Becker hat Ottendorff nach einem seiner regelmäßigen Besuche des Spielkasinos abgepasst, um ihm zuzusetzen. Er hat eine Weile warten müssen, bis Cord zu Ottendorff alleine auf der Bank an der Dunsthöhle gesessen hat. Dann stellt er fest, dass Ottendorff ganz benebelt ist und nichts mehr so richtig mitbekommt. Er durchsucht Ottendorffs Taschen, findet den Rest von Ottendorffs gewonnenem Geld und will …"

„Ich muss morgen früh raus."

„… will eine offensichtliche Todesursache vortäuschen, um nicht selbst in Verdacht zu geraten. Vielleicht hat ihn ein Zeitungsausträger oder jemand vom Wachdienst bei der Verfolgung Ottendorffs gesehen. Selbstmord scheint ihm die plausibelste Lösung! Selbstmord wird schnell akzeptiert und verhindert allzu genaue Nachforschungen."

„Die Dunsthöhle war abgeschlossen! Kannst du bitte das Licht ausknipsen?"

„Stimmt", sagt Wesemann und betätigt den Lichtschalter. Er kuschelt sich an Karola. „Gute Nacht." Sie atmet bereits gleichmäßig.

„Was ist denn nun schon wieder?" Karola scheint ziemlich sauer, als Wesemann an ihrer Schulter rüttelt.

„Mir ist noch etwas eingefallen. Dieser Mike Becker hatte doch so einen obskuren Schlüsseldienst. Vielleicht hat er immer so ein Werkzeug dabei, mit dem man fremde Türen öffnen kann. Damit hat er die Dunsthöhle aufgeschlossen und Ottendorff hineinverfrachtet. Warum bin ich bloß nicht früher darauf gekommen?"

„Später hätte mir auch gereicht." Karola dreht sich auf die andere Seite.

„Und das Windrad in Ottendorffs Hand?", murmelt sie noch.

„Vielleicht ein Ablenkungsmanöver."

Karola drückt auf die Beleuchtung des Weckers neben dem Bett. „Nur noch fünf Stunden. Lass mich jetzt bitte schlafen, auch wenn dir noch die beste aller Lösungen für den Tod des Bauern einfallen sollte."

„Ja, der tote Bauer." Und damit ist Wesemann noch vor Karola ins Reich der Träume entschwunden.

Karola braucht eine ganze Weile, um sich über seine dauernden Störungen zu beruhigen. Bei einer gemeinsamen Wohnung müsste man über getrennte Schlafzimmer nachdenken.

Ja, der tote Bauer. Wesemann isst zum Frühstück ein Brot mit Erdbeermarmelade. Er vermisst seine Nutoka Schokoladencreme. Aber der Kaffee, den Karola in einer Thermoskanne auf den Tisch gestellt hat, ist heiß und stark.

Wesemann fährt in die Deisterstraße. Stellt sein Auto ab, begrüßt Engin. Der Türke strahlt ihn an. Wesemann hat es jetzt eilig, will in seine Wohnung. Vor der Tür kramt er nach seinem Schlüssel, das Schloss hakt. Tut es immer, Türe anziehen, Schlüssel umdrehen und dann mit einem Ruck ... Nichts. Wesemann zieht den Schlüssel aus dem Schloss, überprüft ihn, danach das Schloss, tritt dann einen Schritt zurück und betrachtet die ganze Tür. Neu! Sieht stabil aus. Mit einem Spion in der oberen Hälfte des Türblatts. Solide. Unter dem Spion klebt ein Zettel: *Für Wesemann: Schlüssel beim Vermieter.*

Die Investition hätte er dem Geizkragen gar nicht zugetraut. Der Vermieter wohnt im Nebenhaus. Quatscht Wesemann gleich voll. Von wegen außergewöhnlicher Persönlichkeit, er wäre stolz, einen so bekannten Journalisten als Mieter zu haben und man könnte heute nicht vorsichtig genug sein. Die Tür müsste mit vier Umdrehungen abgeschlossen werden, dann würden sechzehn Sicherungen einrasten und die Nachbarschaftshilfe hätte auch funktioniert. Der Inhaber des Obst- und Gemüseladens hätte seine Beziehungen genutzt und eine Sicherheitstür mit kleinen Mängeln besorgt, aber die lägen mehr innen und teuer genug sei sie trotzdem noch gewesen.

Wesemann wischt sich die Stirn, als er wieder auf der Straße steht.

Er kann keine Beschädigungen an seiner Tür erkennen, als er sie von innen abschließt. Wüstes Durcheinander in der Wohnung. Alles liegt drunter und drüber. Wer soll das bloß aufräumen? Sein Handy klingelt. „Am Wochenende …", sagt Karola, „… am Wochenende werden wir deine Wohnung wieder auf Vordermann bringen. Für morgen habe ich übrigens einen Termin in der Schönheitspraxis in Hannover vereinbart. Eine Vorbesprechung."

„Ich mag dich, so wie du bist."

„Ich mich doch auch. Aber ein gewisser Herr Wesemann braucht Informationen."

Es lohnt erst gar nicht, mit dem Aufräumen anzufangen, entscheidet Wesemann, nachdem Karola das Gespräch beendet hat. Er kämpft sich durch das Chaos bis zu seinem kleinen Aufnahmestudio durch und schaut sich den Schaden dieses Mal genauer an. Die meisten Geräte weisen, wenn überhaupt, nur äußerliche Schäden auf. Doch das Wichtigste, sein Aufnahmegerät fehlt. So sehr er auch in allen Ecken sucht, es ist und bleibt verschwunden. Sicher kann er sich so ein Teil im Sender ausleihen. Zu teuer, um sich ein neues anzuschaffen.

Er verlässt die Wohnung mit recht großem Optimismus, geht zu Engin. Ohne große Worte zu machen, nickt er ihm ein Dankeschön zu. Engin versteht, „Ist schon Okay", und holt zwei frisch gebrühte Mokkas.

Engins Frau Fatima hat auch schon nach Wesemann gefragt und lässt ihm schöne Grüße ausrichten. Dazu stellt Engin einen Teller mit Süßigkeiten vor Wesemanns Mokkatasse.

„Ich zieh wieder ein", sagt Wesemann, „gleich morgen."

„Ab elf ich kann dir helfen", sagt Engin, „ich schicke Freunde. Dann alles ratzfatz."

„Das ist wirklich nett."

„Und die Notrufanlage vergesse ich auch nicht."

„Brauche ich die denn überhaupt, bei der Tür?"

„Du weißt nicht, wer ist Bedrohung."

Wesemann nippt an seinem Mokka und nimmt sich eine honiggelbe Köstlichkeit mit Mandelsplittern.

„Faruk hat angerufen. Wegen Malerei auf Ducati Multistrada. Moment." Er beugt sich unter die Kasse, zieht einen Zettel mit einer handschriftlichen Notiz hervor und legt ihn neben Wesemanns Tasse. *Mike Becker – Airbrush.*

„In Pyrmont, sonst Faruk weiß auch nicht."

„Aber ich", sagt Wesemann. Er schlägt in seinem Notizbuch nach und findet Timos Informationen. Bad Pyrmont, Lange Wand. „Bis morgen dann." Er nimmt Engin kurz in den Arm.

„Wir uns freuen."

Engin bringt Wesemann zur Tür.

Wesemann fährt nach Pyrmont. Lange Wand. Komisch, nicht nur der Name. Eine Straße wie eine Büroklammer, nicht einfach so geradeaus. Mikes Ladenlokal, eines vom Feinsten. Frisch, sauber, einladend, innovativ. Auf dem Rolltor eine Szene aus dem Wilden Westen mit Kakteen, Kojoten und untergehender Sonne. Vor dem Tor ein Auto mit tollen Bildern auf den Türen. Flammen züngeln aus dem Bodenblech, Zielflaggen haben sich auf der Motorhaube ausgebreitet, sogar die Felgen sind im Rennstil gestaltet. Rechts daneben ein Motorrad. Eine Ducati Multistrada. Eine Frau mit wehendem Blondhaar auf dem Tank. Also *die* Ducati Multistrada!

Wesemann betrachtet das Motorrad und die Zeichnung von allen Seiten, zeigt sich interessiert. Jetzt müsste doch eigentlich jemand kommen, um ihn nach seinen Wünschen zu fragen. Nichts rührt sich. Wesemann schlendert zur kleineren Glastür neben dem Rolltor. Inhaber Mike Becker. Er betritt den Verkaufsraum, kann gerade noch sehen, wie ein jüngerer Mann in einem Nebenraum verschwindet. Auf dem Verkaufstresen eine Klingel. Wesemann drückt auf den Knopf, es dauert eine Weile, bis die Türe des Nebenraums wieder aufgeht. Ein älterer Mann in einer blauen Latzhose kommt nach vorne. Er trägt Handschuhe und einen Mundschutz, scheint ganz plötzlich von der Arbeit abgerufen worden zu sein.

„Sie wünschen?"

Wesemann, lass dir etwas einfallen oder nimm den Standard: „Ich bin Radiojournalist und auf das Geschäft aufmerksam geworden. Ich würde gerne einen Bericht für *radioTOTAL* über das tolle Unternehmen machen." Unternehmen ist vielleicht ein bisschen hochgegriffen, aber wer lässt sich nicht gern schmeicheln?

„Moment", sagt der lindgrüne Mundschutz. Der Mann dreht sich um und verschwindet im Nebenraum. Es dauert eine Weile, bis er zurück ist. „Es tut mir Leid, der Chef ist nicht da."

„Aber Sie haben doch gerade mit jemandem gesprochen."

„Das geht Sie gar nichts an. Der Chef ist nicht da und damit basta!"

„Dann mache ich den Bericht eben ohne ihn."

„Kann Sie keiner dran hindern."

Wesemann verlässt das Geschäft, geht zu seinem Auto. Die ganze Zeit hat er das Gefühl, beobachtet zu werden. Wenn er nun schon mal da ist, kann er auch in der Brunnenstraße vorbeischauen. Man soll sich seine Informanten warm halten.

Von Wärme ist nichts zu spüren, als er Linas Laden für Obst und Gemüse betritt. Mit diesem Blick könnte sie Eis produzieren. „Sie wünschen?“

„Ach, Lina, ich kann doch nicht auf zwei …“

„Williams-Christ-Birnen sind heute im Angebot.“

„Pack mir einfach was ein.“

Doch Lina rührt sich nicht. „Du bist ein richtiges Weichei! So, das musste raus.“

„Und jetzt?“

„Ist mir besser.“

„Weißt du etwas über diesen Airbrush-Laden in der Langen Wand?“

„Als der eröffnet hat, wurde viel spekuliert. Dass so ein junger Mann an so viel Geld für ein solches Geschäft kommen kann. Und viele Kunden hat er wohl auch nicht. Aber er hält sich.“

„Vielleicht hat ihm jemand das Geld gegeben oder zumindest geliehen?“

„Das möchtest du wohl wissen?“

„Wäre wirklich ganz interessant.“

„Ich könnte mich für dich umhören.“

„Das wäre nett.“

„Genauso nett wie du!“ Das klang allerdings ein wenig zynisch. Wesemann verabschiedet sich mit einem Küsschen auf Linas linke Wange. Aus den Augenwinkeln sieht er, wie Lina lächelt und ganz leicht den Kopf schüttelt.

Er fährt durchs Emmertal nach Hameln. Thal, Welsede, Amelgatzen … Hämelschenburg. Wenn er schon mal da ist, kann er sich auch den Fundort von Bauer Stängelfeld noch einmal ansehen. Vielleicht kommt ihm eine erhellende Idee am Ort des Geschehens. Er stellt sich auf die Brücke über den alten Burggraben, schaut in die graugrüne Brühe. Und die Erkenntnis? Stockenten haben einfach keinen Charakter, sie schwimmen wohl in jeder Brühe und gründeln nach allem, was fressbar ist.

Zurück zum Auto. Er ruft im Sender an. Karola ist nicht anwesend, hat sich zu einem Termin in Hannover abgemeldet. Timo muss seine Unterlagen durchsehen, findet die Adresse dann in der Onlineablage unter *Toter Bauer:* „Thilo Stängelfeld, Hämelschenburg."

„Und weiter?"

„Weiter nichts."

„Danke", sagt Wesemann, „du hast mir sehr geholfen." Man soll Auszubildende nicht verunsichern.

Allerdings gibt es auch keine allzu große Straßenauswahl in dem kleinen Ort. Er biegt in die erstbeste Straße ein, eine Frau schneidet in ihrem Vorgarten verblühte Rosen aus einem Strauch. „Thilo Stängelfeld? Der ist tot. Sein Hof? Einfach geradeaus, bis es nicht mehr weiter geht."

Ein bisschen heruntergekommen die Gebäude. Überall liegt etwas rum. Ohne Ordnung und erkennbaren Sinn. Aber vor dem grünen Scheunentor ein Mercedes, der bestimmt noch keinen Winter hinter sich hat.

Wesemann steigt aus, geht um das Gebäude herum, ein Kreischen, ein Fluchen und eine kräftige Frau steht plötzlich vor ihm mit einem blutigen Beil in der rechten Hand und einem kopflosen Huhn in der linken.

Wesemann kann nicht hinsehen. Wasserleichen mag er nicht und kopflose Hühner erst recht nicht.

„Was wollen Sie?" Die Kräftige hält das gehobene Beil in seine Richtung.

„Sind Sie Frau Stängelfeld?“

„Und wenn?“

„Ich bin Radiojournalist.“

„Hauen Sie ab!“

Eine Katze huscht über den Hof, den Kopf des Huhns im Maul, ein zerzauster Hund bellend hinterher.

„Ich hätte gern mit Ihnen über den tragischen Tod Ihres Mannes gesprochen.“

„Ich aber nicht mit Ihnen!“

Einfach dranbleiben, langjährige Berufserfahrung. „Es ist sicher nicht leicht für Sie, den Hof ohne Ihren Mann zu bewirtschaften.“

„Nicht schwerer als mit ihm. Der wollte sich doch die Finger nicht mehr dreckig machen und nur noch in seinem Mercedes durch die Gegend fahren.“

Trauer sieht anders aus. „Hatte er Feinde?“

„Haben Sie keine?“

Ducati Multistrada! Ob die Kräftige davon weiß? „Eigentlich nicht.“ Sie sieht ihn nur an. Blut tropft aus dem Hühnerhals auf ihre grünen Stiefel. „Sie könnten sich die Arbeit doch auch erleichtern.“

„Wollen Sie mir was verkaufen?“

„Sie müssen doch einen ordentlichen Preis erzielt haben für den Verkauf des Grundstücks an die Investorengruppe der Windräder.“

„Das war ich nicht, das war er.“

„Aber jetzt können Sie doch über das Geld frei verfügen.“

„Nein!“

„Nein?“

„Das Geld ist weg. Unauffindbar, verschwunden, mit ihm versackt.“

„Es muss doch irgendwo sein.“

„Hauen Sie ab!" Jetzt fuchtelt sie richtig bedrohlich mit dem Beil herum. Wesemann macht sich auf den Weg nach Hameln.

Unterwegs isst Wesemann eine Currywurst mit Brot, nicht mit Pommes frites. Er spürt wieder ein leichtes Sodbrennen, obwohl sich sein Magen durch die gelegentliche Einnahme der Luvos Heilerde sehr beruhigt hat. Karola weiß eben in allen Lebenslagen Rat, aber schmecken tut sie ihm trotzdem nicht. Die Heilerde.

Er fährt in die Deisterstraße, ihm graust vor dem Aufräumen, doch dann nimmt ihn Engin unter seine Fittiche. Ein Anruf und wenige Minuten später tauchen vier junge Männer auf, denen Wesemann sogar sein Klavier anvertrauen würde, wenn er eins hätte.

Engin bittet Wesemann um den Wohnungsschlüssel, Wesemann rückt ihn nur zögerlich heraus, Engin fragt: „Willst du mich beleidigen?" Wesemann schlürft seinen Mokka. Obwohl Mokka auf Currywurst sicher wieder Probleme macht. Er wird nachher ein extra Teelöffelchen Heilerde zu sich nehmen.

Es dauert keine halbe Stunde, da sind die Helfer aus Wesemanns Wohnung zurück. Der Kleiderschrank mit dem superkurzen Haarschnitt legt ihm den Schlüssel in die Hand. Hinter ihm tauchen seine Freunde auf, jeder mit einem von Wesemanns technischen Geräten unter dem Arm.

„Halt!" Wesemann reißt ein Steuergerät an sich, „Bezahlung hatten wir nicht vereinbart."

„Du zu misstrauisch", sagt Engin, „das sind Freunde. Haben Geräte getestet. Kaputte macht Faruks Sohn wieder ganz. Faruks Sohn arbeitet bei Media-Markt."

Wesemann, eigentlich müsstest du dich jetzt entschuldigen, aber er schaut lieber noch weiter misstrauisch. Könnte doch sein, dass die Geräte auf irgendeinem Flohmarkt gelandet wären? Kann nicht sein, Engin hat sich dafür verbürgt. Wesemann murmelt ein „Danke“ und die Helfer verschwinden. Die Currywurst stößt Wesemann immer noch auf.

„Bald nix mehr Pommesbude“, sagt Engin, „Fatima macht dir Essen gegen kleines Geld, jeden Tag.“

„Ist nett gemeint“, wehrt Wesemann ab, „aber ich bin kein regelmäßiger Esser. Ich muss mich nach den Terminen richten.“

„Nicht gut in deinem Alter“, sagt Engin, „du bist doch auch schon über fünfzig.“

Die Wahrheit kann so brutal sein, aber neulich hat die Kassiererin bei Rossmann *junger Mann* zu ihm gesagt. Sicher auch nur eine neue Marketingstrategie.

Wesemann wird ungeduldig. Er verabschiedet sich von Engin und geht in seine Wohnung hinauf. Alles aufgeräumt. Im Flur steht noch sein Staubsauger. Die Jungs haben sich richtig Mühe gegeben und sogar die Böden abgesaugt. Der Kühlschrank ist natürlich leer, mit Ausnahme einer Plastikschale mit geschmolzenem Maracuja-Orangen-Eis. Wird sofort entsorgt. In der Toilette über Wesemann wird die Spülung betätigt, die Wasserrohre rauschen, jemand schmettert *Dein ist mein ganzes Herz* und Wesemann ist wieder zu Hause.

Er knipst das Radio an, setzt sich an den Küchentisch und atmet durch.

Hoffentlich ist Karola nicht sauer.

Er wird sie bei der Suche nach einer neuen Wohnung unterstützen. Aber ohne Récamière, Récamièren sind dekadent. *radioTOTAL* kündigt eine Sondermeldung an:

Am Donnerstag wurde in der Mühlenstraße von der Müllabfuhr ein Mann bewusstlos in seinem Auto entdeckt. Den Müllmännern war das Auto aufgefallen, weil es verkehrswidrig eine Einfahrt versperrte. Der Mann wurde nach einer ersten Reanimierung ins Sana Klinikum gebracht. Sein Zustand sei stabil, allerdings ist der Mann noch nicht ansprechbar. Anhand der vorgefundenen Papiere konnte der Mann als Fritz B. identifiziert werden, Direktor einer Privatbank in Bückeburg. Die Polizei steht vor einem Rätsel. Timo Hristov für radioTOTAL.

Okay, Wesemann, Timo kann es also auch. Wenigstens so kleine Berichte verfassen. Allerdings ist *Müllmänner* inkorrekt, *Müllwerker* müsste es heißen. Dir wäre das natürlich nicht unterlaufen.

Es klingelt. Karola. Sie ist aus Hannover gleich zu ihm gekommen. Hat Blumen mitgebracht. Einen bunten Strauß für den Küchentisch. Außerdem etwas Essbares, weil er doch bestimmt noch nichts zu sich genommen hat und eine Flasche Prosecco, um mit ihm auf den Einzug anzustoßen.

Sie zieht ihre Jacke aus, hängt sie an den Garderobenhaken auf. Wesemann schaut im Küchenschrank nach der Heilerde.

„Wie war es in der Großstadt?“, fragt Wesemann, als Karola in die Küche zurückkommt.

„Ich habe Neuigkeiten“, sagt Karola, „aber lass mich doch erst mal verschnaufen.“

Wesemann bringt die Kaffeemaschine in Gang, setzt sich Karola gegenüber an den Küchentisch.

„Du kannst es wohl nicht erwarten.“ Karola zieht aus ihrer Umhängetasche eine bunte Drucksache im Lang-DIN-Format. „Du brauchst nur zu unterschreiben und einer Belebung der öden Flächen auf deinem Kopf steht nichts mehr im Wege."

„Deshalb fährst du doch nicht nach Hannover in die Schönheitspraxis." Wesemann streicht mit der Hand über sein lichtes Haar.

„Der Kaffee ist fertig."

Wesemann kommt mit der Kaffeekanne und zwei Tassen zurück an den Tisch. „Soll ich rasch bei Engin Dosenmilch holen?"

Er setzt sich.

„Für einmal geht der Kaffee auch schwarz", und Wesemann ist froh, den Weg gespart zu haben. Er betrachtet das Druckwerk auf dem Tisch: *Geschenkgutschein über ...*, der Betrag ist nicht eingetragen, *... zur Behandlung eines Alopecia areata nach wissenschaftlichem Standard.*

„Was ist denn Alopecia areata?"

„Kreisrunder Haarausfall."

„Es kann jeden treffen."

„Ich habe mein Interesse natürlich nur vorgeschoben, eigentlich wollte ich mit Danni Urmann sprechen. Und das Glück spielte mit. Alle Damen trugen kleine Namensstecker an ihren Oberteilen. Als es dann etwas ruhiger in der Praxis wurde, habe ich mich direkt an Danni gewandt. Habe ihr erst vorgemacht, ich würde mich für die Behandlung von Haarausfall interessieren. Als sie nach meiner Frisur schielte, habe ich schnell erklärt, dass mich mein Mann vorgeschickt hätte, bevor er selbst käme. Sie war sehr freundlich, zeigte mir in einer Mappe Beispiele von guten Transplantationen und wies auf die Qualifikation des Ärzteteams hin. Und viele Dankschreiben konnte sie auch vorlegen."

„Brauche ich das wirklich?"

„Sie hat mir auch den Geschenkgutschein ausgehändigt, den ich nur noch auszufüllen brauchte."

„Was kostet denn so was?"

„Ab dreitausendfünfhundert aufwärts."

„Dafür bekomme ich ein neues Aufnahmegerät."

„Darum geht es doch gar nicht. Ich habe doch nur so interessiert getan, um dann in einem Nebensatz zu bemerken, dass mir Cord zu Ottendorff die Praxis wärmstens empfohlen habe."

Wesemann will Karola noch einen Kaffee nachschütten, doch Karola hält ihre Hand über die Tasse. Gefährlich, findet Wesemann.

„Du hättest mal sehen sollen, wie das Lächeln aus dem Gesicht von Danni Urmann verschwand und sie mich für einen Moment völlig starr ansah. Dann weiteten sich ihre Augen, und sie verdrückte sich in einen der hinteren Räume. Eine Kollegin wollte die peinliche Situation retten, doch ich habe mich auf kein Gespräch mehr eingelassen und bin gegangen."

„Genial", sagt Wesemann, „du bist fast so gut wie ich."

„Wieso fast?" Karola reißt die mitgebrachte Tüte auf und öffnet dann die Verpackung. Zwei gegrillte halbe Hähnchen. „Jetzt schaust du genau wie Danni Urmann", sagt Karola.

Wesemann springt auf, rennt zur Toilette, muss würgen, doch ein Schluck Wasser hilft, den Brechreiz zu unterdrücken. „Kannst du das Geflügel bitte wieder einpacken?", ruft er durch die geschlossene Tür. Karola äußert Unverständnis, geht aber auf Wesemanns Wunsch ein und sie verabreden sich durch die Tür auf einen Streuselkuchen beim Bäcker um die Ecke. Karola entsorgt das Geflügel in der Mülltonne des Nachbarn.

Der Privatbanker aus Bückeburg ist schnell ermittelt. Fritz Bruncken. Ein umtriebiger Mann. Wesemann hat ihn schon auf mehreren Pressekonferenzen erlebt. Will etwas bewegen, am großen Rad drehen.

Wesemann ruft seinen guten Bekannten Karl-Wilhelm Handtke an. Den Mann von der Sparkasse: „Hier Wesemann."

„Wenig Zeit, uns fehlen vier Millionen."

„Dann also ganz kurz: Was ist Fritz Bruncken für ein Mensch?"

„Ein Ekel."

„Kannst du das genauer definieren?"

„Ich muss auflegen, jetzt fehlen schon viereinhalb Millionen."

Wesemann überlegt, packt seine Reportertasche, lässt sie dann aber doch zu Hause. Ihm fehlt noch immer ein neues Aufnahmegerät, also muss sein kleines schwarzes Notizbuch reichen.

So viele Krankenhäuser für die Aufnahme eines Bewusstlosen stehen in Hameln nicht zur Verfügung. Wesemann fährt zum Sana Klinikum an der Weser. Ein erdrückendes Backsteingebäude. *Wir sind da, wo ihr sein werdet* – hat er mal über dem Eingang eines Friedhofs gelesen. Hoffentlich nicht.

Er fragt am Empfang nach Fritz Bruncken. Gewundene Bambusstäbe in einer weißen Vase. Sieht aus wie irgendwas aus dem Bauch. Alles andere in Weiß, sogar die Dame hinter ihrem Bildschirm. Nur der Abfalleimer ist lindgrün, wenigstens ein bisschen Farbe im weißen Klinikalltag.

Wesemann fährt in die zweite Etage, muss die Zimmernummer suchen, läuft mehrere Flure entlang, Essen wird von einer Helferin auf einem Edelstahlrollwagen in ein Zimmer gebracht, zwei Zimmer weiter wird die Bettpfanne entsorgt. Wesemann findet die angegebene Zimmernummer, klopft an.

Nichts.

Er öffnet vorsichtig die Tür. Einzelzimmer. Blumen auf dem Nachttisch, Flachbildschirm am Fußende, es riecht leicht nach Leberwurst, Kaffee und Desinfektionsmittel.

Fritz Bruncken sitzt im Bett und liest die Dewezet. Neuer Werbespruch für die Zeitung: *Auch im Bett – die Dewezet.* Wird er mal anbieten, vielleicht springt mehr als ein Lacher für ihn dabei heraus.

„Guten Morgen, Herr Bruncken."

„Sie sind nun schon der sechste oder siebte, der mir einen guten Morgen wünscht", er faltet die Zeitung zusammen, sieht Wesemann über seine randlose Brille an, „aber ein guter Morgen kann es erst werden, wenn ich hier raus kann."

„Ich bin auch nicht gern im Krankenhaus."

„Wer sind Sie? Was wollen Sie von mir? Ich kenne Sie nicht."

„Ich bin freier Journalist und berichte unter anderem für die Dewezet und *radioTotal*."

„Sie haben nicht zufällig eine Zigarette?"

„Ich bin …" Doch weiter kommt Wesemann nicht, eine weiß gekleidete Angestellte räumt das Frühstück vom Nachttisch.

„Sie hatten einen etwas ungewöhnlichen Unfall."

„Und Sie wollen gleich eine Sensationsstory daraus machen? Da sind Sie umsonst gekommen, bei mir gibt es nichts Spektakuläres."

Wesemann, die schweren Geschütze auffahren! „Sie sind mit Ihrer Bank doch in die Windkraftanlagen im Emmertal involviert."

„Das sind geschäftliche Vorgänge, die unterliegen natürlich dem Bankgeheimnis."

„Cord zu Ottendorff war wohl der Initiator der Windkraftanlagen?"

„Ein fähiger Mann mit ökonomischem Weitblick."

„Jetzt ist er tot."

„Tragisch, wirklich tragisch."

„Und der Besitzer der Grundstücke, auf dem die Windräder errichtet werden sollen, ist auch nicht mehr."

„Armer Kerl, kenn' ich aber nicht."

„Den Investoren soll mit fingierten Gutachten das Geld aus der Tasche gezogen worden sein."

„Da wissen Sie mehr als ich."

Dranbleiben, nachlegen! „Vielleicht wollte man Ihnen auch ans Leben? Freiwillig sind Sie in Ihrem Auto doch wohl nicht bewusstlos geworden?"

„Es war nichts anderes als ein plötzliches Unwohlsein. Und jetzt verschwinden Sie, ich möchte mich noch ein wenig ausruhen." Bruncken greift nach der Strippe mit dem Rufknopf für das Personal. Wesemann schließt seinen Notizblock mit der leeren Seite. Die Tür wird lautlos aufgeschoben, eine Krankenschwester der gestandenen Generation kommt herein, Wesemann winkt Bruncken einen Gruß zu: „Wir sprechen uns bestimmt noch einmal." Er drängt sich an der Schwester vorbei. „Sie sollten hier mal lüften!"

In seinem Auto überlegt Wesemann einen Augenblick. Er will sich den Ort ansehen, an dem Brunckens Auto gestanden hat, greift zum Handy, ruft im Sender an. Es klingelt und klingelt. Schließlich wird abgehoben.

„Apparat Karola Weber, Timo Hristov, was kann ich für Sie tun?"

Wesemann schluckt. „Wo ist Karola?"

„Wer will das wissen?"

„Wesemann, du Schlauberger."

„Frau Weber ist in einer Geschäftsleitungskonferenz."

„Mit wem?"

„Mit Baxmann." Timo flüstert.

„Wer ist sonst noch dabei?"

„Niemand."

„Schöne Konferenz!" Baxmann und Karola? Da wird er in Zukunft ein wenig aufmerksamer sein müssen.

„Ich brauche eine Information, Partner. Wo ist das Auto von Fritz Bruncken gefunden worden?"

„Welchem Fritz Bruncken?"

„Fritz B., Direktor einer Privatbank in Bückeburg."

„Ach, der! Moment, ich muss mal eben in meinen Online-Unterlagen nachsehen."

Früher hatte man so was im Kopf.

Timo ist zurück: „In der Mühlenstraße, Verlängerung der Bäckerstraße über den Ostertorwall hinaus."

„Danke."

„Die Konferenz zwischen Baxmann und Frau Weber", jetzt flüstert Timo wieder, „befasst sich übrigens mit der Neuanschaffung eines Aufnahmegerätes für Externe. Hoffentlich wird das was."

„Hoffentlich."

Wesemann legt auf, muss das Auto zurücksetzen. Mühlenstraße. Kräsch, die Stoßstange hat's erwischt. Der Baum war plötzlich viel zu schnell da. Schneller als sein Geistesblitz: Mühlenstraße! Mühlen! Windmühlen! Ein ideenreicher Täter. Er stellt den bewusstlosen Bruncken in der Mühlenstraße ab. Und die Adresse von Marions neuem Arbeitgeber? Wesemann greift zum Telefonbuch im Handschuhfach, lässt es vor Aufregung erst einmal auf die feuchte Fußmatte fallen. Von Wedemeyer - Mühlenstraße! Ein Zusammenhang? Darüber muss Bruncken Auskunft geben. Sofort. Also zurück zum Krankenhaus. Hat die Zimmernummer von Bruncken vergessen, muss den Pförtner fragen. Anklopfen, kurz warten, worauf eigentlich, die Tür öffnen. Am Bett von Bruncken sitzen zwei Männer, die sich als Bankangestellte gar nicht erst vorstellen müssen. Sie grüßen nicht einmal.

„Was wollen Sie denn schon wieder?" Bruncken nimmt die Brille ab und legt sie auf den geöffneten Ordner auf der Bettdecke vor sich.

„Ich habe nur eine kurze Frage."

„Bitte."

Jetzt versuch es mal mit schnellem Denken, Wesemann. Gehirn an, Frage raus: „Man hat Sie in der Bäckerstraße gesehen, bevor Sie in Ihrem desolaten Zustand in der Mühlenstraße gelandet sind."

Das war keine Frage, Wesemann, aber die Formulierung erreicht auch ihre Wirkung.

„Mühlenstraße?", fragt Bruncken. Noch ein paar Nuancen heller, und man könnte seine Gesichtsfarbe nicht von der Bettdecke unterscheiden.

„Mühlenstraße! Sehen Sie da einen Zusammenhang zu Ihrem Engagement für die Windkraftanlagen im Emmertal?"

Die Blicke laufen wie an der Schnur zwischen Wesemann und Bruncken hin und her.

„Was ich sehe, geht Sie nichts an." Die Farbe ist in Brunckens Gesicht zurückgekehrt und übertreibt es gleich wieder mit dem Rotanteil. „Wenn Sie etwas mit mir zu besprechen haben, vereinbaren Sie einen Termin mit meinem Sekretariat. Und jetzt verlassen Sie auf der Stelle dieses Krankenzimmer."

„Nur noch eine kleine ..."

„Ich verbiete Ihnen vor Zeugen", die beiden Besucher nicken ihrem Chef zu, „mich weiter zu belästigen. Sollten Sie mir noch einmal unaufgefordert auf die Pelle rücken, werde ich Sie wegen Nötigung verklagen!"

„... Frage: Mit der Steuerberatungsgesellschaft von Wedemeyer haben Sie natürlich auch nichts zu tun?"

„Raus!"

Wesemann geht. Schon ein bisschen merkwürdig, wenn sich ein Mann wie Bruncken im Ton vergreift: *auf die Pelle rücken.*

Wesemann fährt in den Sender. Karola lächelt ihm zu, Baxmann scheint hellseherische Fähigkeiten zu haben und betritt fast gleichzeitig mit Wesemann den Empfang.

„Gute Nachricht", sagt Baxmann.

Er holt seine rechte Hand hinter dem Rücken hervor. Ein Aufnahmegerät. Alt, sehr alt. Damit hat Wesemann damals die Proteste gegen die Altstadtzerstörung aufgenommen. „Generalüberholt und vom Fachmann getestet!"

Timo strahlt, er war also der Fachmann!

„Ich überlasse Ihnen das Aufnahmegerät zu treuen Händen. Die entstandenen Kosten ziehe ich Ihnen gelegentlich vom Honorar ab."

Ruhig, Wesemann, er hatte eine schwere Kindheit und meint es nicht so. Doch seine Selbstsuggestion schlägt nicht an. „Wissen Sie, was Sie sind ...?"

„... ein großzügiger Mann", fällt ihm Karola ins Wort. „Aber Wesemann hat sich längst ein funkelnagelneues Aufnahmegerät bestellt, wie ich Ihnen bereits berichtet habe. Sie hätten mir ruhig glauben können."

„Sie wollten doch, dass der Sender ..." Baxmann sucht nach Worten, Wesemann schaut ein wenig gequält, Timo lässt das generalüberholte Aufnahmegerät nicht aus den Augen.

„Ein Olympus LS11", sagt Karola, „mit Infrarot-Fernbedienung."

„Wenn das so ist." Baxmann schaut Timo an, reicht ihm das Gerät.

„Mit so einem Topgerät erwarte ich natürlich auch nur Topberichte." Baxmann verschwindet wieder in seinem Büro.

„Das kostet doch knapp dreihundert", sagt Wesemann.

„Ich habe Engin angerufen", sagt Karola, „Engin hat einen Schwager angerufen, der hatte zufällig eine B-Ware im Angebot und die kostete weniger als zweihundert." Sie greift in ein Fach unter ihrem Schreibtisch und legt einen Karton neben ihren Bildschirm, dann tippt sie weiter.

„Meine Freundin schenkt mir nie etwas", sagt Timo.

„Los", sagt Karola und schiebt den Karton ein Stück in Wesemanns Richtung, „an die Arbeit!"

Wesemann ruft HK Bertram an. HK Bertram würde sich gern mit ihm unterhalten, doch eine aktuelle Gewalttat fordert seine ungeteilte Aufmerksamkeit. In Hamelns Schillerstraße wurde ein Briefmarkenhändler brutal getötet. Alle Indizien deuten auf einen geplanten Raubmord, aber mehr kann und will HK Bertram zum augenblicklichen Zeitpunkt nicht sagen. Eine Mordkommission ist gebildet worden, zu der HK Bertram zwar nicht direkt gehört, aber einer muss die

Fäden doch in der Hand halten und die Staatsanwaltschaft Hannover motivieren.

Der bewusstlose Mann in der Mühlenstraße? Der Fall wurde routinemäßig untersucht, das Klinikpersonal befragt. Nur geringfügig Alkohol im Blut. Eine kurze Bewusstlosigkeit, Ursachen nicht feststellbar, keine äußere Gewalteinwirkung, Befragung ergab auch keine ungewöhnlichen Begleitumstände. Also ab zu den Akten!

„Hat man ihm vielleicht den Magen ausgepumpt?"

„Weiß ich nicht, aber eher nicht. Im Krankenhaus hat er sich ausgeschlafen, war dann zwar noch ein wenig benommen, doch bei bester Gesundheit."

„Könnte die Benommenheit vielleicht auf K.-o.-Tropfen hindeuten?"

„Wesemann, was zuviel ist, ist zuviel. Selbst wenn dem Mann der Magen ausgepumpt wurde, werden sie den Inhalt wohl kaum aufbewahrt haben. Sie konnten doch nicht wissen, dass ein Wesemann danach fragt."

„Aber Benommenheit, Mühlenstraße und der Mann war der Leiter der kreditgebenden Bank für die Windräder im Emmertal."

„Hört sich brisant an, Wesemann, ich hab bloß keine Zeit für Spekulationen. Bleiben Sie dran und wenn Sie etwas Konkretes haben, melden Sie sich wieder."

Die Polizei vermutet zwischen den Todesfällen in Bad Pyrmont und an der Hämelschenburg neue, brisante Zusammenhänge. Ein Mann wurde von Müllwerkern (!) bewusstlos in seinem Auto aufgefunden, das eine Feuerwehrzufahrt in der Mühlenstraße in Hameln blockierte. Es handelt sich um den Leiter einer Privatbank, die als Kreditgeber für die Windkraftanlagen im Emmertal gilt. Der Mann im Krankenhaus befindet sich auf dem Wege der Besserung. Wichtig für die aktuellen Ermittlungen wären Beobachtungen von ungewöhnlichen Ereignissen, die am Donnerstagnachmittag im Zusammenhang mit einer männlichen Person in der Altstadt von Hameln gemacht wurden. Ist jemand allein oder in Begleitung anderer desorientiert oder stark alkoholisiert aufgefallen? Wer hat etwas Außergewöhnliches bemerkt? Helfen Sie mit, eine mögliche Straftat aufzuklären. Hubert Wesemann für radioTOTAL.

„Wesemann!" Es ist HK Bertram. „Wären Sie hier angestellt, könnten Sie sich sofort Ihre Papiere in der Personalabteilung abholen. Was haben Sie sich eigentlich dabei gedacht, uns all die Klugscheißer und Besserwisser auf den Hals zu schicken? Wer hat am Donnerstagnachmittag … zweiundvierzig Anrufe sind bei uns aufgelaufen, und die Telefonistin ist in Mutterschaftsurlaub. Übrigens dem dritten innerhalb von vier Jahren. Aber das wird Sie sicher nicht interessieren. Sie setzen rücksichtslos Ihre Interessen durch. Wir haben jetzt ein Band besprechen lassen und die Telefonnummer Ihres Radiosenders angegeben. Werden Sie selig mit Ihren Denunzianten!"

Der Mann muss versöhnt werden. „Was machen die Ermittlungen im Briefmarkenfall?"

„Es geht voran, Wesemann, es geht voran. Wir fahnden nach zwei bis drei Verdächtigen, die zur fraglichen Zeit in der Nähe des Hauses gesehen wurden. Aber mehr kann ich Ihnen aus ermittlungstechnischen Gründen nicht mitteilen. Sie müssen Ihre Neugier noch ein wenig zügeln, aber Sie werden als Erster informiert, wenn es Neuigkeiten gibt."

„Danke", sagt Wesemann, „und schöne Grüße an die Mordkommission." Das war alles nur Bekanntes, stand doch in den letzten Tagen in der Dewezet. Aber vielleicht hat HK Bertram auch keine anderen Quellen. Wesemann legt auf.

Baxmann ruft an. „Was haben Sie sich eigentlich dabei gedacht …"

„Lassen Sie einfach den Anrufbeantworter laufen. Ich melde mich dann bei den interessant erscheinenden Informanten."

„Es könnten auch potentielle Werbekunden anrufen!"

„Nicht bei dem Wetter."

Nächster Anruf. Lina. Wenigstens etwas Erfreuliches bei tief hängenden Wolken und Nieselregen. „Wesemännchen, ich hab was gut bei dir."

„Wenn es unter uns bleibt."

„Dein Sprayer aus der Langen Wand ist irgendwie nicht astrein. Ein Mike Becker, aber das weißt du sicher schon. Kaum Umsätze, aber immer dicke Hose. Hat dem katholischen Kindergarten neue Stühle spendiert, konnte dann aber nicht bezahlen und plötzlich waren die Rechnungen doch beglichen. So oder so ähnlich, ich hab das nicht behalten können, was mir Diethard erzählt hat. Musst du dich selbst drum kümmern. Diethard Kahlenberg ist der Herrenausstatter zwei Läden weiter. Du weißt schon, Herrenmoden, Schirme, Jockey-Wäsche. Ich muss jetzt Schluss machen, Kundschaft."

Sie wäre eine wunderbare Tiefseetaucherin, denkt Wesemann, sie atmet nie.

Das Telefon klingelt erneut. „Hier ist der automatische Anrufbeantworter, Hubert Wesemann ist zurzeit …"

„Ich bin's", sagt Karola.

„Ich vermisse dich", sagt Wesemann.

„Nicht während der Arbeitszeit."

„Ich kann es nicht steuern."

„Es hat jemand angerufen, der vielleicht eine interessante Beobachtung gemacht hat. Die Frau will am Donnerstagnachmittag einen Betrunkenen gesehen haben, der von einer stattlichen Frau gestützt wurde. Die beiden sind die Bäckerstraße runter und dann aus ihrem Blickfeld verschwunden. Sie hat sich bloß gewundert, weil der Mann so adrett gekleidet war."

„Hast du ihren Namen?"

„Ich schicke dir ihre Telefonnummer aufs Handy! – Selbstverständlich, Herr Baxmann, der Anrufbeantworter ist eingeschaltet."

Wesemann wünscht sich ins Jahr 1875 zurück. 1876 wurde das Telefon erfunden. Normalerweise kann er seine Ermittlungsergebnisse wie ein Klöppelmuster vor seinem inneren Auge aufrufen, aber diesmal scheinen die Fäden völlig durcheinandergeraten zu sein. Er wird an den Ausgangsort des ganzen Durcheinanders zurückkehren, um den richtigen Faden wieder aufzunehmen. Bad Pyrmont. Erst ein kleiner Abstecher zur Langen Wand. Alles sauber und ordentlich vor dem Airbrush-Laden. Vorteilhaft ins Blickfeld gerückt das Auto mit den züngelnden Flammen auf der Tür und der Zielflagge auf der Motorhaube. Daneben die Ducati mit der rasanten Blondine. Aber sonst Stille – Allerheiligen und Allerseelen zusammen. Dann zur Dunsthöhle. Es regnet leicht, nicht richtig vom Himmel, eher wie aus einer düsteren Wolke, die über der Stadt liegt. Führungen finden heute nicht statt. Bei dem Wetter sitzt man in der Wellnesswanne oder im Café. Ein Schauer läuft Wesemann über den Rücken. Er stellt sich vor, wie sich Ilona Jungk den großen schweren Mann auf ihre schmalen Schultern geladen hat und verwirft den Gedanken auch gleich wieder. Wesemann ist kein Schirmtyp und seine Mütze hat er vergessen. Er zieht ein gefaltetes Taschentuch aus seiner Jackentasche und wischt die kahle Fläche auf seinem Kopf ab. Freiwillig wird Cord zu Ottendorff auch nicht in die Höhle hinuntergestiegen sein. Galt nicht gerade als depressiv veranlagt. Eine starke Lampe leuchtet oben an der Straße auf, fingert über die Wiese, leuchtet einzelne Bänke ab und spiegelt sich dann im Glas der Dunsthöhle. Der Ausgangspunkt des Lichtscheins ist nicht zu erkennen. Für Wesemann gibt es keine Möglichkeit, sich auf die Schnelle zu verstecken. Er zieht den Kopf zwischen die Schultern. Das Licht gleitet über die Wiese, die Tropfen des Nieselregens verleihen dem Scheinwerfer einen milchigen Glanz. Wesemann gerät in den Lichtkegel, sieht zu seinen Füßen den eigenen Schatten. Das Licht bleibt auf Wesemann gerichtet, hält einen Augenblick inne, erlischt dann. Wesemann dreht sich um, kann nur eine grauschwarze Silhouette erkennen, die allmählich seinem Gesichtsfeld entschwindet. Es könnte ein Motorrad gewesen sein, das ohne Motorengeräusch die Straße herunterrollt. Jetzt wird ein Motor gestartet, das Geräusch verschwindet aber recht bald im nassen Nebel.

Er ist mitten in der Stadt, doch Wesemann fühlt sich plötzlich bedroht.

Das war doch bestimmt kein Zufall. Schnell weiter überlegen. Cord zu Ottendorff sitzt also bewusstlos auf einer der Bänke. Allein. Unten an der Bismarckstraße hatte sich sein Freund Tenschel verabschiedet und die schöne Ilona war auch verschwunden, nachdem sie Ottendorff das gewonnene Geld abgenommen hatte.

Jemand muss die Situation genutzt haben, um Ottendorff ans Leben zu gehen. Es muss mindestens ein kräftiger Mann gewesen sein, der ihn in der Dunsthöhle abgelegt hat. Eine Frau schafft das nicht. Aber zwei Frauen? Wesemann fröstelt es. Ihm tropft das Wasser in den hochgestellten Kragen der Jacke. Zurück zum Auto. Licht an um halb fünf. Er parkt in der Nähe der Brunnenstraße. Diethard Kahlenberg, zwei Läden weiter, hat Lina gesagt. Rechts oder links weiter? Egal, es sind nur ein paar Schritte, bis Wesemann das Geschäft des Herrenausstatters gefunden hat.

Anheimelnd, wie aus einer anderen Zeit. Sakko mit elegantem roten Einstecktuch, Kaschmirstrickweste in Erdfarbe, eine Mütze mit mittigem Bommel. Herr Kahlenberg ist eine gepflegte Erscheinung mit einem leicht distinguierten Lächeln. „Was kann ich für Sie tun?" Er mustert unauffällig Wesemanns nasse Jacke, die einfachen schwarzen Jeans, ein leichtes Zucken in einem Mundwinkel, die ausgelatschten Schuhe scheinen sein Missfallen erregt zu haben.

„Ich bin Journalist und recherchiere für *radioTOTAL.*"

„Frau Franitzki hat mich vorgewarnt." Jetzt leistet sich Herr Kahlenberg eine kleine Nachlässigkeit und stützt sich mit den Händen auf der Theke ab.

„Ich will Sie auch nicht lange aufhalten."

„Mich kann niemand aufhalten."

„Es geht um Mike Becker, der ein Geschäft für Auto-Design in der Langen Wand betreibt. Ich will direkt fragen: Es erscheint ein wenig merkwürdig, dass ein junger Mann, der es vorher nicht erkennbar zu irgendetwas gebracht hat, plötzlich ein solches Geschäft aufmachen kann. Die Banken verlangen doch Sicherheiten."

„Darüber kann ich Ihnen nichts sagen."
„Wieso nicht?"
„Weil ich nicht die Bank bin. Ich habe Frau Franitzki nur berichtet, dass es Unregelmäßigkeiten bei der Beschaffung der neuen Stühle in unserem Kindergarten gegeben hat. Mike Becker hatte sie großzügigerweise gespendet, doch die Rechnung nicht beglichen und die Stühle sollten wieder abgeholt werden. Wir vom Förderverein des Kindergartens konnten das Geld nicht aufbringen, aber plötzlich war dann alles in Ordnung."
„Die Rechnung wurde bezahlt?"
„Muss wohl. Es gab da nur noch ein kleines Hin und Her, die Kopie der Rechnung landete beim Förderverein, war aber als bezahlt quittiert. Wir haben im Augenblick Knirps-Regenschirme im Angebot. Heruntergesetzt von vierundsechzig auf zweiundvierzig."
„Konnten Sie feststellen, von wem die Rechnung bezahlt worden war?"
„Ich weiß nicht, ob ich Ihnen Auskunft darüber geben darf."
Herr Kahlenberg legt vor Wesemann mehrere Knirps-Regenschirme auf die Theke. Schwarz, grau, uni oder kariert. Wesemann nimmt einen Regenschirm in die Hand. „Andererseits sind Sie ein Bekannter von Frau Franitzki und Lina kann man vertrauen. Die Rechnung war persönlich mit einem Scheck bezahlt worden. Der Empfänger hatte sich den Namen notiert: Hermann Tenschel."
„Der Kreistagsabgeordnete?" Wesemann legt den Schirm zurück auf die Theke.
„Das stand nicht dabei."
Wesemann nimmt zwei Schirme auf, um sie zu vergleichen.

„Irgendjemand im Förderverein wollte wissen, dass der junge Becker der Stiefsohn von Hermann Tenschel und seiner zweiten Frau ist. Soll wohl nicht allzu bekannt werden, der junge Mann hat keine Vergangenheit, die zu den Karriereplänen eines Kreistagsabgeordneten passen könnte."

Wesemann überlegt, vierzig Euro für einen Schirm? Er hat seine Informationen und fragt nach Damentaschentüchern. Die könnte er Karola mitbringen und billiger sind sie auch.

Von Bad Pyrmont nach Hameln. Zeit zum Nachdenken. Über Hermann Tenschel. Kreistagsabgeordneter. Keiner mag ihn und gleichzeitig will es sich niemand mit ihm verderben. Sein honigsüßes Lächeln lässt bei empfindlichen Menschen Herpes sprießen, sagt Karola. Er hat mal mein *Engel* zu ihr gesagt, als er sich in der Radioredaktion persönlich über einen Bericht beschweren wollte. Vorsicht, Tempo reduzieren. Siebzig Stundenkilometer nicht überschreiten. Hier wird geblitzt! Anfangs hat sich Hermann Tenschel vehement gegen die Windkraftanlagen im Emmertal ausgesprochen. Dann hatten die Grünen mit der Befürwortung alternativer Energie eine gute Presse, und Tenschel hat sich energisch für die Windkraftanlagen eingesetzt. Über diese Schiene waren sich Ottendorff und Tenschel wohl auch nähergekommen. Wesemann kann sich an einen Zeitungsbericht mit einem Foto vom ersten Spatenstich auf Stängelfeldschem Grund erinnern. *Wir bauen die Zukunft!* Im Vordergrund Ottendorff und Tenschel mit Spaten, einen halben Schritt zurück die regionale Prominenz. Und ein Sauwetter. Regenschirme gab es nur für die erste Reihe, die Presse musste im Regen stehen. Tenschel war doch auch dabei, als Cord zu Ottendorff seinen Gewinn im Spielkasino Pyrmont gefeiert hat. Aber Ilona Jungk hat ihm ein Alibi verschafft. *Tenschel hat sich verabschiedet, um zu seinem Auto in der Rauchstraße zu gehen,* hat sich Wesemann notiert. Oder haben die beiden etwas miteinander und Ilona Jungk wollte Hermann Tenschel aus der Sache heraushalten? Sie könnten Ottendorff ausgeraubt und dann gemeinsam in die Dunsthöhle gezerrt haben. Das Werkzeug zum Öffnen der Tür könnte Tenschel von seinem Stiefsohn erhalten haben. Mit Expertenwerkzeug lässt sich so eine Tür leicht öffnen. Wesemann hat mal einen Bericht darüber gemacht:

Der gute alte Dietrich ist tot, es lebe die moderne Technik. Wer sich ausgesperrt hat, wird dankbar sein, wer beklaut wurde, den technischen Fortschritt verfluchen. Man nennt es Lockpicking oder Nachschließen, umgangssprachlich auch Picking, wenn Schlösser ohne den passenden Schlüssel zerstörungsfrei geknackt werden. Als besonders effektiv erweisen sich sogenannte Sperrpistolen. Sie funktionieren, ähnlich wie alte Feuerwaffen, nach dem Perkussionsprinzip. Dabei wird ein Schlagimpuls auf die Stift- oder Scheibenzuhaltungen übertragen, durch den sich bei etwas Übung ein Schließspalt erzeugen lässt. Alle Stifte werden also gleichzeitig in die richtige Position gebracht, sodass sich das Schloss aufsperren lässt.

So genau hat Wesemann das alles natürlich nicht mehr im Kopf, aber zu Hause genügt ein Griff ins Archiv und er kann sich den Bericht auf seinem MP3-Player anhören. Aber so viel ist jetzt schon klar: Für Mike Becker wird es mit seinen Vorkenntnissen aus dem Schlüsseldienst kein allzu großes Problem gewesen sein, den Weg für den betäubten Cord zu Ottendorff frei zu machen. Lohnte sich denn der Aufwand überhaupt? Drei Personen machen sich die Hände schmutzig, um an ein paar tausend Euro zu kommen? Und Bauer Stängelfeld?

Wesemann biegt in Hämelschenburg links in den Hämelschen Weg ein, fährt bis zum Ende. Der neue

Mercedes ist weg. Jetzt steht da ein VW-Kombi. Scheint auch neu zu sein. Wesemann parkt vor dem grünen Scheunentor, steigt aus, geht um die Scheune herum. Es knallt. Wesemann springt zur Seite und drückt sich an die Backsteinwand der Scheune. Es knallt noch einmal. Der Schuss kommt von rechts. Hinter dem Holunderstrauch tritt Frau Stängelfeld hervor. In den Händen ein Luftgewehr. „Ich kann die Biester nicht ab."

Frau Stängelfeld weist mit dem Gewehrlauf auf die Dachrinne des Wohnhauses. Nicht alle Ringeltauben haben sich von ihr erschrecken lassen. „Manche Biester sind schon abgestumpft, die fliegen bloß kurz auf und sind gleich wieder da."

„Warum?", fragt Wesemann und nähert sich Frau Stängelfeld.

„Von morgens bis abends immer gurruh, gurruhh, gurruhhh. Hört sich an wie mein Alter im Schlaf. Aber der ist tot, nun schnarchen die Biester in seiner Vertretung. Was wollen Sie?"

Sie sieht irgendwie verändert aus. Aber wo? Mehr oben herum. Eine neue Frisur! Macht sie jünger, sogar ein bisschen munterer. Manche Leute haben schon eine seltsame Art, ihre Trauer zu überwinden.

„Ich habe nur eine einzige Frage."

„Hoffentlich." Das Luftgewehr schwenkt in Wesemanns Richtung.

„Hat sich der Verbleib des Geldes geklärt?"

„Weg", sagt Frau Stängelfeld, „einfach verschwunden. Aber vielleicht ist auch nie was geflossen. Unterlagen habe ich jedenfalls nicht gesehen."

Wesemann macht den Mund auf, Frau Stängelfeld sagt: „Ich hab zu tun", und Wesemann sagt „Auf Wiedersehen."

Er steigt ins Auto. Am grünen Scheunentor ein großer schwarzgelber Aufkleber mit lachender roter Sonne: *Atomkraft? Nein danke!*

Und Danni Urmann mit ihrem schlechten Gewissen? Passt genauso wenig ins Puzzle um Cord zu Ottendorff wie die Wasserleiche von der Hämelschenburg.

Wesemann fährt Richtung Hameln. Er will Karola ein bisschen hofieren, Interesse für eine gemeinsame Wohnung zeigen und hält in Emmerthal. Buchladen am Markt. Eine freundliche Bedienung.

„Kann ich Ihnen helfen oder möchten Sie einfach nur ein bisschen stöbern?"

„Sie können mir helfen. Ich suche einen Einrichtungsratgeber."

„Allgemein oder in spezieller Ausrichtung?"

„Ohne Récamière!"

„Moment", sagt die nette Dame, „da hätte ich etwas für Sie." Sie verschwindet einen Augenblick im hinteren Teil des Ladens, ist aber gleich darauf wieder zurück. „Wenn Sie erst anfangen, sich einzurichten wäre das vielleicht das Richtige für Sie: *Das große Wohnbuch: Tausend Ideen für ein schönes Zuhause.*"

„Kostet?"

„Neunundzwanzigfünfundneunzig."

„Tausend Ideen", sagt Wesemann, „sind mir ein bisschen viel." Er entscheidet sich dann für *Wohn-Inspiration* zu vierzehnfünfundneunzig. Bei dem Preis spielt auch eine eventuelle Récamière keine Rolle.

Die nette Bedienung packt ihm das Buch als Geschenk ein und Wesemann macht sich beschwingt auf den Heimweg. Es regnet. Warum eigentlich, es ist doch schon alles nass genug. In einer Kurve verliert Wesemanns Corsa für einen Moment die Bodenhaftung auf dem glitschigen Blätterbelag am Straßenrand. Wesemann muss niesen. Faruk soll sich mal nach gebrauchten Winterreifen umhören. Sicher fallen bald die ersten Flocken.

Das Handy klingelt. Ausgerechnet in einer lang gezogenen Linkskurve. Sohn Moritz hat ihm schon lange angeboten, eine Freisprecheinrichtung in den Corsa einzubauen. Aber dann ist immer wieder etwas dazwischengekommen. Wesemann hält in der Parkbucht einer Bushaltestelle. Ein Anruf in Abwesenheit. Wesemann fällt nichts ein zu der Nummer, er drückt auf Rückruf.

„Handtke."

„Du hast mich gerade angerufen?"

„Geht jetzt nicht, probier es in zehn Minuten noch mal."

Wesemann lässt sich doch von einem Karl-Wilhelm nicht sagen, was er zu tun hat. Er fährt direkt zur Sparkassenfiliale, meldet sich an, muss warten.

Nach wenigen Minuten erscheint Karl-Wilhelm. „Du solltest dir mal ein neues Handy mit einem besseren Akku leisten." Er führt Wesemann in einen kleinen Besprechungsraum ohne Fenster. Dafür aber mit wahnsinnig großen Zahlen an den Wänden. Rendite, Zuwachs, Zinsen. Drei Prozent, fünf Prozent, zwölf Prozent. Stimmt nicht, das waren mal zwei Prozent, die wurden auf ein Prozent reduziert. Aber jeder liest zwölf Prozent, so geschickt sind die Ziffern überschrieben worden.

„Ich habe leider nicht viel Zeit." Karl-Wilhelm bietet Wesemann einen Stuhl an. „Hast du noch Interesse an den Windkraftanlagen im Emmertal?"

„Interesse schon, allein mir fehlt nur das nötige Kleingeld."

Karl-Wilhelm ringt sich ein schiefes Lächeln ab. „Cord zu Ottendorff ist nicht mehr, seine Anteile hat Ingo Grothe übernommen. Von drei auf siebzehn Prozent Beteiligung."

„Wer ist Ingo Grothe?"

„Strohmann. Wahrscheinlich für einen Konzern eingestiegen. Selbst der kleinste Energiekonkurrent muss für die Großen unter Kontrolle bleiben."

„Damit ist Grothe der größte Investor?"

„Gleich hinter der SBW-Bank aus Bückeburg." Karl-Wilhelm steht auf. „Aber die ist auch nicht mehr dabei. Hat sich überraschend aus der Investorengruppe zurückgezogen. Grothe ist nun auf der Suche nach einer neuen Bank. Hat auch bei uns angefragt, sonst wüsste ich das alles nicht."

„Tolle Informationen!" Wesemann steht auf. Er fröstelt. Ein Königreich für einen klaren Gedanken. „Also alles wieder auf Null?"

„Sieh zu, was du daraus machst. Ich habe dir jedenfalls nichts erzählt." Karl-Wilhelm schüttelt Wesemann die Hand, greift ein paar Faltblätter vom Tisch und drückt sie Wesemann in die Hand. „Wenn Sie eine sichere und gewinnbringende Anlage wollen, sind Sie mit dem Sparkassenbrief auf der sicheren Seite."

Erst schaut Wesemann ein wenig verblüfft, doch dann hat er begriffen: Alles nur für die offenen Ohren der Kollegen. Karl-Wilhelm tätschelt ihm beim Hinausgehen leicht die Schulter, es fühlt sich auch ein wenig wie Hinausdrängen an.

Wesemann fährt zum Sender. Karola ist in einem Meeting mit Baxmann. Sie soll einen eigenen Sendeplatz bekommen, sagt Timo. Timos Bericht vom Wolfsabend im Wisentgehege Springe hat ihm Ärger eingebracht.

War ein schöner Bericht, hat Baxmann gesagt. Die Wölfe haben geheult und geheult. Aber dann haben sich die Hörer beschwert, die selbst im Wisentgehege waren. Kein einziger Wolf habe sich hören lassen, nicht mal ein Hund habe gebellt. „Was sollte ich denn machen?", mault Timo. „Ich kann doch nicht von der Stille im Wald berichten."

„Das Wolfsgeheul hast du dir aus dem Internet geladen?"

„Na, klar. Und es war noch das harmloseste."

„Hättest du nicht als echt verkaufen dürfen. Muss man anders formulieren: *So hätte es sich am Wolfsabend im Wisentgehege Springe anhören sollen, aber die Wölfe hatten Sendepause. Ganz im Gegensatz zu radioTOTAL und so weiter ... und so weiter.*"

„Genial!"

„Danke, werde ich zu meinem zweiten Vornamen machen."

Das Meeting mit Baxmann ist noch immer nicht beendet. Wesemann legt Karola sein kleines Geschenk an den Arbeitsplatz.

„Da wollte jemand Ihre Telefonnummer", sagt Timo. „Ich hab sie aber nicht rausgerückt."

„Wer?"

Timo kramt in seinen Unterlagen. „Eine Ilona Jungk. Wollte nicht sagen, worum es geht, sonst hätte ich sie an Baxmann weitergeleitet."

„Untersteh dich, meine Kontakte an Baxmann weiterzuleiten."

Wesemann steht unschlüssig vor dem Empfangstresen, schaut auf die Tür von Baxmanns Büro, nichts regt sich. „Ich bin dann in meinem Aufnahmestudio." Er winkt Timo einen Gruß zu.

„Wir hören uns!", sagt Timo.

Wesemann lächelt beim Hinausgehen. Aus dem kann noch was werden. Er muss schon wieder niesen. Dreimal hintereinander. Dafür gibt es sicher einen Spruch, fällt ihm aber nicht ein.

Zuhause schließt er hinter sich ab. Muss sein. Hochsicherheitstrakt. Dann stellt er die Kaffeemaschine an. Der Anrufbeantworter blinkt. Wesemann hört ihn ab. „Du kannscht disch überall verstecken. Wir finden disch!"

Wesemann hält einen Augenblick inne. Merkwürdigerweise regt ihn der Anruf nicht besonders auf. Er hört die Nachricht noch einmal ab. Die Stimme kommt ihm bekannt vor, allerdings kann er sie keiner Person zuordnen.

Wer ist Ingo Grothe? Wesemann geht in sein Aufnahmestudio, fährt den Computer hoch, über ihm wird die Wasserspülung für die Toilette betätigt. Wesemann steht auf, geht noch einmal zum Anrufbeantworter und kopiert die bedrohliche Nachricht auf sein Aufnahmegerät.

Zurück zu Ingo Grothe. Drei Fitness-Studios im Weserbergland und zwei Spielhallen. War vermutlich an einem Banküberfall in Hildesheim beteiligt, der nie aufgeklärt wurde, wegen Menschenhandels angezeigt, keine Verfahren eröffnet, weil die Frauen schwiegen, großzügiger Spender von zwei Schulbussen für die Beförderung behinderter Kinder. Wesemanns Kopf brummt. Vor ein paar Monaten ist Grothes Wochenendhaus bei Heinrichshagen abgebrannt. Dort sollen heiße Feten abgelaufen sein. Die Jagdgesellschaft war im Schlaf überrascht worden. Ein Feuerwehrmann hatte die aufgescheuchte Gruppe mit seinem Handy fotografiert. Keineswegs legal. Eine Großbild-Zeitung hatte das Foto trotzdem gekauft und veröffentlicht. Natürlich mit schwarzen Balken, die fast nichts verbargen.

Wesemann lädt das Foto hoch, vergrößert es. Alles sehr grobkörnig. Unter dem Foto eine Bildunterschrift: *Die überraschten Gäste der Jagdgesellschaft: C. z. O., H. T., I. G. und weitere unbekannte Herren im Hintergrund. Die Herkunft der fremdländischen Damen ist unbekannt.*

Die hauen immer auf den Putz! Wesemann nimmt eine Lupe zur Hand. An Badetüchern schien in dem Wochenendhaus kein Mangel zu herrschen. Aber die Namen konnten nur bedeuten C. z. O. wie Cord zu Ottendorff, H. T. gleich Hermann Tenschel und der dritte musste dann Ingo Grothe sein. Die drei Herren kannten sich also nicht nur von ihren gemeinsamen Interessen an den Windkraftanlagen.

Das war doch mal ein Ermittlungserfolg! Er würde Karola heute Abend zu einem leckeren Döner einladen, frisch geholt bei Engin. Hat Engin überhaupt Döner? Bestimmt in der Tiefkühltruhe, und Karola hat nach einem langen Tag im Sender doch sowieso keinen richtigen Appetit. Er auch nicht. Hat sich eine Infektion eingefangen. Zum Niesen und den Kopfschmerzen sind jetzt auch noch eine heiße Stirn und eine seltsame Mattigkeit in den Gliedern gekommen. Das ist keine einfache Erkältung, nicht einmal ein grippaler Infekt. Das ist bestimmt was aus der Reihe XY-Pest. Er müsste sich sofort hinlegen, die Vorhänge vor die Fenster ziehen und eine Kerze anstecken. Aber Wesemann trotzt der Todesgefahr, zieht seine Jacke an und macht sich auf den Weg zur Apotheke. Stufe für Stufe bewältigt er die Treppe, vor der Haustür begegnet ihm die nette Fachkraft aus der Reinigung. Sie lächelt ihn an, das tut gut. Vielleicht braucht er gar nicht in die Apotheke, die heilenden Dämpfe in der Reinigung könnten es doch auch tun.

Ihr Lächeln galt dem Schnösel am Kiosk. Also weiter, Wesemann. Der Apotheker ist ein verständiger Mann und packt ihm Arzneimittel für knapp zweiundzwanzig Euro in eine mittelgroße Plastiktüte. Die *Neue Apotheken Umschau* gibt es gratis dazu und ein Päckchen Papiertaschentücher.

Jetzt muss sich Wesemann nur noch nach Hause schleppen ... „Töröòö!" Nein, der nicht auch noch, wenn ihn Ralle jetzt aufhält, holt er sich bestimmt den Tod. Hier, sofort, vor allen Leuten, mitten auf der Osterstraße.

„Wie geht's?"

Soviel Zeit muss sein.

„Alles im Lotto!"

Meint wahrscheinlich *Lot*? Egal. „Musst du heute nicht arbeiten?"

„Ralle immer Arbeit."

„Nachschub fürs Stuhlmuseum besorgen?"

„Nix mehr Stuhlmuseum!" Ralle schaut sich um, als müsse er darauf achten, dass ihn niemand hört. „Da geh ich nicht mehr hin."

Wesemann werden die Knie weich. Er braucht etwas, um sich festzuhalten, lädt Ralle zu einem Kaffee in den Laden mit den Stehtischen ein.

Ralle sieht sich noch mehrmals um, bevor er den Laden betritt. Wesemann legt seine Plastiktüte mit den Arzneimitteln auf einen der Stehtische und holt zwei Kaffee.

„Ich geh nie mehr ins Stuhlmuseum", sagt Ralle, „da ist es unheimlich. Die Stühle unterhalten sich, wenn man nicht hinsieht und erzählen sich Witze."

Wesemann kann natürlich mal wieder nicht abwarten und verbrüht sich die Zunge am heißen Kaffee, flucht leise, die Frau hinter dem Verkaufstresen schaut ihn strafend an.

„Sie erzählen sich Witze?"

„Am liebsten von dicken Hintern."

„Ralle!"

„Meine Vera sagt, das kommt von der Untätigkeit, weil sie keine Bewegung haben. Jeder braucht Bewegung!"

„Vera Winter?"

Ralle nickt und nippt an seinem Kaffee. „Vera ist nett. Ich helfe ihr. Sie will so einen Hof für Tiere machen, die sonst niemand will."

„Einen Gnadenhof?"

„Aufs Dach vom Stall kommt sogar eine Fotografieranlage."

„Wen wollt ihr denn fotografieren?"

„Die Sonne, auch wenn sie nicht scheint."

„Meinst du eine Fotovoltaikanlage, die aus Sonnenlicht Strom erzeugt?"

„Du kennst dich aber aus!" Ralle nickt und trinkt seine Tasse aus.

„Einen Esel hätten wir doch schon, hat Vera gemeint und dabei ganz komisch gelacht. Die Vera!" Ralle schüttelt den Kopf und der umgehängte Bernsteinklunker steppt dazu auf seinem Hemd.

Wesemann verabschiedet sich mit wirren Gedanken, Ralle bringt die beiden Kaffeetassen aufs Abstelltablett.

Wesemann schleicht nach Hause. Je näher er seiner Wohnung kommt, umso weiter verschwindet die Begegnung mit Ralle in irgendwelchen nebulösen Gehirnwindungen. Jetzt ist nur noch wichtig, Karola anzurufen, eine Decke auf der Couch auszubreiten und einen Hustentee zu kochen.

Karola kommt spät, hat Hühnerklein mitgebracht und zwei Bund Suppengrün, um Wesemann eine kräftige Genesungsbrühe zu kochen. Es dauert, schmeckt aber köstlich. Und dann legt sich Karola auch noch zu ihrem Hubert, um ihn zu wärmen.

Eigentlich wollte Wesemann gar nicht so schnell wieder gesund werden. Doch als er am nächsten Morgen aufwacht, ist Karola längst im Sender. Na schön, es ist auch schon Mittag. Über seinem Kopf wird ein schwergewichtiger Elefant durch die Wohnung getrieben und als er fast schon an der Wohnungstür ist, kehrt er noch einmal um und dann wieder zurück zur Tür. Früher hat man außer der Wasserspülung nichts aus der Wohnung gehört.

Wesemanns Nase läuft, es kratzt in seinem Hals, er macht sich den Rest Suppe vom Vorabend warm und wirft sich zwei Aspirin ein. Er muss vorankommen. Aber wie? Da war gestern noch etwas unerledigt liegen geblieben. Richtig, er hat über Ingo Grothe recherchiert. Vorher! Er wollte Döner bei Engin kaufen. Noch weiter davor! Sein Gespräch mit Timo. Das war's. Ilona Jungk wollte ihn sprechen. Warum wohl? Darum bestimmt nicht, Wesemann, dafür ist dein Budget zu bescheiden. Also wird sie mit einer Information rausrücken wollen.

Er ruft in der Therme an und wird durchgestellt. Frau Jungk kann oder will nicht sprechen. Also doch ein kleines Rendezvous? Sie ruft in zehn Minuten zurück. Von ihrem Mobiltelefon aus. Eine Dame mit Stil, sagt Mobiltelefon statt Handy. Wesemann nimmt sich zwei Salbeibonbons und wartet.

„Ich habe mir lange überlegt, ob ich Sie anrufe."
Was soll man darauf sagen?
„Aber der Mann von der Polizei war einfach so unverschämt, dass ich ihm freiwillig bestimmt keine Auskunft mehr gebe. Er hat mich gefragt, ob ich gemeldet sei."
„Sie haben doch eine Adresse."
„So hat er das nicht gemeint."
„Wie denn?"
„Ich wusste doch, dass Sie ein Ehrenmann sind. Jedenfalls hätte ich noch eine Kleinigkeit zum Fall Cord zu Ottendorff beizutragen. Es war nicht unsere erste Begegnung im Spielkasino. Wir kannten uns eigentlich ganz gut. Vielleicht hat es auch gar nichts damit zu tun, aber Cord ist erpresst worden."
„Von wem?"
„Er hat mal was von einem Kosmetikinstitut erzählt."
„In Hannover?"
„Hannover oder Hildesheim. Es kann auch Holzminden gewesen sein."
„Und womit ist er erpresst worden?"
„Ich weiß es nicht genau, ich kann es nur ahnen", sagt Ilona Jungk. „Cord zu Ottendorff hat nicht darüber gesprochen. Er war nämlich sehr eitel. Und …", jetzt flüstert sie fast, „… sein Haar war nicht echt."
„Wo?"
„Auf dem Kopf natürlich. Eigentlich war es doch echt, also von ihm selber. Die Verpflanzung ist auch gut verlaufen, aber dann haben sich die Haare plötzlich in die Ausgangsposition gekräuselt und Cord war stinksauer. Er musste sich immer eine Unmenge von Gel ins Haar schmieren, damit die Haare an der Kopfhaut anlagen. Ich könnte mir denken, dass er mit In-

siderwissen erpresst wurde. Zum Beispiel einem verfänglichen Foto. Er tut mir so leid, er fehlt mir."

Damit wird das Gespräch beendet. Wie nun? Wesemann überlegt. Bisher ist er davon ausgegangen, dass Danni Urmann und Mike Becker Cord zu Ottendorff im zweiten Versuch erpresst haben könnten. Und plötzlich spielt die Geschichte auf einer ganz anderen Ebene. Er wird noch mal in die Apotheke gehen und dann im Sender vorbeischauen.

„Du solltest doch im Bett bleiben", wird Wesemann von Karola begrüßt.

„Die Pflicht ruft."

„Du hättest dir wenigstens einen Schal umbinden können." Sie steht auf, geht zur Garderobe und legt dann Wesemann ihren eigenen Schal um den Hals. Wesemann ist ganz ergriffen von Karolas Fürsorge.

Karola schüttelt den Kopf. „Männer!"

„Ein Schal kann ganz schön gefährlich sein", meldet sich Timo und zieht mit einem Ruck einen imaginären Schal in der Luft zusammen.

„Was machen deine Recherchen?", fragt ihn Wesemann.

„Im Augenblick keine Fortschritte. Ich musste mich um ein Gospelkonzert in Coppenbrügge und die Ausstellung der VHS-Malgruppe kümmern. Soviel Sonnenblumen habt ihr noch nie in einem Raum gesehen. Auf allen Bildern Sonnenblumen. Manche konnte man sogar erkennen. Im nächsten Semester kommen Rosen dran, sagt die Leiterin des Kurses."

„Also nicht Neues von unserem Pärchen Danni und Mike?"

„Doch, natürlich. Das macht der Stress, man kommt zu nichts. Danni arbeitet schon seit kurzem nicht mehr in der Schönheitspraxis in Hannover. Sie hat ein Nagelstudio in Bad Münder aufgemacht. Eigennagelverstärkung mit French Manicure für fünfundvierzig Euro."

Wesemann schaut Karola an, Karola lächelt, nimmt den Blick aber nicht von ihrem Bildschirm. „Als Moderatorin bei *radioTOTAL* braucht man nur ein paar Emser-Pastillen für eine klare Stimme. Stell dir mal vor, ich wäre beim Fernsehen."

„Mit deinen schönen Beinen brauchtest du nur wenig Stoff." Hab ich das jetzt gesagt?, überlegt Wesemann.

„Wow!", sagt Timo und Karola ist sogar ein bisschen rot geworden.

„Und ein Paar sind sie auch nicht mehr", sagt Timo. „Mike Becker ist ausgezogen, hab ich gehört, und wohnt jetzt in seinem Laden in Bad Pyrmont."

Für einen Augenblick macht sich eine tiefe Unlust in Wesemann breit. Wenn er HK Bertram wäre, hätte er die unergiebigen Todesfälle auch einem dumm-naiven Journalisten aufgedrückt und sich lieber um den spektakulären Mord in der Schillerstraße gekümmert. Heute war eine Stellungnahme von HK Bertram in der Dewezet, mit Bild sogar. Man vermutet, dass der Briefmarkenhändler mit seinem Wohlstand geprahlt habe. In Anzeigen hätte er sich als Aufkäufer von Briefmarken bis zu einem Gesamtwert von hunderttausend Euro empfohlen. Schlafende Hunde wären da leicht geweckt.

Ein solcher Fall macht Publicity und bringt Kohle. Aber Wesemann mit seinen halbgaren Ermittlungen kann nicht mal mehr einen Beitrag bei Baxmann unterbringen. Er muss schon einen Umweg um seine Sparkasse machen, um seinem Konto nicht zu begegnen. Aber Karola hat gesagt: „Mach dir keine Sorgen, bleib dran. Wir werden schon nicht verhungern." Doch Wesemann möchte nicht abhängig sein von einer Frau. Finanziell. So sieht er die Zuwendungen der Frau Moderatorin eher als Vorschuss. Wenn die spektakulären Todesfälle im Weserbergland erst aufgeklärt sind und seine Radiobeiträge in ganz Deutschland gesendet werden, schnellt sein Kontostand rasant in die Höhe. Dann wird er Karola zu einem Wellnesswochenende in Bad Pyrmont einladen. Oder besser in Bad Eilsen. Schlafende Probleme soll man nicht wecken.

„Ich hab mir schon überlegt", sagt Timo, „ob ich Baxmann einen Bericht über einen findigen Radiojournalisten aus dem Weserbergland vorschlagen sollte. Dann brauchte ich nicht immer so weit mit dem Fahrrad zu fahren."

„Vergiss es", sagt Wesemann.

Es riecht ein wenig streng, als Wesemann seine Wohnungstür aufschließt. Altes Gemäuer. Oder die Hähnchenknochen im Abfalleimer. Über ihm wieder dieser Elefant. Wesemann stellt seine Tasche ab und schnappt sich den Müllbeutel, bringt ihn zum Container hinterm Haus. Als er die Treppe wieder hinaufsteigt, verlässt der Elefant gerade die Wohnung in der oberen Etage. Wesemann drückt sich vorsichtshalber an die Wand. Doch dann ist es nur ein junger Mann, der seine Männlichkeit mit energischen Schritten zu unterstreichen sucht. „Bis morgen", ruft er die Treppe hinauf.

„Isch seh disch!", antwortet ihm eine Männerstimme von oben.

Wesemann, die Stimme kennst du! Aber wohnen da oben nicht Hoffmann und Schulte? Die Tür im oberen Stockwerk fällt ins Schloss. Der herabeilende Besucher grüßt mit einem herablassenden Kopfnicken. Wesemann überlegt einen Augenblick, dann eilt er die Treppe wieder hinunter und schaut auf das Klingelschild für die obere Wohnung. Da steht groß, deutlich und mit schwarzem Filzstift geschrieben: Hoffmann/ Schulte.

Auch oben an der Wohnungstür stehen die bekannten Namen auf dem Klingelschild, allerdings ist der Name Schulte mit einem Kugelschreiber durchgestrichen worden. Wesemann klingelt. Ein schwarz gelockter Mann im Unterhemd öffnet.

„Ich komme von der GEZ", sagt Wesemann, „und möchte zu Schulte."

„Nisch da!", sagt der Mann.

„Wann ist er zurück?"

„Nie mehr, abgemurkst!" Die Tür wird Wesemann vor der Nase zugeknallt.

Schulte war eine Frau, da ist sich Wesemann sicher. Eine sehr attraktive, leider viel zu jung. Nachdenklich geht Wesemann in seine Wohnung zurück. Aber die Stimme des Schwarzgelockten. Woher … er eilt in sein Aufnahmestudio und spielt die anonyme Nachricht auf dem Anrufbeantworter ab. „Du kannscht disch überall verstecken. Wir finden disch!" Das kann keine Verwechslung sein, Stimmen kann Wesemann besser identifizieren als Gesichter. Doch als Hoffmann geht der Mann nicht durch und schon gar nicht als Schulte.

Wesemann muss niesen.

Das kalte Treppenhaus!

Er nimmt zwei Aspirin und greift nach der Thermoskanne mit dem Kaffee. Leer.

Wenn es kein Vorurteil wäre, würde er auf Türkei als Herkunftsland des Schwarzgelockten tippen. Und wer kennt sich mit allen Türken der Umgebung aus?

„Warst du krank?" Engin strahlt, als Wesemann sein Geschäft betritt. „Musst du viel Wasser trinken."

„Und Mokka?"

„Mokka auch!" Engin füllt zwei kleine Tässchen mit dem aromatisch belebenden Getränk.

Wesemann gibt zwei Teelöffel Zucker in seine Tasse und noch einen. Die beiden Männer pusten in ihr Tässchen und blicken durchs Schaufenster auf die Deisterstraße.

„Wenn mir jemand mein Auto klaut", sagt Wesemann ohne besondere Betonung, „und du wüsstest, wer es war, würdest du mir den Täter verraten?"

„Ich würde dir dein Auto zurückbringen. Noch einen Mokka?"

Darauf geht Wesemann nicht ein. Er nimmt den MP3-Player aus der Jackentasche, gibt Engin zwei Kopfhörer und schaltet seine Aufnahme ein.

Engin lauscht angestrengt.

„Und?", fragt Wesemann nach einer Weile.

Engin nimmt die Kopfhörer aus den Ohren.

Sein Gesicht glüht vor Erregung. Als er nach der Mokkatasse greift, zittert seine Hand.

„So ein Idiot. Ich werde im Arsch treten. Mit beide Füße!"

Wesemann schaut ihn nur an. Engins Blick flattert. „Bitte trink noch einen Mokka mit mir!"

Wesemann trinkt noch einen Mokka.

„Er wird alles wieder gutmachen. Das schwöre ich! Beim Tod meiner Mutter!"

Nach und nach erfährt Wesemann die Geschichte von dem jungen Mann, der über ihm wohnt und heiraten will. Er will ein Mädchen heiraten, aber sie ist Teil eines Gesamtpaketes. Darin sind natürlich die Schwiegermutter und der Schwiegervater enthalten, und dann noch zwei jüngere Cousinen, ein Cousin und die Oma. Für sie braucht er auch eine Wohnung. Am besten ganz in seiner Nähe.

„Ich kann mir schon denken, was ihm eingefallen ist", sagt Engin.

„Er glaubt, die passende Wohnung unter seiner gefunden zu haben. Weil sie nicht frei ist, will er sie frei machen. Sozusagen den Mieter mit Nachdruck dazu überreden auszuziehen. Ist leider deine Wohnung."

„Aber Hoffmann?"

„Schöner Name, fast so schön wie Yildrim. So heißt der junge Mann, der die Wohnung von Hoffmann übernommen hat."

Dann verfinstert sich wieder Engins Miene.

„Und meine zerstörten Arbeitsgeräte?"
„Muss er alles mit Arbeit wieder gutmachen. Treppe putzen, Auto waschen, Keller aufräumen."
„Ich habe keinen Keller."
„Aber isch!"
„Engin, du bist ein wahrer Freund", sagt Wesemann und Engin grinst.

Himmlische Ruhe in seiner Wohnung. Wesemann will sich ein wenig ausstrecken und legt sich auf die Couch. Freunde sind mehr wert als alles Geld der Welt. Obwohl ... sein neues Aufnahmegerät hat er selber bezahlt. Aber das ist wohl zu engstirnig gedacht und schadet der Freundschaft.
Wesemann schließt die Augen.
Sein Handy klingelt.
Karola. Sie niest und spricht verschnupft.
„Du Arme", sagt Wesemann.
„Du hast mich angesteckt", sagt Karola, „jetzt wirst du es auch ausbaden müssen. Ich mache heute früher Schluss und dann versorgst du mich."
„Ich kann keine Hühnersuppe kochen."
„Erkältungssalbe, Hustentee und Streicheleinheiten tun es auch. Den Rest bringe ich aus der Apotheke mit."
„Ich hätte noch zwei Pizzas im Kühlschrank."
„Mal sehen, ob ich überhaupt Hunger habe. Ich wollte dir auch bloß sagen, dass ich dir eine E-Mail geschickt habe. Ein Kollege hat vor ein paar Monaten einen Bericht über Ingo Grothe gemacht. Grothe hatte sich mit Vera Winter in die Haare gekriegt. Hör selbst, meine Stimme ist gleich weg."
„Mit Salbeibonbons kann ich aushelfen."
Doch Karola hat schon aufgelegt.

Wesemann steht mühsam auf, es zuckt im Knie, ein kurzer stechender Schmerz. Arthrose? Im rechten Fuß auch ein leichter Schmerz. Man wird alt. Er geht ins Aufnahmestudio und schaltet den Computer ein. Karolas E-Mail mit einem lieben Gruß und einem Anhang:

Es gibt Menschen, die setzen sich nach Gutsherrenart über Gesetze und Bestimmungen hinweg und zahlen die fällige Strafe für ihre Übertretung aus der Portokasse. Da baut jemand ein Haus, ein schönes Haus, ein großes Haus. Vor dem Haus steht eine uralte Winterlinde. Wegen ihres Alters unter Naturschutz. Der Bauherr ist natürlich stolz auf seine Linde, doch leider steht sie genau vor der Einfahrt zu seiner Tiefgarage. Sie muss weg, darf nicht weg und da geschieht das Unglück. Ein Bagger beschädigt bei Erdarbeiten großflächig die Rinde des Baums. Natürlich völlig unabsichtlich. Bauherr und Baggerfahrer sind zerknirscht und erschüttert, doch der Baum kann nicht gerettet werden. Dreißigtausend Euro werden dem Bauherrn als Strafe für fahrlässiges Handeln auferlegt. Viel billiger, als den Baum, wie vorgeschrieben, an einen anderen Ort zu verpflanzen. Der Mann soll noch am gleichen Abend in einem Nobelrestaurant groß gefeiert haben. Doch zu früh gefreut. Jetzt tritt Hamelns Umweltschützerin Vera Winter auf den Plan und macht den Vorgang öffentlich. Der arme Bauherr versucht es mit seinen Rechtsanwälten und anonymen Spenden an umliegende Umweltorganisationen, doch Vera Winter lässt nicht locker. Sie erreicht eine Rücknahme des Bußgeldbescheids. Als Ersatz für die Abholzung der Winterlinde muss nun ein neuer Baum ähnlicher Größe am alten Standort gepflanzt werden. Der Bauherr knirscht mit den Zähnen, doch gegen Vera Winters Durchhaltevermögen kann er nichts ausrichten. So wird aus der Tiefgarage eine unterirdische Schwimmhalle, doch Vera Winter wird sich wohl kaum darin tummeln. Claudius Oschatz für radioTOTAL.

Und dann kommt Karola selber. Dicke Jacke, Strickmütze, roter Schal, doppelt um den Hals gewickelt. Wesemann will sie umarmen, doch Karola weicht einen Schritt zurück. „Wir wollen doch deine Genesung nicht gefährden." Sie lässt sich auf die Couch fallen. Wesemann ist bestens auf die Krankenpflege vorbereitet. Auf dem Couchtisch hat er Rotlichtlampe, Papiertaschentücher und seine restlichen Salbeibonbons bereitgelegt, unter dem Couchtisch liegt wie unter einem Weihnachtsbaum ein Paar seiner dicken Socken. Karola streift ihre Schuhe ab. Wesemann vergisst seine Gelenkschmerzen und zieht ihr die dicken Socken über die Füße. „Jetzt hätte ich gern noch ein Bier", sagt Karola, „dann bin ich wunschlos glücklich."

„Moment." Wesemann verschwindet in seinem Aufnahmestudio, öffnet die Bierflasche, holt ein Glas. Karola hält die Bierflasche in der Hand. „Dann doch lieber einen Pfefferminztee. Das Haltbarkeitsdatum ist bereits seit Wochen abgelaufen."

„Bierflaschen haben ein Haltbarkeitsdatum? Das wusste ich nicht."

„Du weißt noch so vieles nicht."

Das war zwar eine keineswegs bedeutungsschwere Bemerkung, doch Wesemann hat sie erwischt. Er sinkt erst auf den Stuhl am Esstisch, dann in sich selbst zusammen. „Du hast recht, ich stecke fest, habe keine Idee und möchte am liebsten alles hinschmeißen."

Karola seufzt, rutscht in die Couchecke und legt sich eine Decke über die Beine. „Komm her." Sie klatscht mit der flachen Hand auf den Platz neben sich. Das lässt sich Wesemann nicht zweimal sagen.

„Leg dich hin und entspann dich."

Wesemann bettet seinen Kopf auf Karolas Oberschenkel und lässt die Füße über die Armlehne der Couch hinausragen. „Frag Baxmann, ob er nicht ein paar kleinere Aufgaben für mich hat."

„Spinner." Karola greift über Wesemann hinweg nach den Papiertaschentüchern. „Fassen wir mal zusammen, was wir haben. Dann sehen wir weiter."

„Wir?"

„Wir!"

„Wir haben zwei Tote, jeder war mit einem Windrädchen dekoriert, dazu eine tote Katze, auch mit so einem Ding."

„Das ist noch sehr übersichtlich."

„Unübersichtlich wird es bei dem Personenkreis, der mit der Tötung der beiden Männer ..."

„Und der Katze!"

„... zu tun haben könnte. Hier muss man den privaten und den geschäftlichen Kreis unterscheiden. Zum privaten Kreis zähle ich Ilona Jungk, die den Abend mit Ottendorff verbracht hat, dann die beiden undurchsichtigen Erpresser Danni und ihr Freund Mike. Eventuell noch jemand von der feinen Gesellschaft aus Grothes abgebranntem Wochenendhaus. Taucht wie aus dem Nichts auf und übernimmt Ottendorffs Anteile am Windkraftfond. Es könnten auch persönliche Differenzen gewesen sein, Eifersucht, enttäuschte Hoffnungen oder was weiß ich."

„Hört sich alles nicht so besonders dramatisch an."

„Dann natürlich das geschäftliche Umfeld. Unser Kreistagsabgeordneter Hermann Tenschel, Leiter des Ausschusses für Regionalplanung, Umwelt und Naturschutz, der ohne ersichtlichen Grund vom Gegner der Windkraftanlagen zum Befürworter mutierte. Und wie durch ein Wunder stieg sein Stiefsohn Mike Becker vom armen Schlucker zum Inhaber einer Autolackiererei auf."

„Und bis vor kurzem noch der Freund von Danni Urmann war."

„Dann der Leiter der SBW-Bank in Bückeburg mit seinem unerklärlichen Blackout in der Hamelner Mühlenstraße."

„Armes Köpfchen ...", Karola massiert mit den Fingerspitzen ganz leicht Wesemanns Kopfhaut, „... muss so viel denken."

Wesemann lächelt, gähnt, reißt sich zusammen. „Damit hätten wir die Verdächtigen im Fall Cord zu Ottendorff. Bleibt noch der tote Thilo Stängelfeld, da sehe ich allerdings kein Motiv und keinen Täter."

„Er war doch verheiratet. Ehepartner sind grundsätzlich verdächtig."

Wesemann schnurrt.

„Und er war Eigentümer des Baugrunds, auf dem die Windkraftanlagen errichtet werden sollten." Wesemann gähnt schon wieder.

„Wenn wir weiterkommen wollen, müssen wir die Personen einzeln unter die Lupe nehmen. Jede für sich erst einmal."

„Du die Männer, ich die Frauen?" Wesemann wälzt sich auf die Seite.

„Fang nicht schon wieder an. Ich muss mit Marion sprechen. Da ist noch die Mühlenstraße, eine mögliche Verbindung zwischen Fritz Bruncken und Marions Arbeitgeber. Mal sehen, wer an welchem Rad gedreht hat."

Karola putzt sich die Nase, Wesemann ist eingeschlafen. Dank seiner aufopfernden Pflege fühlt sie sich schon erheblich besser.

Wesemann träumt von einer Kreuzfahrt. Er liegt in einem Liegestuhl, die Sonne scheint ihm auf den Kopf, sanft heben und senken sich die Wellen. So könnte es bleiben, zumindest für die nächsten Tage, doch da wird das Schiff aus heiterem Himmel von einer Monsterwelle getroffen. Wesemanns Liegestuhl schwankt, kippt auf die Seite und Wesemann rollt aufs Deck. „Dein Dickschädel ist mir zu schwer, da schlafen mir die Beine ein."

Wesemann findet sich neben Karola auf der Couch wieder. Karola beugt sich über ihn und schaltet das Rotlicht aus. Die Sonne geht unter. Leider taucht das Kreuzfahrtschiff nicht wieder auf.

Der eine schnarcht und die andere schnieft. Es wird eine unruhige Nacht. Am nächsten Morgen wundert sich Wesemann, wie egoistisch er in der Nacht alle Decken an sich gerafft hat, ohne an die fröstelnde Frau neben sich zu denken.

Es ist halb zehn.

„Ich habe mich schon beim Sender abgemeldet", sagt Karola.

„Dann mache ich uns das Frühstück."

„Keinen Appetit. Nur Tee und eine warme Decke."

Etwas verlegen breitet Wesemann alle im Schlaf eroberten Decken über Karola aus. Dann kocht er Tee und legt ein paar Zwiebäcke auf einen Teller. So was ist immer gut bei einer Erkältung. Er schaltet das Radio an:

Platter als eine Briefmarke waren gestern drei Männer, als maskierte und schwer bewaffnete Polizisten ihre Wohnungen in Köln stürmten. Die drei Männer stehen in dringendem Tatverdacht, den Briefmarkenhändler aus Hamelns

Schillerstraße brutal getötet zu haben. Dazu Hauptkommissar Bertram von der Polizei Hameln:

Wir gehen davon aus, dass der Kaufmann einem Raubmord zum Opfer gefallen ist. Eine akribische Auswertung der Handy-Daten des getöteten Mannes führte die Polizei zu den mutmaßlichen Tätern. Wie die Täter ihr Opfer kennenlernten, ist noch unklar. Hier könnte die Prahlerei des Opfers mit seinem Besitzstand eine größere Rolle spielen.

Eine Zwischenfrage: Hamelns Bürger können also aufatmen?

Wir sind natürlich sehr erleichtert, den Fall nach so kurzer Zeit aufgeklärt zu haben. Es war ein hartes Stück Arbeit, und wir haben sicher noch viel zu tun. Aber von unseren Schultern ist eine schwere Last genommen worden.

Soweit Hauptkommissar Bertram. Wir bedanken uns für das Gespräch.

Timo Hristov für radioTOTAL.

„Platter als eine Briefmarke", sagt Wesemann, „schlimmer geht's nimmer."

„Vielleicht eine etwas schiefe Metapher, aber der Junge gibt sich Mühe."

„Ich auch." Wesemann steht auf und holt seine Jacke.

„Wo willst du hin?"

„Wenn man ein Knäuel von unentwirrbaren Zusammenhängen vor sich hat, muss man nach dem Anfang des Fadens suchen."

„Viel gelungener war die Metapher aber auch nicht."

„Ich fahr zu Vera Winter und werde sie ein bisschen nach Ingo Grothe befragen. Leute, die miteinander im Streit liegen, haben meistens eine lose Zunge."

Vera Winter wohnt in einem Haus in Tündern. Am Weserdeich. Kein allzu kleines Grundstück mit einem etwas verwilderten Garten zur Weser hin. Vera Winter hat viel zu tun, sagt sie. Sie geht mit ihm in einen kleinen Anbau neben dem Haus. Es riecht angenehm nach Holz. Der Raum ist eine Kombination von Wintergarten und Werkstatt. Neu eingerichtet. IKEA-Möbel. Bei dieser umfangreichen Ausstattung hat sich da sicher einiges summiert.

Vera Winter bietet Wesemann einen Stuhl mit hoher Rückenlehne an. Der Stuhl kippelt, als sich Wesemann darauf niederlässt. Steht mit einem Bein auf einem Autoprospekt. Vera Winter widmet sich wieder ihrer unterbrochenen Tätigkeit und stellt sich hinter eine Werkbank. Mit einem kleineren Pinsel beschriftet sie rosa Sparschweine aus Porzellan: *Hilfe für den Gnadenhof.*

Wesemann kramt nach seinem Portemonnaie und erkennt als erster Spender die Notwendigkeit des Hilfgesuchs an. „Wir wissen", sagt er, „wem die tote Katze gehört hat."

„Ach."

„Frau Stängelfeld."

„Kenn ich nicht."

„Die Frau von dem toten Bauern im Burggraben der Hämelschenburg."

„Kenn ich trotzdem nicht." Sie wischt den gerade begonnenen Schriftzug mit etwas Terpentin ab. Ist ein wenig verwackelt. Vera Winter setzt neu an.

„Sie kennen doch Ingo Grothe."

„Leider." Das nächste Schwein erhält besonders schöne Beschriftung.

„Hat sich dick ins Windkraftgeschäft eingekauft."

„Ach."

„Die Anteile von Cord zu Ottendorff übernommen." Gesprächig ist Vera Winter nun gerade nicht. Wesemann hat sie ganz anders in Erinnerung. „Kann kein schlechter Mensch sein, wenn er in alternative Energie investiert."

„Kein schlechter Mensch?" Vera Winter stößt den Pinsel in ein Glas mit grauschwarzer Flüssigkeit. „Das ist ein hinterhältiger Opportunist. Mit allen Wassern gewaschen." Sie schwenkt den Pinsel in der Flüssigkeit und wischt ihn dann an einem fleckigen Tuch ab. „Dem ist alles zuzutrauen."

Wesemann, sag jetzt nichts, schau nur erwartungsvoll und hör zu!

„Erst lässt er die Winterlinde auf seinem Grundstück beseitigen, damit er in seine Tiefgarage kommt. Als er einen neuen Baum pflanzen muss, baut er die Tiefgarage zu einem Wellnessbad mit thailändischen Masseusen um. Doch das Bordell wird von Amts wegen geschlossen und was macht der Kerl, er züchtet Störe in den Wasserbecken."

„Störe?"

„Beluga-Störe. Sind gerade bei prestigesüchtigen Villenbesitzern gefragt. Kosten dreißig-, vierzigtausend Euro je nach Größe."

„Ach." Jetzt hat es Wesemann die Sprache verschlagen.

„Eine Zucht unter unhaltbaren Bedingungen. Wir klagen schon dagegen."

Von einem Weserschiff schreit ein Signalhorn herüber. Oder war es ein Tier?

„Grothe scheint wohl vor nichts zurückzuschrecken. Fitness-Studios, Spielhallen, Störe und jetzt auch noch Windkraftanlagen. Passen doch eigentlich nicht in sein Portefeuille."

Vera Winter scheint sich auszukennen, jedenfalls zeigt sie keinerlei Regung bei dem Insiderbegriff, nicht mal ein Zucken der Augenbrauen. Vielleicht hat sie ihn auch einfach überhört.

„Ich kann solche Machos nicht ausstehen, die den Macker raushängen lassen und sich rücksichtslos bereichern. Immer nur raffen und raffen."

Draußen erschallt ein mächtiges: „Töröőö!"

„Ralle", sagt Vera Winter, „er hat den Postboten begrüßt."

„Ich habe schon gehört, dass Ihnen Ralle ..."

„Er versorgt im Garten den Esel, unser erstes Tier für den Gnadenhof. Es wird Zeit, dass wir endlich umsiedeln können."

Wesemann steht auf. „Wenn Ihnen noch etwas zu den Windkraftanlagen in Zusammenhang mit Ingo Grothe einfallen sollte ..." Wesemann schiebt seinen Stuhl an den Tisch.

„Dazu fällt mir eine Menge ein."

Vera Winter kommt hinter der Werkbank hervor. Sie stellt sich ganz dicht vor Wesemann. Ein leichter Knoblauchgeruch. Vielleicht Bärlauch? „Eigentlich dürfte ich es gar nicht wissen, aber der Kerl hat einen neuen Bauantrag gestellt. Vierundzwanzig Windräder am alten Standort und hundertachtzig Meter hoch. Weil es effizienter ist. Man wird wohl nichts dagegen machen können."

„So leicht geben Sie doch nicht auf!"

„Ich werde auch nicht jünger." Vera Winter geht zur Tür.

Merkwürdig, denkt Wesemann, irgendwie erscheint sie zu gleichgültig. Was ist mit ihrem Engagement? Warum so wenig Erregung über die Ungeheuerlichkeit?

Er verabschiedet sich. Vera Winter geht zum Briefkasten. Wesemanns Corsa parkt hinter einem nagelneuen Mercedes Smart. In Grün. Wie aus dem Prospekt unter dem Kippelstuhl.

„Ihrer?", fragt Wesemann.

„Sehr sparsam", sagt Vera Winter. Hinterm Haus schreit der Esel. Wesemann überlegt, Ralle zu begrüßen. Dann denkt er an seine kranke Karola und steigt lieber ins Auto.

Das Handy klingelt. Wesemann müsste anhalten. Tut er aber nicht. Er fischt nach dem kleinen Apparat und sagt: „Hallo."

„Hier Einsatzzentrale."

Jetzt fährt er an den Straßenrand und hält an. „Welche Einsatz..."

Aus dem Handy ein Lachen, dann ein Husten, das zu einem Bellton heranwächst.

„Ich habe Marion angerufen und angedeutet, dass ich gern eine Auskunft von ihr hätte. Sie hat am Telefon natürlich nichts sagen können. Aber dann hat sie übers Handy zurückgerufen."

„Moment", sagt Wesemann, „ich muss eine Garageneinfahrt freimachen."

„Hörst du mich noch?"

„Jetzt wieder."

„Das Steuerberaterbüro von Wedemeyer hat nichts mit dem WeBe-Fond zu tun."

„Schade."

„Allerdings hat sie noch etwas von Ihrer Freundin aus Langenhagen erfahren. Flurfunk, ohne Beleg. Soviel sie verstanden hat, ist der Kauf des Grundstücks im Emmertal nicht zu belegen. Beim Notar sind die Urkunden unauffindbar und die beiden Urkunden bei

Ottendorff und Bauer Stängelfeld sind verschwunden."

„Und wo ist das Geld vom Grundstückskauf geblieben?"

„Danach habe ich Marion schlecht fragen können. Sie war sowieso schon ein bisschen zickig. Ob sie denn nicht schon genug an Wiedergutmachung geleistet hätte."

„Schon komisch. Ingo Grothe übernimmt Ottendorffs Anteile an den Anlagen ohne abgesicherte Grundstücksverträge."

„Komm nach Hause!"

„Nichts, was ich lieber ..."

„Und bring eine große Packung Papiertaschentücher mit. Roger, over and out!"

Das ist professionell. Roger, over and out! Die Wohnung ist warm, eine Kanne Tee steht auf dem Esstisch, am Bücherregal hängt ein Block wie ein Kalender. Am oberen Rand mehrmals gelocht und von einem Bindfaden zusammengehalten. Wesemann hebt ein paar Blätter an. Auf jedem stehen ein Name und meist auch ein paar Zeilen.

Wesemann nimmt sich einen Tee. „Was soll das?" Er zeigt mit der Teetasse in Richtung Abreißblock.

„Für jeden Verdächtigen ein eigenes Blatt. Wenn er nicht mehr verdächtig ist, wandert das Blatt in den Papierkorb." Karola putzt sich die Nase und greift dann zum Löffel und der Hustensaftflasche. „Zum Schluss bleibt dann nur noch der Täter übrig."

Wesemann überlegt einen Augenblick. „Wie kommst du denn an den Hustensaft?"

„Magische Kräfte." Karola hört sich sehr verschnupft an und ihre Haare glänzen auch nicht wie gewohnt. „Du bist mir ein schöner Ermittler. Engin hat angerufen und gefragt, ob er etwas für dich tun kann. Ich hab ihm gesagt, du brauchst dringend einen Hustensaft und er hat zwei Flaschen mitgebracht. Was willst du als nächstes unternehmen?"

„Nun hetz mich doch nicht so." Wesemann setzt sich neben Karola auf die Couch. „Lass mich erst mal einen Schluck trinken."

„Pfefferminztee?"

„Also weiter. Ein Ansatzpunkt könnte Fritz Bruncken sein. Da haben wir eventuell eine Zeugin, die beobachtet haben will, wie er in der Bäckerstraße von einer *stattlichen* Frau abgeschleppt wurde."

Karola zeigt auf das Bücherregal. Wesemann steht auf, holt den Abreißblock vom Regal, findet nicht gleich das passende Blatt.

Bruncken, Fritz

Ansonsten nur ein winziger Fettfleck. Wesemann nimmt sich einen Kugelschreiber und notiert unter dem Namen:

Banker, SBW-Bank Bückeburg

Zwischenfall Bäckerstraße, Zeugin, Handynummer 0177…

Betrunkener (?) von stattlicher Frau gestützt. Mann sehr adrett gekleidet.

„Wenn der Abgeschleppte gar nicht Bruncken war?"

„Das lässt sich herausfinden", sagt Wesemann. „Ich habe noch Fotos vom ersten Spatenstich im Emmertal, darauf muss er abgebildet sein. Ich werde die Fotos vergrößern und dann mal schauen, was unsere Informantin dazu sagt." Er geht ins Aufnahmestudio und hat eine Weile mit Auswahl und Druck der Fotos zu tun. Dann ruft er die Handynummer der Informantin an und Frau Gutzeit hat nichts dagegen, dass Wesemann gleich vorbeikommt. Sie arbeitet in einem Brillengeschäft in der Bäckerstraße.

„Kauf auf dem Rückweg bitte etwas zu essen im Supermarkt. Ich habe wieder Appetit und das ist ein gutes Zeichen."

Wesemann niest. „Aber mich hinaushetzen ins Novemberwetter."

„Stell dich nicht so an. Timo hat seinen Bericht über den Mord am Briefmarkenhändler an vier Radiosender verkauft."

„Sklaventreiberin!" Wesemann haucht Karola einen Kuss aufs Haar und verschwindet. Karola wirft ihm eine Packung Papiertaschentücher hinterher.

Anruf aus dem Sender. Timo. HK Bertram hat sich gemeldet. Tenschels Handydaten wurden ermittelt. Er hat wirklich von Pyrmont aus ein Taxi gerufen. Dann hat man Ottendorffs Brieftasche gefunden. War in eine Spalte der Dunsthöhle gerutscht. Ohne Fingerabdrücke. Genauso blitzblank wie die Champagnerflasche.

„War Geld in der Brieftasche?"

„Merkwürdig", sagt Timo, „das habe ich den Herrn Hauptkommissar auch gefragt, aber ein Raubmord wäre wohl auszuschließen. In der Brieftasche seien über zweiunddreißigtausend Euro gefunden worden. Damit würde ein Eifersuchtsdrama wohl eher in Betracht kommen."

„Wie schön, dann kann ich mich wieder meiner Alltagsarbeit widmen."

„Hat HK Bertram auch gesagt. Ermittlungsarbeit sei schließlich nichts für Amateure."

Wesemann schnauft.

Eigentlich wollte er sich nicht zu HK Bertrams Meinung äußern, aber jetzt kann er sich nicht zurückhalten. „Sollte sich der Herr Hauptkommissar noch einmal melden, frag ihn doch mal, wie eine schlanke Frau von kaum fünfzig Kilo den schweren Mann transportiert haben soll."

Wesemann passiert gerade das Museumscafé, als sein Handy klingelt. Es ist HK Bertram. Woher er wüsste, dass gegen Frau Jungk ermittelt würde. Ob er Informationen der Polizei vorenthielte.

Wesemann gratuliert HK Bertram zum Erfolg im Briefmarkenmord.

„Gelernt ist gelernt", sagt HK Bertram, aber er solle nicht abschweifen.

Es sei doch wohl allen Insidern - Wesemann liebt diese kleinen Sticheleien - bekannt, dass Ilona Jungk nicht geleugnet habe, am fraglichen Abend mit Cord zu Ottendorff zusammen gewesen zu sein. Ob über die charmante Dame denn nichts im Polizeiregister zu finden sei, fragt Wesemann.

„Nun ja", HK Bertram windet sich ein wenig, „sie ist mehrmals wegen Beischlafdiebstahls angezeigt, aber kein einziges Mal verurteilt worden. Meist ist das Geld des Liebhabers mit ihr verschwunden, aber beweisen konnte man nichts. Freiwillige Liebesgabe oder Diebstahl - das sind fließende Übergänge. Auf alle Fälle behalten wir Frau Jungk im Auge."

„Schon eine Theorie?"

„Wesemann, wir sind keine Amateure. Ilona Jungk könnte Cord zu Ottendorff die K.-o.-Tropfen verabreicht haben, um an das gewonnene Geld zu kommen. Dann ist sie gestört worden und musste verschwinden."

„Die Bäume wachsen eben nicht in den Himmel", sagt Wesemann und beendet das Gespräch.

Die Brillenverkäuferin in der Bäckerstraße putzt bunte und schwarze Brillengestelle. Sie ist klein und zierlich. Wenn sie spricht, bewegt sich ihre Nasenspitze. Sie kann sich noch genau an den betrunkenen Mann und seine Begleiterin erinnern. Es war doch noch so früh am Tag und da fällt ein Volltrunkener eben auf.

Wesemann zieht das gedruckte Foto aus seiner Jackentasche und legt es neben den Zahlteller. Die Verkäuferin beugt sich über das Bild, schaut genau hin und zeigt dann auf einen Mann in der zweiten Reihe.

Fritz Bruncken. Leiter der Bückeburger SBW-Bank. „Das ist er, da bin ich mir ganz sicher." Wesemann nimmt das Foto an sich. Die Verkäuferin richtet sich wieder auf, lächelt, widmet sich wieder ihren Brillengestellen, legt dann plötzlich eine randlose Lesebrille zur Seite und nimmt Wesemann das Foto aus der Hand. Sie schaut noch einmal ganz genau hin.

„Und das ist seine Begleiterin!"Frau Gutzeit tippt auf eine Person am Rand des Bildes.

„Wer?", fragt Wesemann verblüfft.

Frau Gutzeit nimmt einen Kugelschreiber und markiert eine Person auf dem Foto.

Das Kugelschreiberkreuz schwebt über einer Person unter den Zuschauern.

Es dauert einen Augenblick, bis Wesemann die Frau zuordnen kann.

„Sind Sie ganz sicher?"

„So sicher, wie ich Weitsicht von Gleitsicht unterscheiden kann!"

Obwohl Wesemann steht, hat's ihn umgehauen. Die identifizierte Stütze von Fritz Bruncken ist Frau Stängelfeld.

Endlich wieder zu Hause. Karola geht es besser. Morgen will sie wieder in den Sender. Spätestens übermorgen.

Wesemann lässt sich in seinen Sessel fallen. „Alles nicht so einfach. Im Kriminalroman verlässt sich der Ermittler auf sein feines Näschen oder seine Intuition, und dann geht es mit kleineren Umwegen direkt auf die Zielgerade der Ermittlungen." Er streift die Schuhe ab. „Ich habe nicht die geringste Ahnung, welchem Faden ich folgen sollte. Und dein Ermittlungsblock", er zeigt auf den Block an der Bücherwand, „wird nicht dünner, sondern dicker. Jetzt ist auch noch Frau Stängelfeld hinzugekommen. Doris Stängelfeld, wie ich inzwischen dem Telefonbuch entnehmen konnte. Dafür ist die Mühlenstraße raus. Keine Verbindung zwischen dem Steuerberaterbüro und dem WeBe-Fond."

„Kein Erfolg ist manchmal auch ein Erfolg, wenn auch nur ein kleiner." Karola hustet und trinkt von ihrem Tee.

Wesemann katapultiert sich aus dem Sessel. „Die ganze Zeit spukt mir die Mühlenstraße im Kopf herum. Wenn es keinen Zusammenhang zwischen Bruncken und dem Steuerberaterbüro gibt, dann vielleicht zwischen Bruncken und dem Geschäftsführer?"

Wesemann holt seinen Laptop und fährt das Programm hoch. *Von Wedemeyer und Partner. Geschäftsführer Sven-H. von Wedemeyer.* Weitere Recherche: *Sven-H. von Wedemeyer, Jägerschaft Hameln-Pyrmont, Schatzmeister: Sven-Hubertus von Wedemeyer.* Da war mal was und ist es noch immer. In Wesemanns Hinterkopf. Er ruft sein Onlinearchiv auf: *Jagd, Jagdgebiet, Jagdgesellschaft, Jagdhütte.* Wenn schon, denn schon: *Jagdhaus! Jagdhaus Obensburg bei Diedersen.* Er hat mal einen kleinen Radiobericht gemacht. Wesemann stöbert in seinen Unterlagen. Schon drei Jahre her. Sven-Hubertus von Wedemeyer hat ihn persönlich geführt. Höhenzug Schecken. An höchster Stelle innerhalb einer ehemaligen Burganlage ein Jagdhaus von 1800/10, ein Rechteckbau mit offener klassizistischer Vorhalle. Toller Blick bis ins Emmertal. Emmertal? Vielleicht ist der Hausherr ein Schöngeist, der seinen Seelenfrieden durch ein paar Windkraftanlagen gefährdet sieht? So kam er beim Interview eigentlich nicht rüber, aber … man kann nie wissen. Karola muss Marion anrufen und das Alibi des Herrn Geschäftsführers überprüfen lassen. Ein Blick in seinen Terminkalender ist doch wohl noch kein Geheimnisverrat.

Wesemann fährt ins Emmertal. Es regnet, erste Schneeflocken melden Kälte an. Es wird Zeit für das Frostschutzmittel in der Scheibenwaschanlage. Kann Faruk gleich beim Termin für die Montage der Winterreifen einfüllen.

Kurz vor Hämelschenburg hält Wesemann seinen Corsa am Straßenrand an. In der Wiese an der Emmer werden Holzpflöcke in den Boden gerammt. Von einem einzelnen Mann. Wesemann sieht genauer hin. Ralle! Er drischt mit einem dicken Holzhammer so fest auf einen Holzpflock, dass es den schmächtigen Kerl fast aus den Schuhen haut.

Wesemann steigt aus, schließt den Wagen ab und geht über die Straße. Etwas tiefer in der Wiese steht ein Esel, an einen einsamen Apfelbaum gebunden. Wesemann stapft durch die Wiese zu Ralle, trötet „Töröóö" hinter Ralles Rücken, und Ralle hätte vor Schreck fast den Holzhammer fallen lassen.

„Ach, du", sagt Ralle. Er wischt sich die Kombination aus Schweiß und Schneeregen von der Stirn.

„Moin", sagt Wesemann. Er sucht das vertrauliche Gespräch.

„Bald Feierabend", sagt Ralle.

„Baust du alleine das Fundament für die Windkraftanlagen?"

„Also ich? Nee." Ralle zieht eine Mütze aus der Tasche seiner Arbeitsjacke und setzt sie auf.

„Das nützt jetzt auch nichts mehr", sagt Wesemann.

„Mit den Windrädern habe ich nix zu tun. Ich mach den Zaun für den Gnadenhof. Esel schon da." Er deutet in Richtung Apfelbaum.

Wesemann muss sich ein Grinsen verkneifen. „Haben die Betreiber der Windkrafträder denn nichts dagegen?"

„Weiß ich nicht, mit mir hat kein Betreiber gesprochen. Und die Kaninchen auch schon da."

Erst jetzt entdeckt Wesemann eine größere Holzkiste neben dem Apfelbaum. „Wann soll es denn losgehen mit dem Gnadenhof?"

„Bald", sagt Ralle, „wenn du hilfst, noch schneller."

„Vielleicht auf dem Rückweg", sagt Wesemann und wendet sich ab. Hinter sich hört er, wie der Holzhammer auf den Pflock niedersaust. Er dreht sich noch einmal um.

„Aber du bist doch mit Vera zusammen?"

„Wer?"

„Du und Vera Winter."

„Ja."

„Und das Grundstück für die Windkraftanlagen gehört doch wohl den Stängelfelds oder der Investorengruppe?"

„Ja", sagt Ralle.

„Und du baust einfach Koppeln für den Gnadenhof?"

„Ja."

„Weiß Frau Stängelfeld davon?"

„Weiß ich nicht", sagt Ralle, „ich tu, was Vera sagt."

Wesemann geht zu seinem Auto und fährt in den Hämelschen Weg hinauf.

Das Tor zum Hof ist geschlossen. An einer Eisenkette hängt ein Schild: *Vorsicht bissiger Hund!* Wesemann bemängelt in Gedanken das fehlende Komma. Er sucht nach einer Klingel und horcht nach dem Kläffen des Hundes. Nichts. Aber hallo, da will jemand wohl nicht gestört werden. Wobei?

Wesemann geht um das Hofgebäude herum. Die Tür zum Scheunengebäude ist vernagelt. Unter einem Vordach stehen Speditionskisten mit großer Aufschrift: *Wir liefern das neue Bad.*

Wesemann bückt sich zu einem aufgeklebten Zettel: *Luxuswhirlpool 150x150 schwarz, für 2 Personen, 14 Hydrojets, 16 Airjets, Radio, Farblicht, computergesteuertes Controlpanel …*

„Suchen Sie etwas Bestimmtes?" Doris Stängelfeld taucht wie aus dem Nichts plötzlich auf. Sie war beim Friseur. Und nagelneue Stiefel. Grün mit bunten Frühlingsblumen. Aber der Gesichtsausdruck … trüber als das Wetter.

„Ich bin zufällig vorbeigekommen und da dachte ich mir …"

„… ich könnte Frau Stängelfeld mal wieder auf die Nerven gehen?"

Was bildet die Kuh sich eigentlich ein? Behandelt ihn wie einen Putzlumpen. Also geradeheraus, bevor sie wieder Axt oder Gewehr holt. „Sie sind mit Fritz Bruncken in der Bäckerstraße gesehen worden."

„Fritz Bruncken?"

„Der Leiter der SBW-Bank in Bückeburg."

„Kenn ich nicht."

„Es sah aus, als hätten Sie ihn abgeschleppt."

„Passen Sie auf, was Sie sagen."

„Kurze Zeit später ist Fritz Bruncken hilflos in seinem Auto in der Mühlenstraße aufgefunden worden."

„Ich bin eben hilfsbereit und wollte den Mann nicht einfach sich selbst überlassen. Er hatte wohl ein bisschen viel getrunken."

„Alkohol?"

„Was denn sonst? Mit Drogen kenne ich mich nicht aus."

„Sie wussten aber ganz genau, wo sein Wagen stand."

„Daran konnte er sich noch gerade erinnern."

„Hoffentlich erinnert er sich auch noch an andere Sachen, ich werde mal nach Bückeburg fahren und ihn befragen." Wesemann will gehen, verharrt dann aber noch einen Augenblick, als würde er überlegen.

„Sie wissen aber, dass Ralle auf dem Grundstück für die Windkraftanlagen Pfähle für eine Koppel in die Wiese rammt?"

„Ich weiß immer, was auf meinem Grund und Boden passiert."

„Dann soll da unten also der Gnadenhof von Vera Winter entstehen?"

„Sie gehen mir mit Ihrer Fragerei auf den Wecker."

„Und Sie mir mit Ihrem Rumgeeiere."

„Verschwinden Sie."

Wesemann dreht sich im Gehen und will ihr noch einen verbalen Tritt verpassen, doch daraus wird nichts. Er landet mit dem rechten Schuh in einem Hundehaufen und Doris Stängelfeld grinst. Pure Schadenfreude. Wesemann, reiß dich zusammen. Es ist noch nicht aller Tage Abend.

Wesemann ruft Karola an. Sie scheint unterwegs zu sein. Im Hintergrund hört er Straßengeräusche und das Martinshorn eines Einsatzfahrzeuges. Karola will sich noch die Haare machen lassen. Vielleicht. Aber auf dem Rückweg will sie für ein gemeinsames Abendessen einkaufen.

Wesemann fährt nach Bückeburg, findet in der Innenstadt natürlich keinen freien Parkplatz, muss ins Parkhaus am Schlossbach ausweichen. Wesemann geht nicht gern zu Fuß, weil er immer zu schnell rennt und dann außer Atem kommt und sich Stuckfassaden, Stufengiebel oder Fachwerkhäuser anschauen muss, um Zeit für eine längere Atempause zu gewinnen. Fürs Schauen und Durchatmen ist Bückeburg ein lohnenswertes Örtchen. So gestaltet sich sein kurzer Weg von der Schlossgartenstraße in die Lange Straße recht abwechslungsreich. Emsige Untertanen üben den Hofknicks, proben Willkommensfanfaren und streuen Blumen für eine Begegnung mit dem Fürsten, der sich tagtäglich seinem Volk zeigt, falls er nicht gerade außerhäusig unterwegs ist. Wesemann, zügle deine Phantasie, sonst landest du noch im Kerker bei Wasser und Brot.

Lange Straße, viergeschossiges Gebäude, hohe Sprossenfenster, Erkerbalkon, Historismus, aber ohne Aha-Effekt.

Wesemann möchte Fritz Bruncken sprechen. Nicht ohne Termin, meint die Hornbrille mit dem zu engen Strickpullover.

Wesemann stellt seine Tasche ab und fischt die Mitgliedskarte seines Mobilfunkanbieters aus seiner Jackentasche.

Frau Hornbrille wirft mit leicht gehobenen Augenbrauen einen Blick auf die bunte Karte. „Schöner Versuch“, sagt sie mit gelangweiltem Lächeln, „doch mit unserer Platin-Kreditkarte kämen Sie weiter. Herr Bruncken ist aber trotzdem nicht zu sprechen. Ich könnte mal sehen, wann ein Termin frei ist, aber frühestens in zehn Tagen, eher in zwei Wochen.“

„Ich will es nicht so herausschreien“, flüstert Wesemann in scheinbar vertrautem Ton und bewegt sich einen Schritt in Richtung Hornbrille, „es ist ein wenig delikat. Ich muss ihn nach seinem Verhältnis zu ...“, noch einen Schritt, „... Doris Stängelfeld befragen.“

„Ach." Die Hornbrille schaut ihn an. Wesemann kann ihren Blick nicht deuten. Gelangweilt? Überrascht? Abweisend? Verstört? Verwirrt?

Das wird nichts, Wesemann. Er wird unverrichteter Dinge nach Hameln zurückkehren müssen. Er nimmt seine Tasche, wendet sich zur Tür. „Augenblick", stoppt ihn die Hornbrille. „Für seine Frauengeschichten hat er immer Zeit …" Sie geht zu einer Tür im Hintergrund des Empfangsraums.

Wesemann schmunzelt.

Setzt sich in den tiefen schwarzen Ledersessel neben die riesige Birkenfeige. Ficus Benjamini. Heller Standort, wenig Wasser, hat ihm seine Ex beigebracht. Scheidungstermin ist auf den 23. März festgelegt worden.

Die Tür in der Wandvertäfelung öffnet sich, Bruncken späht durch einen schmalen Spalt, reißt dann die Tür auf und stürmt, gefolgt von der Hornbrille, auf Wesemann los. „Sie schon wieder! Ich habe Ihnen doch bei unserer letzten Begegnung bereits gesagt …"

Wesemann erhebt sich mühsam aus dem Ledersessel.

„Er hat gesagt, es ginge um Leben und Tod", versucht die Hornbrille im letzten Moment ihren durchaus ansehnlichen Hintern zu retten.

„Es haben sich neue Fakten ergeben."

Wesemann streckt Bruncken seine Hand entgegen, Bruncken ignoriert sie und Wesemann weiß einen Augenblick nicht, wohin damit. Dann eben mit beiden Beinen voraus. „Sie sind in einem desolaten Zustand mit Frau Stängelfeld in Hamelns Bäckerstraße gesehen worden."

„Ich?" Bruncken scheint zu überlegen.

„Haben Sie nichts zu tun, Frau Braun-Czerny?", fährt er die Hornbrille an.

„Wie Sie wünschen, Herr Direktor." Sie rauscht ab. Eine Wutwolke kurz vor der Entladung.

Bruncken deutet auf den Ledersessel neben der Birkenfeige, Wesemann setzt sich vorn auf die Kante, Bruncken wählt den Sessel mit dem Rücken zum Fenster. Er beugt sich weit zu Wesemann hinüber. „Ich will es kurz machen. Wenn Sie sich weiter in mein Privatleben einmischen, kann ich sehr, sehr ungemütlich werden."

„Ich möchte doch nur wissen ..."

„Wir haben eine hervorragende Rechtsabteilung, die für ihre hartnäckige Rechtsauffassung über die Grenzen Bückeburgs hinaus bekannt ist. Streichen Sie meinen Namen also schnellstens aus Ihrem Notizbuch und verschwinden Sie auf der Stelle." Bruncken federt aus seinem Sessel.

„Es geht um Mord!" Wesemann kann sich erst im zweiten Anlauf erheben.

„Sie wissen doch gar nicht, worum es geht." Bruncken verschwindet und Frau Braun-Czerny kann sich ihm gerade noch anschließen, bevor die Tür ins Schloss fällt.

Wesemann fährt zurück nach Hameln, stellt das Auto vor seiner Haustür ab. Nach dem ganzen Ärger in Bückeburg hat er sich Entspannung bei Engin verdient. Engin serviert einen Mokka. „Ich hab was für dich."

„Da bin ich aber gespannt."

Engin wiegt den Kopf, scheint nach Worten zu suchen, tritt von einem Fuß auf den andern. „Du lange nich mehr in Radio."

„Aufmerksame Hörer, so liebt es der Sender! Ich nehme mir eine Auszeit für meine Ermittlungsarbeit."

„Wenig Arbeit, wenig Geld."

„Man lernt auszukommen."
„Aber Leben ist teuer."
Wesemann nippt an seinem Mokka.
„Miete teuer, Heizung teuer, Sprit schon wieder um vier Cent rauf."
„Ich fahr nicht mehr so viel mit dem Auto. Laufen ist gesünder."
„Schuhreparaturen auch nicht billig."
„Das ganze Leben ist zu teuer", sagt Wesemann. War's das, was Engin für ihn hatte?
„Und dann auch noch Frau. Frauen immer anspruchsvoll, wollen neue Kleider, in Restaurant essen und Urlaub."
„Urlaub wird oft überschätzt", sagt Wesemann. „Nordsee, Ostsee oder Mittelmeer, überall Spinnweben in der Dusche, Rührei aus der Tube und motzende Aushilfsbedienung."
„In der Türkei nur freundliche Menschen."
„Wie in Hameln."
Engin spendiert einen neuen Mokka.
„Vielleicht ist Radio nicht der richtige Job." Engin wischt mit einem feuchten Tuch die beiden Stehtische ab.
„Wer ist schon glücklich in seinem Beruf?"
„Ich wüsste was für dich. Wenn fleißig, dann du kannst richtig Geld verdienen."
Richtig anrührend, wie sich Engin um ihn kümmert.
„Du könntest nebenan den Laden für Uhren, Schmuck und Gold - An- und Verkauf übernehmen. Schwager will in Kreditbranche einsteigen."
„Ich versteh doch gar nichts von Uhren, Schmuck und Gold."
„Nicht schlimm, nicht schlimm, wenn du was nicht weißt, kommst du rüber und ich sage dir."

„Engin, das ist wirklich nett von dir."

„Hab ich doch gewusst, dass du dich freust. Ich könnte mit meinem Schwager reden, dann du könntest den Laden vielleicht nächsten Monat übernehmen und wir Kollegen."

„Engin, ich möchte das Geschäft nicht übernehmen."

„Macht drei Euro zwanzig für zwei Mokka, nee, lass stecken, war nur ein Scherz, aber schade."

Wesemann begibt sich in seine Wohnung. Karola ist noch unterwegs. Wesemann rührt sich ein Gläschen Heilerde an. Sodbrennen vom Mokka. Bloß Karola nichts erzählen, die schleppt ihn sonst bestimmt zum Arzt. Oder noch schlimmer, zu einem Spezialisten.

Wesemann nimmt den Ermittlungsblock vom Regal und vervollständigt die Eintragungen:

Bruncken, Fritz

... weiterhin undurchsichtig.

Unten auf der Straße ein Scheppern. Ein Griff zum Fotoapparat und schon steht Wesemann am Fenster. Nur ein kleiner Auffahrunfall. *Ich bremse auch für leere Plastiktüten.* Wesemanns Blick schweift zur Autovermietung hinüber. Halb auf dem Gehsteig steht ein Lastwagen mit Tiefkühlkost. *50 Jahre Fischstäbchen.* Ein Gruß von Käpt'n Iglo. Warum muss er jetzt ausgerechnet an Hermann Tenschel denken? Auffallend unauffällig in der letzten Zeit. Sonst ist kein Reporterblock oder Mikrophon vor ihm sicher. Außerdem sind in sechs Monaten Kreistagswahlen, da müsste er doch eigentlich zu jedem Thema etwas zu sagen haben.

Dicke Schneeflocken fallen, tauen aber noch, sobald sie den Boden berühren. Wesemann sucht nach Tenschel, Hermann im Ermittlungsblock nach.

... Kreistagsabgeordneter. Cord zu Ottendorffs Begleiter im Spielkasino. Vom Windkraftgegner zum Befürworter. Alibigeber für Cord zu Ottendorff gegen die Anschuldigungen von Danni Urmann. Stiefvater von Mike Becker. Mediengeil.

Den letzten Teil des letzten Worts hat Karola durchgestrichen und durch *versessen* ersetzt. Wo bleibt sie nur? Sie ist noch nicht richtig gesund. Wesemann wird sie heute Abend zur Pizza einladen. Er greift zum Handy. „Bin schon unterwegs", sagt Karola, und das klingt recht munter, aber damit ist das Gespräch auch schon beendet.

Baxmann ruft an. Neuer Auftrag? Der NDR interessiert sich für Wesemanns Recherchen, der Mitteldeutsche Rundfunk und vielleicht sogar der Bayerische Rundfunk?

Baxmann mault. „Na, schön, die SBW-Bank ist nicht gerade unser größter Werbekunde. Wir haben wohl die falsche Zielgruppe für solch eine Privatbank. Aber unterschätzen darf man ihren Einfluss nicht. Die Leute haben ihre connections, da wird Meinung gemacht und, Wesemann, Sie legen sich mit dem Bankdirektor an."

„Ich habe ihn nur nach der Uhrzeit gefragt."

„Sie sollen seiner Sekretärin auf den Leib gerückt sein. Schämen Sie sich nicht? In Ihrem Alter! Die Bank erwartet eine Entschuldigung und Doktor Bruncken eine persönliche Erklärung ..."

„Doktor Bruncken? Doktor?"

„So habe ich's jedenfalls verstanden. Wo war ich stehen geblieben? Jedenfalls, halten Sie sich da raus, und gelegentlich könnten Sie sich auch mal wieder im Sender sehen lassen. Es gibt viel zu tun und Karola ... na ja, das wissen Sie doch schon."

Warum kommt es immer mehr aus der Mode, sich grußlos zu verabschieden?

Das Telefon klingelt erneut. Baxmann weiß sich eben doch zu benehmen. Oder doch nicht? Es ist HK Bertram. Doktor Bruncken habe ein Hausverbot gegen Hubert Wesemann ausgesprochen und die Polizei davon in Kenntnis gesetzt. „Mensch, Wesemann, wollten Sie ihn zur D-Mark bekehren?" HK Bertram lacht los und Wesemann muss zugeben, dass er sein meckerndes Lachen sogar ein wenig vermisst hat.

„Sonst irgendwelche Fortschritte in den beiden Todesfällen?"

„Natürlich! Die Polizei macht immer Fortschritte. Wir sollten uns mal zusammensetzen und unsere Ermittlungsergebnisse abgleichen."

Der hat nichts, rein gar nichts. „Ich melde mich in den nächsten Tagen."

„Hat keine Eile", sagt HK Bertram, „die Fälle laufen uns nicht weg!" Jetzt geht ihm das meckernde Lachen allerdings wieder auf den Geist.

DREIZEHN

Es klingelt an der Wohnungstür. Also hat Karola alle Händevoll zu tragen mit den Zutaten fürs Abendessen, sonst würde sie den Schlüssel benutzen.

Wesemann eilt zur Wohnungstür und reißt sie auf. Draußen steht ein junger Mann in weißem Rollkragenpullover und schwarzer Hose. In der Hand trägt er einen roten Plastikeimer, über den Rand des Eimers hängt ein Putztuch. „Ich bin Hamit. Engin schickt misch. Treppe fettisch, jetzt Fenster putze."

Erst kann Wesemann mit dem jungen Mann nichts anfangen, doch dann dämmert es ihm. „Sie sind der Mieter über mir?"

Der junge Mann nickt. Sein Outfit ist tadellos.

Eigentlich würde Wesemann gerne sehen, wie er die Fenster putzen will, ohne nass zu werden. Doch dann befreit er ihn von dieser Tätigkeit und macht ihn auf das leicht schmutzige Treppengeländer aufmerksam.

„Okay", sagt der junge Mann, „isch heute keine Fenster. Aber nächste Woche, sonst Engin sauer."

Wesemann kann sich ein Schmunzeln nicht verkneifen, als er die Türe schließt. Wo bleibt bloß Karola?

Er schaltet seinen Computer an und sucht in den Onlineausgaben der Zeitungen nach Hermann Tenschel.

Hier ein kleiner Eintrag über seine Anwesenheit bei der Inbetriebnahme des dritten Ofens in Hamelns Müllverbrennungsanlage, dort eine Teilnahme beim Jahrgangstreffen der dörflichen Reitervereinigung und schließlich ein Plakat mit seinem gewinnenden Lächeln für die Kreistagswahlen in diesem Jahr. Bereits in sechs Monaten soll der neue Kreistag gewählt sein und Hermann Tenschel versteckt sich. Vielleicht hat er sich mit seiner Partei überworfen. Er könnte auch zu neugierige Journalisten fürchten, die ihn auf den letzten gemeinsamen Abend von Cord zu Ottendorff im Spielkasino ansprechen wollen.

Wesemann greift zum Ermittlungsblock:

Jungk, Ilona

Am letzten Abend mit Cord zu Ottendorff zusammen; hat sich an seiner Brieftasche bedient. Vom Spielkasino bis Dunsthöhle in Begleitung von Hermann Tenschel; Tenschel verabschiedet sich, um vom Auto aus mit seinem Handy ein Taxi zu rufen.

Becker, Mike

Stiefsohn von Tenschel, Hermann; Ducati Multistrada; Inhaber einer Auto-Lackiererei in Pyrmont; Erfahrung mit Werkzeug zum Öffnen von Türen; treibt sich auch weiterhin in der Gegend der Dunsthöhle herum.

Jetzt müsste sich nur noch der Grund finden, warum sich Hermann Tenschel aktuell so im Hintergrund des öffentlichen Interesses zu halten versucht. Vielleicht hat er Angst, in der Mordnacht in Bad Pyrmont beobachtet worden zu sein. Außerhalb seiner bisherigen Angaben. Sein Verschwinden vor Ottendorffs Abgang wird doch nur von Ilona Jungk gedeckt und die … Wenn er gar nicht zu seinem Wagen gegangen ist und die beiden Turtelnden beobachtet hat, um zur richtigen Zeit zuzuschlagen? Dann müsste doch ein Motiv für Hermann Tenschels Tat zu finden sein. In Verbindung zu Mike Becker ließe sich dann auch der Tathergang durchgängig rekonstruieren.

Es klingelt schon wieder an der Wohnungstür. Wenn er unbedingt will, kann Hamit Bad und Klo putzen. Doch es ist endlich Karola.

Sie sieht müde aus.

Hat zum Abendessen zwei Flammkuchen zum Aufbacken mitgebracht.

Wesemann nimmt Karola die Jacke ab und stellt dann den Backofen an.

„Du bist ein Gentleman", sagt Karola leicht ironisch. Sie lässt sich in den Sessel fallen.

„Soll ich uns eine Flasche Wein aufmachen?"

„Ein Bronchialtee wäre mir lieber."

„Mir nicht", brummelt Wesemann und füllt Wasser in den Wasserkocher.

„Übrigens habe ich Marion angerufen", sagt Karola.

„Habt ihr euch zum Shoppen verabredet?"

„In absehbarer Zeit wird sie mir wohl eher aus dem Weg gehen, und es sei das allerletzte Mal, dass sie dir einen Gefallen tut."

„Hat sie?"

„Ich weiß nicht, auf alle Fälle war Sven-H. von Wedemeyer zur fraglichen Zeit nicht im Lande, er weilte - hat sie wörtlich gesagt - geschäftlich in Dubai."

„Noch ein paar Wochen und sie wird sich Marion *von* nennen."

Wesemann setzt sich zu ihr auf die Couch.

„Du warst doch nicht beim Frisör?"

„Ich bin losgefahren und konnte mich unterwegs nicht mehr erinnern, wohin ich eigentlich wollte. Das macht die Krankheit!"

Wesemann steht auf und schiebt die Flammkuchen in den Backofen.

„Und da ich nun schon mal unterwegs war, habe ich einen kleinen Umweg über Bad Münder gemacht und bin zufällig in der Angerstraße gelandet." Karola wedelt mit ihren Händen wie ein aufgeregtes Huhn.

„Wie lange?"

„Ich bin gleich drangekommen, obwohl ich keinen Termin hatte."

„Ich meine die Flammkuchen im Herd."

„Bis sie fertig sind!" Karola scheint angesäuert zu sein über Wesemanns geringes Interesse an ihrem Bericht.

„Ich war bei *Nail and More* von Danni Urmann. Sie war keineswegs begeistert, mich wiederzusehen. Aber Kunde ist Kunde und Geld ist Geld."

Wesemanns Interesse ist geweckt. Er setzt sich auf die Couch neben Karolas Sessel.

„Sieht wirklich sehr hübsch aus." Er betrachtet ihre Hände.

„Heuchler! Du willst dich doch bloß an die Neuigkeiten herantasten."

„Hast du denn welche?"

„Ja!"

Karola steht auf und brüht sich ihren Tee auf. Dann schaut sie in den Ofen. „Noch zwei bis drei Minuten."

„Ist nicht so schlimm, wenn die Flammkuchen verbrennen. Ich wollte dich sowieso zur Pizza einladen." Er patscht einladend mit der flachen Hand auf den Platz neben sich. „Haben die beiden noch einmal versucht, Cord zu Ottendorff zu erpressen?"

„Erpressung kann man das wohl nicht nennen."

Karola schaut noch einmal in den Backofen, holt die Flammkuchen heraus und schiebt sie auf zwei Bretter. Dann stellt sie die Teekanne und die beiden fertigen Flammkuchen auf den Tisch und setzt sich. Wesemann springt auf und holt noch ein Päckchen Papiertaschentücher, dann setzt er sich zu Karola.

„Komische Geschichte", sagt Karola. „Erst hat Danni mich angeblafft und sich dabei vermalt." Karola deutet auf einen fast unsichtbaren Farbfleck neben dem Nagelbett ihres linken Ringfingers.

„Aber das ist dir wohl egal."

„Ist es nicht!"

Wesemann nimmt ihre Hand und pustet.

„Aber bitte weiter."

„Danni ist keineswegs das kleine unschuldige Mädchen, an dem sich Cord zu Ottendorff vergriffen hat. Sie hatten kurzzeitig ein Verhältnis, aus dem etwas hervorgegangen ist."

„Nein!"

Wesemann starrt Karola an.

„Nicht was du meinst. Cord zu Ottendorff hat, sagen wir mal, sehr erotische Fotos von Danni gemacht. Als sie sich dann von ihm trennte, wollte er sie mit den Fotos zu weiterem Sex zwingen."

„Trau ich ihm zu."

„Danni hat ihren inzwischen verflossenen Freund Mike zu Ottendorff geschickt und der hat noch ein paar Kumpels mitgenommen. Ottendorff war nach kurzer Diskussion bereit, alle Fotos inklusive der Dateien herauszurücken und eine Erklärung zu unterschreiben, dass die Fotos gegen Dannis Willen angefertigt wurden. Damit war Danni aus dem Schneider, aber leider auch Mike los, der nun nichts mehr von ihr wissen wollte."

„Du bist phantastisch!", sagt Wesemann.

„Ein Blatt weniger auf dem Ermittlungsblock."

„Wir sind wohl doch ein brauchbares Team."

Wesemann beugt sich zu Karola und will sie küssen. „Vorsicht", sagt Karola, „sonst beißen dich die Bazillen." Wesemann küsst sie aufs Haar. Er lässt sich wieder gegen die Rückenlehne sinken. Beide betrachten ihren Flammkuchen aus der Entfernung. Karola trinkt einen Schluck vom Bronchialtee. Sie schiebt das Brett mit dem Flammkuchen zur Mitte des Tisches.

„Ich würde jetzt lieber eine schöne heiße chinesische Suppe essen ..."

„... und dazu ein kühles Bier trinken."

Hamit ist bei der drittletzten Sprosse des Treppengeländers - sein weißer Rollkragenpullover noch immer makellos sauber!

Karola ist zum Sender gegangen. Baxmann hat mit einer neuen Moderatorin gedroht. Wesemann inspiziert die Küchenvorräte. Butter, Brot, Käse, Wurst und Bier fehlen. Er wird erst einmal nur Brot und Butter kaufen.

Wesemann geht in die Innenstadt. Kauft doch noch ein paar Scheiben Mettwurst. Karola isst lieber Käse. Käse kann er auch morgen noch besorgen, wenn sein Bericht im Radio gelaufen ist.

Apotheke. Er könnte Pinimenthol für Karola holen. Zum Einreiben der Brust. Das befreit die Atemwege. Und das Einreiben macht außerdem noch Spaß. Der Herr Apotheker bedient ihn persönlich. Hat sogar einen Doktor vor dem Namen. Dr. Ludwig E. Bandura gehört zum Hamelner Establishment.

Wesemann kennt ihn von einigen gesellschaftlichen Veranstaltungen und der Herr Apotheker kennt Wesemann. Gibt ihm wie immer drei Prozent auf den unverbindlichen Verkaufspreis.

Ist nicht viel los in der Apotheke. Eine ältere Frau kauft Klosterfrau Melissengeist, ein Tourist braucht ein Pflaster, hat sich an einer Glasscherbe geschnitten, Wesemann hat eine Idee. „Ich mache für den örtlichen Radiosender Portraits über führende Persönlichkeiten unserer Stadt."

Der Herr Apotheker strafft sich.

„Über Sie habe ich mir natürlich schon berichten lassen."

„Hoffentlich nur Positives?" Der Herr Apotheker lächelt vorab bereits geschmeichelt.

„Wie man's nimmt", sagt Wesemann.

Das Lächeln auf dem Gesicht des Apothekers gefriert.

„War nur ein Scherz", sagt Wesemann, „Sie werden überall nur in den höchsten Tönen gelobt. Ihre Kompetenz, Ihr Engagement und Ihr Charakter werden allseits anerkannt. Sie stehen auch ganz oben auf meiner Liste, aber im Augenblick bin ich mehr im unteren Drittel. Da hab ich zum Teil nicht mal die richtigen Namen."

Wesemann kramt sein Notizbuch aus der Tasche. „Zum Beispiel Grothe, Ingbert, Ingolf oder Ingmar?" Mein Gott, Wesemann, wo hast du denn die Namen her.

Der Herr Apotheker scheint auf dem falschen Fuß zu stehen.

„Kommen Sie mir nicht so. Ich weiß ganz genau, worauf Sie hinauswollen."

„Worauf will ich denn hinaus?"

Wesemann hat sich nur an das Foto vom ersten Spatenstich im Emmertal erinnert. Da stand der Apotheker in einer der hintersten Reihen, direkt neben Ingo Grothe. Ein geprellter Investor, der auf Rache sinnt? Wesemann, sag jetzt einfach mal nichts, mach nur ein provozierendes Gesicht.

„Dabei hatte mir die Polizei absolute Diskretion zugesichert. Aber Ihnen bleibt wohl nichts verborgen. Ich werde mich beim Kriminaloberrat beschweren, wir bosseln zusammen."

Wesemann nimmt ein Salbeibonbon aus dem Spender auf der Theke.

„Es war reine Unachtsamkeit. Nur einen Augenblick nicht aufgepasst beim Rückwärtsfahren und peng ..."

„Ja, das kann passieren."

„Es musste alles so schnell gehen. Ich habe Grothes Auto wirklich nicht gesehen."

Wesemann nimmt noch ein Salbeibonbon.

„Eigentlich beliefern wir die Pyrmonter 101 immer durch Boten, aber an diesem Abend war er nicht einsatzfähig. Er hatte sich den Arm gebrochen oder so was und da musste ich selber raus."

„Pyrmonter ..."

Der Herr Apotheker hebt die Hände. „Diskretion, bitte!"

Ein Kunde steuert den Herrn Apotheker direkt an. Kauft Papiertaschentücher. In der Apotheke. Der muss es dicke haben! Noch ein Salbeibonbon, die sind umsonst. „... 101?"

„Wir liefern nur Hygieneartikel. Sehr gute Kundschaft."

„Hygieneartikel? Ach, Sie meinen Kondome, und 101 ist der Swingerclub in Richtung Klein Berkel?"

„Ich bin gleich wieder zurückgefahren."

„Haben Sie Ingo Grothe öfter in dem Club getroffen?"

„Ich weiß gar nichts. Was kann ich für Sie tun?" Eine ältere Frau hat die Aufmerksamkeit des Apothekers gewonnen. Hier wird nichts mehr zu erfahren sein. „Bestellen Sie Herrn Grothe einen schönen Gruß, wenn Sie das nächste Mal mit ihm swingen. Ich hätte ihn gern mal gesprochen."

Die Kundin schaut pikiert.

Wesemann, man verdirbt es sich nicht mit einem Apotheker, auch du brauchst mal den nächtlichen Notdienst!

Karola macht im Sender zwei Stunden früher Feierabend. Sie hat eine Überraschung für ihren Wesemann. Er soll sich einen neuen Anzug kaufen, hat sie ihn bereits telefonisch vorbereitet.

„Wozu?"

Die Jäger haben zu einem Ball geladen und Karola hat zwei Eintrittskarten von Baxmann. Baxmann hat zur gleichen Zeit eine Einladung in seinen Golfclub. Die festlichen Termine häufen sich zum Jahresende und nachts frieren die Pfützen auf den Straßen zu.

Sie muss sich erst einmal aus zwei Schichten Kleidung pellen und ihre Stiefel ausziehen, bevor sie in die Küche kommt. Wesemann hat Ravioli vorbereitet. Ravioli sind nur ein Vorwand, um im Augenblick keinen Appetit zu haben und nachher beim Griechen essen zu gehen. Oder Chinesen.

Da bahnt sich ein neuer Skandal an in Hameln, weiß Karola zu berichten.

Gerade ist die Meldung beim Sender hereingekommen. Es geht um den allseits bekannten Weihnachtsmarkt. Wegen des Verdachts der Bestechlichkeit haben Polizei und Staatsanwaltschaft zwei Büros im Hamelner Rathaus durchsucht. Dabei sind Unterlagen und Computerdaten sichergestellt worden, alles in Zusammenhang mit der Standvergabe auf dem Hamelner Weihnachtsmarkt.

„Warum weiß ich nichts davon?"

„Frag deinen HK Bertram."

„Das ist Geschäftsschädigung", sagt Wesemann.

„Schöne Berichte hättest du daraus machen können. Überregional hättest du die Berichte verkaufen können. Vielleicht sogar selber als Weihnachtsmann auftreten können. Gegen Honorar natürlich."

„Können, können, können ..." Es gibt Sachen, über die Wesemann einfach nicht lachen kann, zum Beispiel als Weihnachtsmann bezeichnet zu werden. Auch nicht gegen Honorar. „Soll ich jetzt die Ravioli servieren?"

„Wir müssen doch in die Stadt, um deinen Anzug zu kaufen. Da können wir dann eine Kleinigkeit beim Italiener essen."

„Oder beim Spanier."

Wesemann steht auf, um Schuhe und Jacke anzuziehen.

„Komisch, du wehrst dich gar nicht gegen das Einkaufen?"

„Es gibt Anlässe, da kann man nicht einfach in Jeans und Lederjacke erscheinen."

Karola scheint Wesemanns Worten nicht ganz zu trauen. Aber jetzt geht es um das Wesentliche und nicht um die Details. Karola springt wieder in ihre Stiefel.

Hameln hat ein großes Angebot an Oberbekleidung für den Herrn. Es gibt Jacken, Sakkos, Westen, Mäntel, Pullover, Cardigans, Sweatshirts, T-Shirts, Poloshirts, Businesshemden, Freizeithemden, Jeans, Hosen und ... Anzüge. Nur nicht für Wesemann. Passt die Jacke in den Schultern, sind die Hosenbeine zu lang. Haben die Hosenbeine die richtige Länge, bekommt er die Jacke nicht zu. Schließlich kauft man einen Anzug in Graumelange aus einer hochwertigen Wolle-Cashmere-Mischung. Aber das hat Wesemann bereits vergessen, als sie das Geschäft verlassen. Nächste Woche kann die fachmännisch gekürzte Hose abgeholt werden.

Zur Belohnung geht es ins Pfannkuchenhaus in der Hummenstraße. Karola zitiert aus einem von Wesemanns Radioberichten, der jährlich vier- bis fünfmal über den Sender geht:

Das Restaurant „Pfannekuchen" befindet sich in einem der ältesten Fachwerkhäuser von Hameln, welches im Jahre sechzehnhundertzwanzig erbaut wurde. Im Jahre neunzehnhundertzweiundachtzig wurde das Gebäude von der Vorkämpferin der Hamelner Altstadtsanierung, Elsa Buchwitz, vor dem Abriss bewahrt und mit historischen Baustoffen behutsam restauriert ...

Karola bestellt sich einen Pfannekuchen mit Birne, Walnusseis und Schokoladensauce, Wesemann wählt einen Pfannekuchen mit Mettwurst, Zwiebeln und Käse, dazu zweimal Schokolade und Wesemann wagt sich mit der Bestellung eines Piccolos ganz weit vor. „Auf Elsa Buchwitz", stößt er dann mit Karola an, „und ihre kämpferischen Nachfolgerinnen!"

Karola beugt sich über den Tisch und sieht ihrem Wesemann in die Augen. „Wieso hast du dich nicht gewehrt, als es zum Anzug kaufen gehen sollte?"

„Für einen Anzug gibt es doch immer Verwendung. Zum Beispiel bei einer Hochzeit, einem Jubiläum oder sonstigen Festlichkeiten."

„Hochzeit fällt flach, von Jubiläum weiß ich nichts, bleibt nur die Festlichkeit."

„Wir könnten mal groß ausgehen."

So sprachlos hat Wesemann seine Karola noch nie gesehen.

„Ich hab da einen Tipp von meinem Apotheker."

„Dem Mann mit der Glatze und den abstehenden Ohren?"

„Aber mit der Gastronomie kennt sich der Doktor E. Bandura aus."

„Was schlägt er vor?"

„Pyrmonter 101."

„Kenn ich nicht."

„Hübsche Bar, angenehme Atmosphäre und viel Rot."

„Das ist doch nicht etwa ..."

„So könnte man es nennen."

„Wie könnte man es nennen?"

„Eine Bar mit Swingerclub."

„Du Schwein!"

Karola springt auf, stößt gegen ihre Tasse, doch die ist leer.

„Wie kannst du nur daran denken ..."

„Halt, nein", Wesemann greift nach ihrem Arm, Karola macht sich los, „Grothe verkehrt da."

Karola setzt sich wieder, versucht sich zu fassen, ordnet ihr Haar. „Für kein Geld der Welt würdest du mich da hineinbekommen."

„Von Grothe wissen wir bisher nur, dass er ordentlich Geld und Cord zu Ottendorffs Fondanteile an der geplanten Windkraftanlage im Emmertal übernommen hat."

„Und du meinst, wenn du mit ihm die Partnerin tauschst, erzählt er dir, ob er der Mörder ist?"

„An seinem Geschäftsleben kann man nur oberflächlich kratzen, aber vielleicht kann man in seinem Privatleben wühlen und ein paar ungeschützte Flanken entdecken."

„Ich möchte jetzt nach Hause", sagt Karola.

Wesemann zahlt und hilft ihr in die Jacke. Und Karola geht wirklich nach Hause. In ihr eigenes Zuhause. Anzug gewonnen, Frau verloren. Wesemann, du hast es wirklich drauf.

Wesemann fährt in die Deisterstraße, doch aussteigen mag er nicht. Engin steht vor seinen Tomaten und grinst. Wesemann startet erneut den Wagen und fährt zu Karolas Wohnung in die Erichstraße. Er muss einfach mit ihr sprechen.

Weber, erste Etage. Die Haustür wird mit einem Summen entriegelt. Wesemann steigt in die erste Etage hinauf. *K. Weber.* Auch keine Auszeichnung für eine Gesellschaftsordnung, wenn eine Frau ihren Vornamen nicht auf das Klingelschild schreiben kann, um sich vor Spannern und Stalkern zu schützen.

Wesemann klingelt. Aus der Wohnung ist nichts zu hören und doch hat Wesemann das Gefühl, von der anderen Seite der Tür her beobachtet zu werden.

„Karola?"

Nichts.

„Karola, mach doch bitte auf."

Nichts.

„Karola, es war doch alles nur ein Scherz."

„Schöner Scherz!"

„Ich wäre doch niemals mit dir in den …"

„Und warum nicht? Bin ich dir nicht attraktiv genug?"

„Karola, bitte, lass es dir erklären."

Nichts.

„Ich entschuldige mich auch."

„Du kannst dich nicht selber entschuldigen, man kann höchstens um Entschuldigung bitten. Müsstest du als Mann des Wortes eigentlich wissen."

„Dann bitte ich ausdrücklich um Entschuldigung."

„Ich werde es mir überlegen."
„Karola, bitte, es ist kalt hier draußen."
„Selbst in Schuld."
„Das heißt …", sagt Wesemann, doch dann hört er ein Kichern hinter der Tür. Schon ein Fortschritt. „Karola, nun sei doch nicht so. Es war doch nicht ernst gemeint."
„Du bestimmst, was ernst ist und was nicht. Du nutzt mich aus. So mache ich das nicht mehr mit. Überleg es dir!"
„Karola, ich liebe dich!"
„Hast du etwas gesagt?"
„Ich liebe dich!"
„Ich kann dich nicht verstehen."
„Ich liebe dich!", brüllt Wesemann durchs Haus.
Irgendwo im Treppenhaus wird eine Tür aufgemacht, dann noch eine und endlich öffnet sich auch Karolas Wohnungstür. „Musst du denn so schreien? Ein hübscher Blumenstrauß hätte es doch auch getan."
Darauf kann Wesemann nichts mehr sagen. Er ist fix und fertig.
„Mit dem offiziellen Heiratsantrag warte ich, bis die Hosenbeine gekürzt sind."
Karola schiebt ihn durch den Flur ins Wohnzimmer und Wesemann lässt sich auf die Couch fallen. Karola hockt sich mit dem Gesicht zu ihm auf seine Oberschenkel. „Musste es erst einen solchen Aufstand geben, bis du dich endlich erklärst?"
„Aber du weißt doch schon lange …"
„Sagen ist etwas ganz anderes! – Sag's bitte noch einmal."
„Ich liebe dich."
„Und noch einmal."
„Ich liebe …"

Wen Wesemann liebt, weiß Karola inzwischen und das letzte Wort verschwindet unter ihren Küssen.

„Wenn jetzt Sommer wäre“, Wesemann überlegt, ob seine Zahnbürste wohl noch im Badezimmer steht, „würde ich dich zu einem Ausflug ans Steinhuder Meer überreden. Tretboot fahren, Fischbrötchen essen und ein leckeres Eis schlecken.“

„Leider ist kein Sommer und ich kann nicht weg. Die Auseinandersetzungen um den Hamelner Weihnachtsmarkt eskalieren. Da muss ich am Ball bleiben.“

„Ich würde auch gerne wieder ganz normale Themen recherchieren, aber die Morde lassen mich einfach nicht los.“

„Das ist auch etwas, was ich gleichzeitig an dir liebe und hasse: deine Hartnäckigkeit.“

„Ich geh mit der Grübelei schlafen und wache mit ihr wieder auf.“

Karola stellt Brot, Butter und hausgemachte Marmelade vom letzten Hausfrauenbasar auf den Tisch. „Grothe nehme ich dir ab.“

„Schade, ich wäre so gern mal in einen Swingerclub gegangen.“

„Fang nicht schon wieder davon an, sonst wird deine Zahnbürste aus dem Badezimmer entfernt.“

„Stell dir mal vor, unser Apotheker, nackt.“

„Aber nur an Halloween.“

„Grothe scheint mir eine Schlüsselstellung in den Fällen einzunehmen. Arrogant, rücksichtslos und mit allen Wassern gewaschen.“

„Ich werde mich einfach mal umhören, wie es in seinem privaten Umfeld aussieht.“

Wesemann schmiert sich ein Brot mit Butter, Quittenmarmelade ist nicht sein Ding. „Wie willst du das machen?" Karola sollte zu den edleren Marmeladen konvertieren: Bitterorange, Blueberry, Zitrone mit Ingwer.

„Wenn man etwas Privates über einen Stadtbekannten erfahren will, geht man zum In-Frisör."

„So was gibt es in Hameln?"

„So etwas gibt es überall. Und einen Frisörbesuch habe ich noch offen, nachdem mich mein letzter zu Danni Urmann geführt hat."

Karola muss in den Sender und Wesemann hat keine Lust auf seine eigenen vier Wände. Er schlendert durch die Innenstadt. In Hameln kann man so richtig sparen, Kik, Ein-Euro-Läden, und manche Geschäfte stehen einfach leer.

Da spart man am meisten.

Am Schaufenster eines verlassenen Geschäfts klebt ein Plakat. *Hermann Tenschel setzt sich ein.* Wie schön, denkt Wesemann, bald sind Kreistagswahlen und die allseits Verdächtigen beziehen ihre Positionen. Ist bei Tenschel nicht so richtig gelungen. Irgendjemand hat mit einem dicken Filzschreiber ein Gitternetz über sein Gesicht gemalt. Jetzt sieht es aus, als säße er im Gefängnis.

Um Tenschel will sich Wesemann noch kümmern. Aber alles der Reihe nach. Jetzt ist erst einmal Fritz Bruncken dran. Leiter der SBW-Bank in Bückeburg. Wesemanns Neugier zu seinem ungewollten Schläfchen in der Mühlenstraße ist noch nicht befriedigt. Wesemann wird seinen Freund Karl-Wilhelm anrufen. Als Filialleiter der Sparkasse kennt er sie alle. Außerdem gibt es wohl kaum einen Verein, in dem Karl-Wilhelm nicht Mitglied ist. Passives Mitglied. Auf Geschäftskosten.

Karl-Wilhelm spricht von einer neu aufgelegten Staatsanleihe, aber dann verabreden sie sich. Wesemann kann sich den Namen der Kneipe nicht merken, aber bisher hat er sie noch immer gefunden. Wird sicher wieder ein harter Abend.

Timo ruft an. Hat Karola ihm Wesemanns Handynummer gegeben? Dann wird sie ihre Gründe haben.

Mike Becker hat seinen Geschäftsbereich erweitert. Immobilien in Bad Pyrmont. Tolle Internetseite mit richtig guten Angeboten. Wenn man sie sich leisten kann. Außerdem soll ihm Wesemann die Daumen halten. Heute Nachmittag hat er seine Fahrprüfung.

„Dafür muss man doch achtzehn sein!"

„Haha."

Wesemanns Spezialität, sich Freunde schaffen.

Am nächsten Morgen einen Geschmack im Mund wie sauer Bier und Korn. Er nimmt sich seine Heilerde, um den Magen zu beruhigen. Ein Anruf auf dem Anrufbeantworter. Timo hat seine Fahrprüfung bestanden und lädt am Nachmittag zu einem kleinen Umtrunk in den Sender ein.

Das Wort *Umtrunk* bereitet Wesemann erhebliche Schwierigkeiten, allein der Gedanke an alkoholische Getränke lässt die Möbel vor seinen Augen tanzen. Er setzt sich auf die Couch, atmet konzentriert, steht auf und nimmt zwei Aspirin.

Er hatte sich so sehr vorgenommen, bewusst zu trinken und konsequent Nein zu sagen nach dem dritten oder vierten Bier. Aber dann ist es erst spannend geworden. Behalten hat er von dem Gespräch allerdings nicht allzu viel. Doch er hat sich Notizen gemacht, die wird er sich nachher ansehen.

Karl-Wilhelm hat seinen Kopf leicht von rechts nach links gewiegt. Und zurück. Er schien etwas Unangenehmes über Fritz Bruncken zu wissen, aber rausrücken wollte er damit nicht. Also noch ein Bier und noch eins, noch einen Hardenberg und noch einen.

Wesemann gönnt sich eine kalte Dusche. Wird dann aber doch eine heiße, weil er ein Weichei ist. Schließlich einen starken Kaffee und ein Brot mit Nutoka.

Er legt sein Notizbuch neben die Kaffeetasse, und allmählich kehren auch die Erinnerungen an das Gespräch mit Karl-Wilhelm zurück. Erst nur in Stichworten und Halbsätzen, doch allmählich heben sich die alkoholbedingten Nebelschwaden.

Erst hat Karl-Wilhelm von den phantastischen Geldanlagen seiner Sparkasse geschwärmt. Als man dann wieder auf Fritz Bruncken zu sprechen kam, waren seine Auskünfte nicht mehr so ergiebig. Bruncken? Ein Banker eben mit Leib und Seele, kennt nur seine Zahlen, Zinsen und Dividende. Hat die Bank von seinem Schwiegervater übernommen und erst zu dem gemacht, was sie heute ist.

Dann wieder Sendepause und Bier mit Hardenberg. Schließlich fing Karl-Wilhelm an zu kichern. Wesemann glaubte schon, er würde in die alkoholisierte Albernheit abdriften, dann verschluckte sich Karl-Wilhelm und musste noch ein Bier trinken.

Wesemann gießt sich einen weiteren Kaffee ein.

Aber dann kam die entscheidende Wende: „Eigentlich dürfte ich das gar nicht erzählen." Und dann erzählte Karl-Wilhelm von dem Gerücht, das so durch Bankerkreise wabert. Cord zu Ottendorff war mit Fritz Bruncken bestens befreundet. Das Projekt der Windkraftanlagen im Emmertal war sozusagen ihr gemeinsames Kind. Aber dann wollte Ottendorff ein bisschen zu viel. Sicher, die Gewinnaussichten für den aufgelegten Fond waren nicht ganz astrein dargestellt worden, trotzdem hatten sich nicht genügend Anleger gewinnen lassen, um das Projekt durchzuziehen. Ottendorff wollte nachlegen und einen Mindestgewinn garantieren, der nur bei *extrem* günstigen Wetterverhältnissen zu erzielen gewesen wäre.

Wesemann grinst, als er sich an Karl-Wilhelms Schwierigkeiten erinnert, das Wort extrem auszusprechen.

Jedenfalls hat Bruncken nicht mehr mitziehen wollen, ihm wurde die ganze Sache zu unseriös. Er hat Cord zu Ottendorff sogar mit totalem Ausstieg gedroht. Doch ohne Aufstockung des Kapitalmantels hätte mit den Bauarbeiten nicht begonnen werden können. Gerade mal genug Geld war zusammengekommen, um dem Grundstücksbesitzer das Land abzukaufen.

Jetzt fehlen Wesemann ein paar Einzelheiten über das weitere Gespräch.

Filmriss. Sein Erinnerungsvermögen steigt erst wieder ein, als Brunckens neue Frau ins Spiel kommt. Erheblich jünger als Bruncken. War mal Heidekönigin in Soltau. Für sie hatte sich Bruncken von seiner ersten Frau scheiden lassen. Zwei Kinder, hat Wesemann notiert.

Ottendorff hat sich nach einem neuen Geldgeber umgesehen und in einer dubiosen Bank auf den Antillen gefunden.

Die wollten mit achtzehn Prozent einsteigen, wenn Brunckens SBW-Bank ihren Anteil auf einunddreißig Prozent steigern würde.

Wesemann nimmt den Ermittlungsblock von der Regalwand und trägt die Einzelheiten des Gesprächs mit Karl-Wilhelm unter *Bruncken, Fritz* ein. Die Prozentzahlen lässt er allerdings offen, so genau kann er sich nun auch nicht mehr daran erinnern. Jedenfalls hat Ottendorff die Unterlagen frisiert, mit denen er die Bank auf den Antillen ins Boot holen wollte. Bruncken ist dahintergekommen und hat Ottendorff mit Aufdeckung gedroht.

Jetzt werden Wesemanns Erinnerungen sehr lückenhaft. Ihm fällt ein, dass die Kellnerin Monika hieß, und gut, dass ihm das eingefallen ist. Er steht mühsam auf, holt einen Zettel mit ihrer Handynummer aus der Jackentasche und spült sie durchs Klo. Das wäre was, wenn Karola jetzt auch noch …

Es sind immer die Parallelereignisse, die den Gehirnzellen auf die Sprünge helfen. Ottendorff hat sich an die ehemalige Heidekönigin herangemacht. Nur um Bruncken zu ärgern? Eine Tat aus Eifersucht? Aber gleich Mord?

Wesemann fallen die Augen zu. Der Ermittlungsblock rutscht ihm von den Knien, er begibt sich auf Engelsflügeln in die blühende Heide.

„Das nennst du Ermittlungsarbeit?“ Karola steht an der Zimmertür, irgendwie verändert.

Wesemann rappelt sich auf.

Sieht sie genauer an.

Karola hat den Kopf in eine leichte Schräge gebracht und betrachtet ihn genau. Sie wartet bestimmt auf eine Äußerung seinerseits.

„Frisch heute, du hast ganz rote Wangen.“

„Sonst fällt dir nichts auf an mir?“

„Du bist hübsch wie immer.“

Endlich, endlich, Wesemann: „Und deine neue Frisur ist einfach … beeindruckend.“

„Na, schön, das will ich noch mal als erhöhte Aufmerksamkeit mit verzögerter Reaktion gelten lassen." Sie zieht ihre Jacke aus, Wesemann springt auf, um die Jacke an die Garderobe zu hängen.

„Du hast eine Fahne", sagt Karola und wendet den Kopf ab, als er sie küssen will.

„Ich reib mich noch auf im Dienst der Allgemeinheit."

„Dann kannst du auch die Allgemeinheit heiraten und nicht mich!"

Das hat gesessen.

„Willst du einen Kaffee?", fragt Wesemann.

„Ist der frisch?"

„Ich brühe ihn für dich auf."

Wesemann befüllt die Kaffeemaschine und stellt sie an. „Deine Frisur ist wirklich faszinierend. Du siehst irgendwie anders aus."

Das war im Ansatz die richtige Bemerkung, Wesemann.

Karola wendet den Kopf von links nach rechts und zurück, fährt sich mit den Fingerspitzen ganz leicht übers Haar.

„Nicht zu auffällig?"

Zu auffällig? Karola hat ihre Karola-Frisur, die sich nur in Nuancen ändert.

„Nö."

„Und sonst?"

„Gut!"

„Gut? Ich hatte mehr an boah, wow, super, hübsch, klasse, süß, toll, sexy, schmeichelnd, jugendlich gedacht. Also was denn nun?"

„Alles."

Karola setzt sich mit einem kleinen Seufzer auf die Couch, Wesemann holt den Kaffee und legt sogar eins von Engins Mandelmakrönchen auf die Untertasse. „Soll ich dir eine Decke für die Beine holen?"

„Ein bisschen Geduld bitte, lass mich doch erst mal durchatmen."

„Also von mir aus ..."

„Ich weiß doch, dass du neugierig bist. Beim Frisör gab es nur ein Thema: den Hamelner Weihnachtsmarkt. Die Querelen zwischen der Interessengemeinschaft Weihnachtsmarkt und der Hamelner Stadtverwaltung werden immer mehr zu einem Trauerspiel. Was den Weihnachtsmarkt so stimmungsvoll gemacht hat, wird in diesem Jahr fehlen. Keine Riesenpyramide, kein großer Adventskranz auf dem Pferdemarkt, kein Adventskalender am Hochzeitshaus und keine beleuchteten Eingangsschilder, die bisher am Eingang der Oster-, Bäcker- und Neuetorstraße aufgehängt waren."

„Solange es Glühwein gibt ..."

„... und Schmalzgebäck. – Hast du dir heute überhaupt schon die Zähne geputzt? – Erst bin ich gar nicht zu Wort gekommen, so sehr wurde noch über die Standvergabe auf dem Weihnachtsmarkt gestritten. Aber später war es ruhiger, und ich hab den Grothe ins Gespräch gebracht. Hat keiner drauf reagiert, nur meine Frisörin. Die kennt den Großmogul, ich hab besser nicht gefragt woher. Aber mit dem Hamelner Nachtleben kennt sie sich bestens aus. Und dann hat sie erzählt, dass die Windkraftanlagen im Emmertal für Grothe nur ein Ablenkungsmanöver seien. Er hat ganz andere Pläne, aber damit wollte sie nicht rausrücken."

Wesemann holt sich auch einen Kaffee und steckt sich verdeckt ein Fischerman's in den Mund.

„Ich hab mit einem Fünfziger gewinkt, da wurde sie gesprächiger. Grothe hat schon vor längerer Zeit seine gesamten Fondanteile verkauft. Im Augenblick plant er eine Zucht von schottischen Hochlandrindern im Grießebachtal bei Reher mit angeschlossenem Hofladen."

„Schöner Plan. Damit ist seine Verbindung zu den beiden Todesfällen eher unwahrscheinlich. Oder soll im Grießebachtal auch eine Windkraftanlage entstehen?"

„Davon habe ich noch nichts gehört."

„Also mal wieder: Außer Spesen nichts gewesen."

„Das sehe ich aber ganz anders." Karola hebt ein wenig die Kinnspitze.

„Ja, stimmt: hübsch, klasse, süß und alles andere."

„Beim Bezahlen habe ich dann noch Vera Winter getroffen. Sie hat sich einen Termin geben lassen für Haar und Beauty und Nägel."

„Ist doch alles Chemie."

„Schien ihr egal zu sein. Allerdings hatte ich den Eindruck, dass es ihr ein wenig unangenehm war, mich zu treffen. Wesemann, Wesemann, ich muss aufpassen, dass ich nicht mit dir in einer Schublade lande."

Karola schaut auf ihre Armbanduhr.

„Hast du keine Zeit, es ist doch erst früher Nachmittag?"

„Ich treffe mich mit einer Freundin, wir wollen ein wenig shoppen gehen und anschließend gemeinsam etwas essen."

„Schade, ich hatte mich so auf einen Abend mit dir gefreut."

„Trink viel Mineralwasser, nimm ein Bad und geh früh schlafen, dann können wir demnächst mal wieder über einen gemeinsamen Abend reden."

„Ich fühl mich schon viel besser", sagt Wesemann.

„Dann fühlst du dich richtig gut!" Karola steht auf, gibt Wesemann einen flüchtigen Kuss auf die Wange und betrachtet beim Hinausgehen mit einem kurzen Seitenblick ihre Frisur im Garderobenspiegel.

Kaum ist Karola gegangen, klingelt Wesemanns Handy. Karl-Wilhelm fragt nach seinem Wohlbefinden. Wesemann setzt gerade zu einer umständlicheren Erklärung an, da klingelt es an der Wohnungstür. Hat es sich Karola anders überlegt? „Ich muss auflegen", sagt Wesemann. Er legt das Mobilteil des Telefons auf die Garderobe, geht mit dem Mobilteil am Ohr in den Flur und öffnet die Tür. „Isch jetzt Fenster putzen?" Hamit Yildrim in seiner Arbeitskleidung: schwarze Hose, weißer Rollkragen Pullover. Wesemann macht eine abweisende Handbewegung. Er könnte jetzt keine zweite Person in der Wohnung ertragen. Außer Karola natürlich, aber das sagt er Hamit natürlich nicht.

Hamit zuckt nur die Schultern, drückt Wesemann einen Zettel in die Hand, bevor er geht: *Hausmeisterdienst Hamit Yildrim. Seit 32 Jahren. Sauber, Grünlich, Preiswert.*

„Seit zweiunddreißig Jahren?", fragt Wesemann.

„Bin jetzt fünfunddreißisch, ersten drei Jahre Hartz vier." Hamit lacht.

„Aber mach noch ein d zwischen n und l bei Grünlich!", sagt Wesemann, bevor er die Tür schließt.

„Zahle für Vermittlung zwanzisch Prozent Provi", kann Hamit Wesemann gerade noch übermitteln, bevor die Türe geschlossen ist.

Wesemann ruft Karl-Wilhelm zurück. Danke, es ginge ihm ganz gut, nur der letzte Korn würde sich alle paar Minuten wieder melden.

Karl-Wilhelm lacht. Er müsse eine Aussage von gestern revidieren, und da Wesemann wohl gerade in einem schwebenden Verfahren stecke, habe er gleich anrufen wollen, bevor Wesemann noch falsche Schlüsse aus einer Fehlinformation ziehe.

Der kann aber schon wieder lange Sätze, geht es Wesemann durch den Kopf.

„Jedenfalls war Brunckens Freundin neunzehnhundertzweiundneunzig Heidekönigin und die von Cord zu Ottendorff erst zweitausendvier. Ich hab so einen Kalender der Heideköniginnen an der Wand."

„Nackt?"

„Alle im Heidedirndl."

„Und wenn es dieselbe zweimal war?"

„Bei dem Altersunterschied?"

„Dann also keinen Schritt weiter, sondern zwei zurück."

„So ist das Leben", sagt Karl-Wilhelm. „Ich habe mir übrigens vorgenommen, bis Weihnachten keinen Alkohol mehr zu trinken."

„Verräter!", grummelt Wesemann. Karl-Wilhelm kichert und legt auf.

Natürlich will Wesemann Karola nicht hinterherspionieren, er könnte seine gekürzten Hosenbeine abholen und mal sehen, wen man in der Innenstadt trifft. Vielleicht einen Speckpfannekuchen essen mit Ingwer und Gouda, besser ist, darauf zu verzichten. Und dann sind die Beine auch so schwer, dass er mit der geänderten Anzughose gleich wieder nach Hause zurückkehrt.

Wesemann fläzt sich in seinen Sessel und starrt Löcher in die Wand. Er nickt ein, wird an der Schulter gerüttelt und ist hellwach. Es waren nur die Erschütterungen, die von einem Müllwagen auf der Deisterstraße ausgingen. Vielleicht sollte er was essen. Zumindest aber etwas trinken. Er ist zu faul aufzustehen. Er könnte sein Aufnahmestudio aufräumen. Könnte! Er widmet sich lieber wieder seinen Löchern in der Wand. Doch auf einmal bekommt eins der Löcher eine Kontur. Quadratisch. Und dann eine schmückende Dekoration. Schwedische Gardinen.

Muss das jetzt sein? Noch ist sein Kopf nicht klar und die Gedanken lassen sich Zeit, gedacht zu werden.

Wesemann erhebt sich schwer, trinkt Mineralwasser aus der Flasche und nimmt sich zwei Scheiben Toastbrot. Keinen Belag, bitte, der will noch nicht an ihn ran. Dann holt er den Ermittlungsblock und lässt sich wieder in seinen Sessel fallen.

Tenschel, Hermann

Kreistagsabgeordneter, sucht die Öffentlichkeit, vom erbitterten Gegner der Windkraftanlagen zum Befürworter. Trotz bevorstehender Kreistagswahlen abgetaucht.

Ein Eintrag unter *Jungk, Ilona:*

... vom Spielkasino bis Dunsthöhle in Begleitung von Hermann Tenschel.

Er könnte etwas mit den Morden zu tun haben. Auf geschäftlicher Ebene mit dem Mord an Ottendorff, und bei Thilo Stängelfeld käme wohl eher das Private in Betracht. Bleiben wir vorerst beim Privaten. Fritz Bruncken wird in desolatem Zustand mit Doris Stängelfeld in der Bäckerstraße gesehen, nachdem Thilo Stängelfeld schon beerdigt war. Fritz und Doris? Jetzt wieder diese leichte Übelkeit. Wesemann schluckt sie herunter und bleibt hart gegen sich selbst. Es gibt noch ganz andere Konstellationen, von der sich die Welt nichts träumen lässt. Damit möchte sich Wesemann jetzt lieber nicht befassen.

Also die geschäftliche Ebene. Hermann Tenschel ist Politiker, will wieder gewählt werden. Er kann nicht viel außer Kreistag. Bleiben zwei Auffälligkeiten. Seine Wandlung vom Saulus zum Paulus – oder umgekehrt, kommt auf den Standpunkt an. Und seine augenblickliche Unauffälligkeit. Er muss also etwas zu verbergen haben, was ihn vom Gegner zum Befürworter der Windkraftanlagen gemacht hat. Einsicht? Bei einem Politiker?

Wesemann braucht zwei Aspirin. Er muss sich überwinden und ruft Marion in ihrem Steuerberaterbüro an.

„Marion Weber."

„Wesemann hier."

„Hallo."

„Hallo."

„Wie geht's?"

„Gut, und dir?"

„Auch gut." Sie duzt ihn also noch, was nicht selbstverständlich ist nach ihren gemeinsamen Erfahrungen.

„Brauchst du einen Termin?"

„Termine sind immer schlecht, mal kann ich sie nicht einhalten und den Rest vergesse ich."

Sollte ein Scherz sein, doch Marion sagt: „Ich weiß."

„Ich stecke gerade in einem Fall."

„Habe ich vermutet."

„Ich erzähle jetzt einfach mal was und du sagst mir, ob du mir helfen kannst und willst."

„Ich hab gleich Mittag."

„Der Kreistagsabgeordnete Hermann Tenschel ist ein umtriebiger Mann. Er taucht mal hier auf und mal da. Könnte doch sein, dass er auch bei euch aufgekreuzt ist."

Schweigen am anderen Ende der Leitung.

„Könnte doch sein?", hakt Wesemann noch einmal nach.

„Mein Essen wird kalt."

„War er?"

„Er war mal hier, aber soviel ich weiß, nur einmal. Mein Chef ist richtig laut geworden, so kenne ich ihn eigentlich gar nicht."

„Das ist doch schon was."

„Tschüs."

„Bitte nicht auflegen. Nur noch eine kleine Zusatzfrage: Wenn Du jemanden nicht leiden kannst, welchen Steuerberater würdest Du ihm empfehlen?"

Marion lacht auf. „Solche Fragen liebe ich. Schieß einen Bock, geh zu Markuse nach Dehmkerbrock. Markuse René!"

„Danke", sagt Wesemann.

Marion hat aufgelegt. War doch ganz umgänglich. Noch ein Aspirin.

Vor weiterem Nachdenken erst einmal den Herrn Steuerberater antesten. Wesemann schaut ins Telefonbuch, legt ein Taschentuch auf den Hörer, wählt, die Verbindung bricht zusammen, wählt noch einmal und muss eine ganze Weile warten, bis abgehoben wird.

„Steuerberatungsgesellschaft René Markuse und Partner." Im Hintergrund läuft ein Fernsehgerät, wird abgeschaltet.

„Tenschel hier, ich bräuchte mal wieder einen Termin."

„Können Sie bitte ein wenig lauter sprechen. Die Verbindung ist sehr schlecht. Ein Techniker der Telekom soll angeblich schon unterwegs sein."

„Tenschel hier, ich bräuchte mal einen Termin."

„Ach, Sie, Herr Kreistagsabgeordneter! Brennt mal wieder die Hütte?"

Das reicht. Wesemann legt auf. Jetzt verträgt er schon ein Toastbrot mit einer Scheibe Käse.

Karola ruft an. Ihre Freundin ist nicht gekommen. Sie will noch ein bisschen alleine durch die Stadt schlendern und dann zu Wesemann kommen. Abendessen bringt sie mit. „Habe an Frikadellen von Wurst-Basar aus der Bäckerstraße gedacht. Oder lieber ein paar Scheiben gebackenen Leberkäse?"

„Bring mit, was dir schmeckt, ich freu mich auf dich."

„Vergiss nicht das Zähneputzen!" Karola lacht.

Angenommen ... Wesemann lässt sich in seinen Sessel fallen und starrt an die Wand ... er wäre Ottendorff und würde das Projekt an der Emmer planen und dann stellt sich der Herr Kreistagsabgeordnete quer. Was könnte er dagegen machen? Argumentieren. Oder im Umfeld des Abgeordneten nach ein paar Schwachstellen suchen, deren Offenlegung seiner politischen Karriere schaden könnte. *Brennt mal wieder die Hütte?* Es hat bestimmt mit Steuern zu tun, falschen Angaben, Schwarzgeldern oder einfach Steuerhinterziehungen. Kann in diesem Fall aber egal sein. Ottendorff wird sich mit seinem neu erworbenen Wissen Tenschels Zustimmung zu dem Windkraftprojekt erkauft haben. Aber nun ist Ottendorff tot und Tenschel scheint noch immer beunruhigt. Also muss eine weitere Person von seinen Machenschaften wissen. Und diese Person lebt. Ilona Jungk!

Wesemann schlummert ein.

Als er aufwacht, ist es halb acht.

Ilona Jungk? Kann ihm gestohlen bleiben. Wo ist Karola? Sie müsste doch längst mit Leberkäse und Frikadellen eingetroffen sein. Einen Augenblick hält Wesemann den Atem an und horcht in seinen Magen. Leberkäse könnte schon gehen. Vielleicht hat Karola ihre Freundin aber doch noch getroffen. Er schaltet das Fernsehgerät an. Grizzlybären jagen Lachse, eine kochende Promirunde mit gänzlich Unbekannten, zwei unansehliche Männer werfen mit kleinen Pfeilen auf eine runde Scheibe. Es steht dreihundertachtzehn zu zweihundertvierzig.

Schon halb elf. Wo bleibt Karola? Und wenn sie nicht ihre Freundin, sondern den Gigolo aus dem Tanzkurs getroffen hat? Macht sie nicht, Karola ist ehrlich. Aber allmählich macht er sich doch Sorgen. Es könnte auch etwas passiert sein. Ob er bei der Polizei anrufen soll? Wesemann, mach dich nicht lächerlich!

Nachtprogramm: ungeklärte Morde, Rendezvous mit einem Mörder, dann schon lieber die schönsten Bahnstrecken Europas. Im Reich der Träume ist ein Zimmer frei und Wesemann tritt ein.

Er schrickt auf.

Wie spät ist es? Früher wurde man vom Testbild geweckt, aber heute: Die Bären fischen immer noch, die unbekannten Promis speisen und auf dem Sportkanal wird noch immer auf die Dartscheibe geworfen. Halb eins. Er ruft in Karolas Wohnung an. Niemand hebt ab. Er versucht es auf ihrem Handy. *Dieser Anschluss ist vorübergehend nicht zu erreichen.*

Allmählich steigt die Angst in Wesemann hoch wie Nebel aus den Wiesen. Karola hätte sich doch bestimmt gemeldet, wenn ihr etwas dazwischengekommen wäre. Ob er im Krankenhaus anrufen soll? Warum nicht. Er fragt nach Karola Weber. „Sind Sie ein Angehöriger?“

„Ich bin ihr, äh, Ehemann.“

„Ich schaue nach und rufe zurück, Herr Weber. Geben Sie mir bitte Ihre Telefonnummer.“

Er macht das Fernsehgerät aus und schickt die Dartspieler ins Bett. Was nun? Er geht ans Fenster und schaut auf die Straße. Wenig Verkehr. Ein paar junge Leute stehen vor der Diskothek, es wird gelacht, geraucht und gerangelt.

Wesemann setzt sich an seinen Computer. Er wollte doch immer mal … dafür hätte er jetzt Zeit. Doch er kann sich nicht konzentrieren. Ruft noch einmal bei Karola an. Ihre Stimme auf dem Anrufbeantworter. Klingt vertraut und macht ihm gleichzeitig Angst. Er hinterlässt eine Nachricht. Wie kann er seine Ungeduld zügeln? Er läuft im Zimmer auf und ab. Wie in einer Gefängniszelle, denkt er. Der aufsteigende Angstnebel hat sein Herz erreicht, Wesemann muss stehen bleiben und durchatmen. Kein Anruf vom Krankenhaus. Das kann noch dauern. Zehn nach zwei.

Wesemann lässt sich in seinen Sessel fallen. Er ist müde, kann keine Ruhe finden, steht wieder auf, macht das Fernsehgerät an. „Nennen Sie eine deutsche Stadt mit vier Buchstaben und gewinnen Sie auf Leitung dreiundzwanzig zehntausend Euro!" Muss man sich dafür ausziehen? Viertel nach zwei. Er schaltet das Fernsehgerät wieder aus, nimmt ein Buch zur Hand, kommt über die ersten beiden Wörter des neuen Kapitels nicht hinaus, die Augen fallen ihm zu.

Über ihm wird die Wasserspülung bedient, unten auf der Straße fährt ein schwerer Lastwagen vorbei, eine Hand legt sich auf seine Stirn und drückt seinen Hinterkopf auf die Sessellehne.

Wesemann schrickt auf, woher kommt der Ton? Das Handy liegt auf dem Fernsehgerät. „Wesemann?"

Auf der anderen Seite ein Keuchen, ein Schluchzen.

„Karola? Karola, wo bist du?"

Die Verbindung wird unterbrochen. Die Fernsehzeitschrift ist beim Aufspringen vom Tisch gerutscht, Wesemann hebt sie auf und legt sie zurück. Es klingelt erneut. Wesemann hebt ab.

„Karola? Ganz ruhig bitte."

Wieder dieses Schluchzen und jetzt auch ein Würgen. „Du musst sofort kommen." Ihre Stimme leiser als ein Flüstern.

„Wo bist du? Wie geht es dir? Was ist passiert? – Ganz ruhig. Leg nur nicht auf."

„Ich bin in Pyrmont. Auf dem Kinderkarussell. Meine Beine sind ans Gitter gefesselt. Komm …"

Eine Weile rauscht es in der Leitung.

„Karola …"

Karola scheint das Handy aus der Hand gelegt zu haben, ohne es abzuschalten. Wesemann überlegt: Bis Pyrmont sind es knapp fünfundzwanzig Kilometer, selbst bei geringem Verkehr kaum unter einer halben Stunde zu schaffen. Karola braucht Hilfe. Sofort. Es ist halb vier. Soll er die Polizei anrufen? Notbesetzung um diese Zeit. Wesemann greift nach seinem Handy und ruft Lina an. Vielleicht ist Lina schon vom Großmarkt zurück. Oder von ihrer Joggingrunde.

Gleichzeitig greift Wesemann nach seiner Jacke und verlässt die Wohnung. Lisa nimmt das Gespräch nicht an. Wesemann stolpert zu seinem Auto, ruft noch einmal an. Jetzt wird abgenommen.

„Hat das nicht bis um neun Zeit?" Typisch Lina Franitzki. Sie fragt nicht nach woher und wohin.

„Ich hab jetzt keine Zeit für lange Erklärungen", sagt Wesemann, „Karola scheint an das Kinderkarussell gefesselt zu sein und braucht dringend Hilfe."

„Moment." Sie scheint etwas abzustellen. „Ich laufe sofort hinüber." Dann Schritte, Keuchen und eine endlos lange Zeit. „Stimmt", sagt Lina. „Ich kümmere mich um sie. Komm her, aber fahr vorsichtig."

Bei solcher Anspannung kann man doch nicht abwartend fahren. Andererseits, was hat Karola davon, wenn er irgendwo an einem Baum oder im Graben landet.

Es dauert fast vierzig Minuten, bevor Wesemann sein Auto abstellen kann und in die Brunnenstraße eilt.

Fast unmerklich dreht sich das Karussell im tristen Morgendunst. Von Karola keine Spur. Wesemann dreht sich suchend um. Licht brennt in Linas Gemüseladen. Er läuft hinüber. Die Tür ist offen. Niemand im Laden. Stimmen im kleinen Nebenraum. Karola sitzt auf dem Boden, mit dem Rücken an einen Kartoffelsack gelehnt. Als sie Wesemann sieht, versucht sie ein Lächeln, alle Kraft verlässt sie, der Kopf fällt auf die Brust.

„Jetzt aber nicht schlappmachen", sagt Lina. Sie sieht ulkig aus in ihrem Jogginganzug mit den ausgebeulten Knien und dem Hängehintern in der Schlabberhose. „Guck nicht so blöde", sagt sie zu Wesemann, „hilf lieber."

„Soll ich den Rettungswagen holen?"

„Will sie nicht. Halt sie einfach nur fest."

Wesemann hockt sich neben Karola, Lina öffnet eine Wasserflasche, schenkt ein Glas halb voll und hält es Karola an die Lippen.

Erst will Karola den Kopf wegdrehen, doch dann trinkt sie einen kleinen Schluck, muss husten, trinkt noch einmal und dann gleich das ganze Glas leer.

Sie schaut Wesemann an. Ein Blick wie aus einer anderen Wirklichkeit. „Lass mich noch einen Augenblick hier sitzen, dann nimm mich mit nach Hause. Mir ist so schlecht."

Lina winkt Wesemann mit der linken Hand zu sich heran. Karola sitzt fest, Wesemann stabilisiert ihre Haltung mit einem Sack Kartoffeln auf ihrer linken Seite.

Lina geht voraus in den Laden. Auf der Theke liegt ein altes Handtuch mit Rosenmuster. „Das hatte ihr jemand in den Schoß gelegt." Lina schlägt das Handtuch auf. Wesemann grinst der abgeschnittene Kopf eines Ferkels entgegen, in der Schnauze ein Windrad. Mit einer Nadel ist ein Zettel auf seiner Schwarte fixiert: *So geht es allen Schnüfflern! Hände weg!*

„Ich brauche eine Plastiktüte", sagt Wesemann, dann geht er zu Karola in den Nebenraum zurück. „Wir sollten die Polizei verständigen."

„Hilf mir hoch", sagt Karola. „Ich kann mich an nichts erinnern." Sie trinkt noch einige Schlucke Wasser.

„Ich kann rasch einen Kaffee kochen?"

„Danke", sagt Karola, „ich möchte lieber nach Hause." Halb umarmt sie Lina, halb stützt sie sich auf ihr ab. Im Hinausgehen greift Wesemann nach der Plastiktüte auf der Theke.

„Was ist da drin?" fragt Karola.

Wesemann hebt nur die Schultern und Karola erbricht sich direkt vor Linas Gemüseladen in die Kiste mit Kopfsalat.

Wesemann schaut Lina hilflos an.

„Geht nur", sagt Lina, „ich mach das schon weg."

Karola will nicht in ihre Wohnung in der Erichstraße, sie möchte zu Wesemann auf die Couch. Er soll ihr einen Tee kochen. Einen Kamillentee. Wesemann hat nur Darjeeling und Earl Grey. Er legt Karola ein Sofakissen unter den Kopf und deckt sie zu. Karola möchte einen ... aber da ist sie schon eingeschlafen. Wesemann ruft im Sender an. Timo am Apparat. Wesemann lässt Baxmann ausrichten, dass Karola heute nicht in den Sender kommen kann.

„Mensch, dann muss ich alles alleine machen", sagt Timo, „ich weiß schon nicht mehr, wo mir der Kopf steht. Übrigens sind hübsche Bilder von Danni Urmann im Internet aufgetaucht. Man kann sogar ihre Muttermale zählen." „Da brauchst du nicht zu recherchieren", sagt Wesemann, „aber vielleicht kannst du

Danni helfen, die Bilder wieder loszuwerden. Falls das überhaupt geht."

„Das macht doch sicher schon ihr ... „ „Macht er eben nicht. Ganz im Gegenteil." „Ich werd' mich um sie kümmern."

Wesemann legt auf. Jetzt also auch noch Partnervermittlung. Er wüsste doch zu gerne, wie Karola in ihre missliche Lage gekommen ist. Doch Karola hat sich auf die Seite gedreht und schnarcht leicht mit kleinen Aussetzern. Sie wollte ihre Freundin zum Shoppen treffen, die Freundin ist nicht gekommen und dann?

Wesemann nimmt sein Handy und geht in sein Aufnahmestudio.

Er ruft Lina an.

„Der Schreck steckt mir noch in den Gliedern", sagt Lina. „Ich bin gerade vom Joggen zurück und wollte den Laden aufschließen, da hast du angerufen."

„Wie hast du Karola gefunden?"

„Sie saß halb und halb lag sie zwischen einem der Holztiere und dem umlaufenden Gitter. Ihr Fuß war mit einem Strick an einem der Gitterstäbe angebunden. Mit der Hand hat man den Knoten nicht lösen können, ich musste mein Messer aus dem Laden holen."

„Gut, dass ich das nicht mit ansehen musste."

„Ich hab doch gar nicht auf sie eingestochen." Zumindest hat Lina ihre Spottlust schon wiedergefunden. „Meinst du, da kommt noch was nach, weil du mich angerufen hast?"

„Ich glaub nicht, höchstens ein Dankeschön mit bunten Blüten."

Aus dem Wohnzimmer kommt ein Stöhnen. „Ich muss jetzt auflegen", sagt Wesemann, „kannst du dich ein bisschen umhören, ob jemand in der Nacht etwas Auffälliges gesehen hat?"

„Wie heißt das?"

„Ah - bitte?"

„Ich werde sehen, was sich machen lässt. Und die Kiste mit dem Salat konnte ich auch wegschmeißen."

Jetzt legt Wesemann doch lieber ganz schnell auf. Was kostet so eine Kiste Salat? Er wird Lina zum Strauß Blumen noch eine Flasche Sekt mitnehmen. Natürlich mit Karola zusammen.

Karola hat sich aufgesetzt. „Schone dich lieber", sagt Wesemann.

„Ich kann doch nicht den ganzen Tag einfach nur rumhängen. Das Leben geht weiter!"

„Aber wie?"

„Du holst Brötchen und eine Packung Kamillentee, dann überlegen wir."

Wesemann macht sich augenblicklich auf die Socken.

„Lass den Kamillentee", ruft ihm Karola nach, „ich hätte Lust auf den Darjeeling."

„Bin gleich zurück." Wesemann hüpft die Stufen der Treppe hinunter. Fast. Zumindest hüpft sein Herz. Karolas Lebensgeister sind zurückgekehrt, jetzt kann es nur aufwärts gehen.

„Viel gefeiert gestern Nacht?", fragt Engin, als Wesemann an ihm vorbei zum Bäcker eilt. Wesemann drückt ihm die Plastiktüte mit dem Ferkelkopf in die Hand. „Bitte in der Tiefkühltruhe für mich aufbewahren!" Und schon ist er weiter.

„So sind alte Herrschaften", mault Engin, als er in den Laden zurückgeht, „regen sich auf über junge Leute, aber die ganze Nacht läuft Fernseher für Schwerhörige."

Karola hat sich Wesemanns Jogginganzug angezogen, dicke Socken übergestreift und seine Wollweste über die Schultern gelegt. Das Wasser für den Tee kocht. Wesemann ist neugierig, macht den Mund auf, und Karola sagt:

„Jetzt nicht, erst nach dem Frühstück."

Doch dann hält sie es doch nicht aus. „Es gibt eigentlich nicht viel zu berichten." Wesemann hat ihr ein halbes Brötchen mit Ingwermarmelade geschmiert. Karola nimmt sich die andere Hälfte und belegt sie mit einer Scheibe Gouda. Wesemann steckt sich die Marmeladenbrötchenhälfte in den Mund.

„Ich hatte mich mit Petra in der Stadtgalerie verabredet, sie ist nicht gekommen. Hat nicht mal angerufen, na, der werde ich ... gib mir mal dein Handy!"

Wesemann holt sein Handy, Karola wählt, spricht nicht allzu lange mit dem anderen Teilnehmer. „Sie hat an der Löwenapotheke auf mich gewartet. Ihr Handy hatte sie vergessen."

„Freunde können manchmal ganz schon anstrengend sein."

Wesemann denkt kurz an Karl-Wilhelm.

„Wir haben uns also verpasst, ich war ziemlich sauer und bin noch ein bisschen umhergeschlendert. Aber allein macht es keinen Spaß. Dann hab ich dich angerufen und wollte nur noch einen Latte macchiato in einem der Passagencafés trinken. Und dann weiß ich nichts mehr. Gib mir bitte den Zucker rüber."

„Du kannst dich an gar nichts mehr erinnern?"

„Filmriss vom Latte macchiato bis zum Kinderkarussell."

„Das hört sich schwer nach K.O. an."

„Meinst du? Aber wer könnte mir ..., in dem Passagencafé ist jemand sehr nah an meinem Tisch vorbei -

gegangen und hat die Getränkekarte vom Tisch geworfen. Ich hab sie aufgehoben, wollte noch eine höfliche Bemerkung zu der Rücksichtslosigkeit loswerden, da war die Person aber schon verschwunden."

„Mann oder Frau?"

„Ob du es nun glaubst oder nicht, ich kann mich nicht daran erinnern."

„Es könnte also sein, dass dir jemand etwas in den Latte getan hat, zum Beispiel Tropfen, die dich außer Gefecht gesetzt haben?"

„Mir ist schlecht. Das Käsebrötchen rumort."

„Ich könnte noch rasch Kamillentee holen."

„Das wird schon wieder. Ich darf bloß nicht daran denken, wie ich aufgewacht bin. Dieser grässliche Ferkelkopf hat mich angegrinst und in seinem Maul steckte ein Windrad. Ich hatte eine Wahnsinnsangst. Musste immer an Ottendorff und den toten Bauern denken."

„Ich glaub nicht, dass dich jemand umbringen will oder wollte."

„Was denn sonst?"

„Das stand auf dem Zettel, den sie der Sau hinter die Ohren gespickt haben:

So geht es allen Schnüfflern! Hände weg!"

„Du meinst ... Mist, dann hast du mich in die Situation gebracht. Du verdammter Idiot. Kannst du nicht was Anständiges arbeiten wie andere Männer? Und ich verlieb' mich auch noch in dich. Mist, Mist, Mist. Jetzt muss ich wohl mein ganzes Leben lang Angst haben, dass jemand hinter mir her ist. Du Blödmann! Du ... du ..."

Und plötzlich heult Karola los, stürzt sich auf Wesemann, er hat Mühe, sie in seine Arme zu nehmen, und sie weint und weint.

Es dauert eine ganze Weile, bis das Weinen in Schluchzen und Schniefen übergeht. Wesemann spürt Karola ganz nah bei sich. Noch näher als in den Armen, direkt im Herzen oder jedenfalls in der Gegend. Wesemann gibt ihr ein Papiertaschentuch, holt dann die Küchenrolle aus der Ablage.

Karola versucht ein Lächeln. Ihre Augen sind gerötet, das linke Ohr auch, das hatte sie ganz fest an Wesemann gedrückt.

„Leg dich wieder hin", sagt Wesemann, „ich koch dir eine Brühe, die dir wieder auf die Beine hilft."

„Ach, Hubert", sagt Karola. „Gib mir bitte das Telefon. Ich rufe meine Mutter an. Ich zieh mich für ein paar Tage zu ihr zurück."

Wesemann schaut aus dem Fenster. Es schneit dicke Flocken. „Brühe mit Reis oder mit Nudeln?"

„Ist egal", sagt Karola, sie wählt schon.

Kochen ist nicht einfach. Wesemann hat nur Kochbeutelreis und Spaghetti. Spaghetti kommen nicht in Frage. Muss er den Reis aus dem Kochbeutel nehmen und direkt in die Brühe tun oder umgekehrt? Also nicht die Brühe in den Kochbeutelreis, sondern die Brühe kochen, den Reis kochen und dann beides mischen. Er entscheidet sich für die kompliziertere Methode, und dann steht auch noch die Entscheidung an, ob er die Fleischbrühe oder die Delikatessbrühe ins kochende Wasser löffeln soll.

Er entscheidet sich für die Delikatessbrühe, der abgebildete Rinderkopf auf der Verpackung könnte bei Karola falsche Assoziationen wecken.

Karola will am nächsten Morgen zu ihrer Mutter nach Malente fahren. Wesemann bietet sich an, sie dorthin zu bringen.

„Es schneit heftig."

„Ich fahre mit dem Zug. Du kannst mich zum Bahnhof bringen."

Karola hat keinen Hunger und verzichtet auf die kräftigende Brühe. Sie will in ihre Wohnung, um ein paar Sachen für die Reise zu packen. Wesemann bleibt dann über Nacht, um sie zu wärmen. Karola schläft sehr unruhig, wacht mehrmals in der Nacht auf. Wesemann schläft fast gar nicht. Am nächsten Morgen bringt er Karola zum Bahnhof. Der Schnee ist liegen geblieben. Karola fährt mit der S-Bahn nach Hannover und dann über Hamburg und Lübeck nach Malente. Zweimal umsteigen, knapp drei Stunden Fahrt.

Wesemann ist ganz wehmütig, als er Karola den Koffer in die S-Bahn stellt. „Wenn ich zurückkomme", sagt Karola, „ist die Sache erledigt, oder ich komme nicht zurück!" Die Tür der S-Bahn schließt automatisch.

Wesemann macht sich auf den Heimweg. Baxmann ruft an. Ob Wesemann streike? Ob er denn gar nichts Neues zu den Mordfällen habe? Außerdem nehme er es ihm persönlich übel, dass er Frau Weber außer Gefecht gesetzt habe.

Woher kann er das denn wissen?

„Ach, Wesemann, wir leben doch in Hameln."

Jetzt liegt schon ein Hauch von Schnee auf dem Asphalt. Die ersten Glätteopfer sind zu beklagen. Ein Radfahrer ist in einen Zeitungsständer gerutscht.

HK Bertram ruft an. Ob Wesemann wüsste, wie er Frau Weber erreichen könnte. Er habe es schon mehrmals über ihren Hausanschluss versucht. Ein Beamter habe sich sogar persönlich auf den Weg gemacht, sei aber gerade unverrichteter Dinge wieder ins Präsidium zurückgekehrt. Sie hätten ein paar dringende Fragen an Frau Weber.

„Frau Weber hat sich kurzfristig entschlossen, ihre Mutter in Malente zu besuchen."

„Wenn sie zurückkehrt, soll sie sich unverzüglich bei mir melden."

Wesemann wird es ausrichten. Er fährt nach Hause, irgendwie ist ihm nicht nach Engin, schon gar nicht, wenn er an den Inhalt der Plastiktüte in seiner Tiefkühltruhe denkt. Außerdem braucht Wesemann keine Lebensmittel einzukaufen. Er hat doch noch seine kräftigende Suppe.

Wesemann schaut gerade das Mittagsmagazin, da klingelt es an der Haustür. Er geht an die Wohnungstür und nimmt den Hörer der Sprechanlage ab. „Töröőö!" Na, schön, man konnte es verstehen, aber es klang mehr nach Benjamin Pusteblümchen. Er drückt auf den Türöffner.

Ralle kommt mit zwei Plastikkisten die Treppe herauf.

„Wir kaufen nichts!"

Ralle lacht, muss husten, stellt die Plastikkisten auf den Boden. Eine rosa, die andere mint. Schreckliche Farben.

Wesemann schließt die Wohnungstür hinter Ralle. Ralle japst, ringt nach Atem. Total verschnupft. „Ich hab dir großen Gefallen getan, jetzt du mir einen kleinen."

Sie lassen die Kisten im Flur stehen, es raschelt in einer Kiste wie stumpfe Messer auf einem Plastikteller.

Ralle setzt sich auf einen Stuhl am Tisch, Wesemann bietet ihm von der kräftigenden Brühe an, Ralle schüttelt den Kopf. Wesemann holt seine Salbeibonbons und Ralle nimmt zwei.

„Salbei ist gut, sagt Vera. Sie weiß das."

„Woher?"

„Hat sie in einer Apotheke gelernt. Früher. Ganz früher. Macht noch jedes Jahr mit dem Apotheker Heidelbeerlikör. Lecker."

„Apotheker Bandura?"

„Genau!"

„Dir geht es wohl gut bei Vera?"

„Prima!"

Jetzt voller Angriff, Wesemann, weil du es dir nicht vorstellen kannst. „Mal unter Männern, wie ist sie denn so im Bett?"

Ralle schaut auf seine Schuhspitze. „Gut."

„Wie gut?"

„Sie will nicht. Gar nichts. Aber kann ganz tollen Apfelkuchen."

„Ruf mich mal an, wenn sie wieder gebacken hat, aber jetzt nimm bitte deine Kisten und geh. Ich muss noch arbeiten."

Netter Versuch, Wesemann, aber so schnell ist Ralle nicht draußen. Die Geschichte, die er zu erzählen hat, ist sehr großflächig angelegt und verzweigt sich in viele kleine Nebenschauplätze. Wesemanns Gedanken schweifen immer wieder ab. Karola müsste schon eine halbe Stunde in Malente sein und hat noch immer nicht angerufen.

Falls Wesemann Ralles Äußerungen richtig deutet, hat sich die Geschichte vom Gnadenhof im Emmertal bereits herumgesprochen. Von allüberall würden Tiere gebracht und, um es kurz zu machen, Ralle käme mit dem Errichten von Unterkünften für die Tiere einfach nicht nach. Jetzt sei auch noch Schnee gefallen und die Tiere müssten schnellstens in frostfreien Behausungen untergebracht werden.

Das kann Wesemann verstehen, aber bei seiner Vorahnung, was es mit den Plastikkisten und noch mehr mit ihrem Inhalt auf sich hat, sträuben sich ihm die wenigen verbliebenen Haare.

Es wären nur fünf Meerschweinchen, vier Weibchen und zwei Männchen, die unbedingt getrennt voneinander gehalten werden müssten. Wesemann will Ralles mathematische Fehlleistung nicht korrigieren, und sagt lieber gleich klar und deutlich: „Nein!"

Es wäre doch nur für ein paar Wochen, und die Tiere würden auch nicht stören und keine Arbeit machen. Zweimal am Tag Futter und frisches Wasser, und Wesemann würde nichts, aber auch rein gar nichts von den lieben Tieren bemerken.

Wesemann sagt. „Nein!"

Ralle strahlt ihn an. „Habe ich doch gewusst, dass ich mich verlassen kann."

„Nein!"

Ralle steht auf, nimmt sich noch ein Salbeibonbon und steht auf. Zum Jahresende ginge es mit den Temperaturen sicher wieder steil nach oben. Vor ein paar Jahren wären es zu Weihnachten zwölf Grad gewesen, und dann würde er die Meerschweinchen sofort wieder abholen.

„Nein!", sagt Wesemann und stellt sich vor die Wohnungstür. Doch Ralle schiebt ihn freundlich, aber entschieden zur Seite und verlässt die Wohnung.

Was soll Wesemann jetzt machen? Ihm die Kisten nachschmeißen? *Rundfunkjournalist als Tierquäler angezeigt.*

Nach wenigen Stufen dreht sich Ralle noch einmal um. „Gibt auch noch Kaninchen!" Er lacht.

Wesemann, du bist wirklich willensstark und durchsetzungsfähig. Selbst Ralle tanzt dir auf der Nase herum. Erst mal sehen, was er da angeschleppt hat. Wesemann nimmt die mintfarbene Kiste und stellt sie auf den Tisch. Sehen ja niedlich aus: schwarz, braunschwarz, schwarzweißbraun, weiß, braunschwarzweiß ... Moment, das sind schon fünf, wenn er sich nicht verzählt hat.

Karola ruft an. Sie trinkt gerade mit ihrer Mutter Kaffee. Und ihre Mutter gibt ihr in allem recht. Wesemann unterrichtet sie, dass Baxmann sie sprechen möchte. Ob bei ihm alles in Ordnung sei, er würde sich so komisch anhören.

Eigentlich will es Wesemann nicht, aber dann berichtet er doch von Ralles Besuch. Hofft ein wenig auf Karolas Mitgefühl und Zuspruch, will sich mit seinem weichen Herzen auch ein wenig einschmeicheln. Doch Karola sagt nur: „Solange du mit den Tieren unter einem Dach lebst, bleibst du mir vom Leib." Ihre Mutter hüstelt im Hintergrund. „Die Viecher haaren, und dagegen bin ich allergisch."

„Wenn es danach ginge, könntest du gleich zurückkommen. Die Meerschweinchen sind schon so gut wie ... weg."

„Keine Gewalt!", sagt Karola.

„Du kennst mich doch."

„Eben drum", sagt Karola.

Wesemann holt die zweite Kiste. Drei Meerschweinchen oder vier. So genau kann er bei dem Gewusel nicht zählen. Er macht eine Tür auf, nimmt ein struppiges schwarzweißes Tier heraus und setzt es sich auf die Brust. „Was mach ich nur mit dir?", fragt Wesemann, ohne auf Antwort zu hoffen.

Die offene Türe nehmen die neugierigen Familienmitglieder als Signal, ihre Umgebung außerhalb der Kiste zu erkunden. Schnell setzt Wesemann seinen

Struwwelpeter zurück. Das Tier hat jetzt Platz, alle anderen sind draußen, sausen auf dem Tisch umher, vergraben sich unter der Fernsehzeitschrift, hechten aufs Sofa, ein schwarzes wird vom Tisch gestoßen, ein glattes braunes springt gleich hinterher.

Es dauert fast eine Stunde, bis Wesemann alle Tiere wieder eingefangen und in ihre Kiste gesetzt hat. Alle? Er weiß es nicht und lässt sich ermattet aufs Sofa fallen. Ein hoher Pfiff, das Meerschweinchen in dem Sofakissen hinter sich hatte er übersehen. Es überlebt unverletzt. Wesemann ist am Ende. Er ruft seinen Sohn Moritz an. Moritz hat ein gutes Herz und eine Freundin. Ihr könnte er doch mit seiner Tierliebe mächtig imponieren. Doch Moritz lacht nur und schwafelt etwas von dicken Steinen und Weser. Und so was ist sein eigen Fleisch und Blut.

Jetzt muss er erst einmal Futter für Eddi, Minka, Schielauge und ihre Kollegen besorgen. Er wird Engin fragen, was er dafür braucht.

Engin berichtet, dass Meerschweinchen in Südamerika häufig auf dem Speiseplan stünden. Man könnte sie mit Fertigfutter und Löwenzahn füttern. Woher weiß Engin bloß so etwas? Als Löwenzahnersatz gibt ihm Engin einen Kopf Salat mit. Einen großen Kopf.

Als Wesemann zurück ist, begrüßt ihn sein Struwwelpeter im Flur. Irgendwie haben die Tiere die Türen der Plastikkiste öffnen können. Beide. Wesemann will das Licht anknipsen. Es bleibt dunkel. Wesemann sucht nach einer Taschenlampe. Zwei Meerschweinchen huschen unter die Couch, ein schwarzes liegt vor dem Fernsehgerät und rührt sich nicht. Wesemann stupst das Tier mit dem Fuß an. Tot. Dann sieht er den Grund. Das Verlängerungskabel zum Fernsehapparat ist durchgebissen. Von Fernsehkabeln als Nahrungsgrundlage der Kleinsäuger hat Engin nichts erwähnt. Wesemann zieht den Stecker des Verlängerungskabels aus der Steckdose, knipst die Sicherungen wieder an. Jetzt kann er die restlichen Meerschweinchen zählen, sie haben sich um den Salatkopf versammelt, zum Teil in ihn eingegraben. Sieben lebende und alle durcheinander, Männlein und Weiblein. Ruhig, Wesemann, ganz ruhig!

Er setzt sich an seinen Computer und informiert sich über die Nachwuchszahl von Meerschweinchen. Zwei bis vier, bei guter Pflege bis zu sieben. Nach der Geburt kann das Meerschweinchen sofort wieder gedeckt werden, und 111 Tage später gibt es dann wieder Nachwuchs. Also Nachwuchs vom Nachwuchs. Sieben mal sieben mal sieben … und Karola ist allergisch gegen Meerschweinchenhaare.

Wut steigt in Wesemann hoch. Er ist von Ralle überrumpelt worden. Und hat Wichtigeres zu tun. Es gibt nur eine vernünftige Lösung, das Problem aus der Welt zu schaffen.

Wesemann sammelt die Meerschweinchen ein und steckt sie zurück in ihre Plastikkisten. Zweimal wird er gebissen, plötzlich hat er ein Büschel brauner Haare zwischen den Fingern, und dann dauert es fast eine halbe Stunde, bis er das Meerschweinchen aus dem Bücherregal gefischt hat.

Er zieht sich seine Jacke an, sichert die Riegel der Kisten mit einem Bindfaden und macht sich mit den beiden Kisten auf den Weg.

„Vorsischt, frisch gewischt!“, sagt Hamit, als ihm Wesemann im Treppenhaus begegnet. Wesemann kann keine feuchten Stufen entdecken.

SECHZEHN

Wesemann stellt die beiden Kisten auf die Rückbank seines Corsas und fährt hinaus ins Emmertal. In der Stadt gibt es nur noch graue Schneereste, aber außerhalb sind die Ränder der Straße weiß.

Wesemann fährt vorsichtig. Nicht auszudenken, er baut einen Unfall, die Kisten springen auf und sieben mal sieben mal sieben …

Auf der Wiese des geplanten Gnadenhofs ist niemand zu sehen. Der Unterstand für den Esel ist fertig. Frisches Heu liegt in der Raufe, vor dem Unterstand weidet ein Pony. Keine Spur von Ralle.

Wesemann überlegt: Doris Stängelfeld oder Vera Winter? Doris Stängelfeld liegt näher, doch die Einfahrt zu ihrem Hof ist mit einer schweren Kette um die Gitterstäbe des Hoftors versperrt.

Also zurück nach Tündern.

Vor Vera Winters Häuschen parkt der grüne Smart und dahinter ein VW-Kombi. Ralle ist nicht zu entdecken. Wesemann stellt sich auf die Fußspitzen, um über den Kirschlorbeer zu spähen. Er geht in Richtung Garten, vielleicht kann er da etwas sehen.

Nichts. Er geht zurück, öffnet das Vorgartentürchen, ruft „Hallo." Kein Mensch, kein Hund. Schließlich geht er zur Haustür, drückt auf die Klingel. Nichts rührt sich.

Er wird die Meerschweinchen auf keinen Fall wieder mitnehmen. Er hat Wichtigeres zu tun. Zum Beispiel Geld verdienen. Sein Konto gibt höchstens noch für drei bis vier Monate was her und Karola braucht dringend einen Urlaub. Mit ihm. Natürlich.

Wesemann geht zum seitlichen Anbau, drückt die Klinke herunter, schiebt die Tür vorsichtig auf und steht vor einer modernen Plastik. Diesen guten Geschmack hätte er Vera Winter gar nicht zugetraut. Zwei Frauen in engster Umarmung. Sie küssen sich. Ganz sanft streichelt die Hand der einen den Rücken der andern. Mein Gott, Wesemann, bist du schwer von Begriff, die Plastik lebt! In dieser Beziehung spart die moderne Zeit nicht mal das Weserbergland aus.

Er will nicht indiskret sein und klopft verhalten gegen den Türrahmen. Vera Winter und Doris Stängelfeld fahren auseinander. Vera Winter ist sehr verlegen, Doris Stängelfeld kommt direkt auf ihn zu. „Was wollen Sie? Haben Sie schon mal was von einem Privatleben gehört? Sie sind wie eine Zecke, und Zecken zerdrückt man am besten zwischen Daumen und Zeigefinger." Direkt vor seinen Augen macht sie es ihm mit ihren Fingern vor.

„Ich hab' doch bloß …" Wesemann, wo bist du nur hingeraten, wenn jetzt wenigstens Ralle auftauchen würde, aber wenn man ihn einmal braucht …

„Verschwinden Sie!" Noch zwei Zentimeter und sie könnten die Eskimobegrüßung tauschen.

Jetzt aber, oder sie tritt dir auch noch auf die Füße! „Ralle hat eine Horde Meerschweinchen bei mir abgeliefert, die nicht bestellt war. Ich gebe sie hiermit an den Absender zurück."

„Ich habe keine Meerschweinchen. Hühner, Enten und ein paar richtige Schweine, doch mit Meerschweinchen habe ich nichts …"

„Lass nur, Doris, das hat schon seine Ordnung. Ralle hat es nur gut gemeint. Er sollte die Meerschweinchen in einem Winterquartier unterbringen. Ich hatte dabei an eine Tierhandlung oder den Tierpark gedacht."

„Hameln hat überhaupt keinen Tierpark!"

„Aber Bad Pyrmont, sogar mit Löwen und Kängurus."

„In einem Käfig?", fragt Wesemann und zieht sich einen Schritt zurück und noch einen.

„Auch noch witzig", sagt Doris Stängelfeld.

„Stell ich mir schon lustig vor", sagt Wesemann, „Ralle auf seinem Fahrrad mit zwei Plastikkisten auf dem Weg nach Pyrmont. Dafür haben Sie natürlich keine Zeit, Sie haben schließlich Besseres zu tun!"

„Verschwinden Sie, sonst ..." Doris Stängelfeld greift nach einer größeren Messingvase.

„Gehen Sie jetzt bitte." Vera Winter fasst nach Wesemanns Arm und drängt ihn in Richtung Tür. „Doris kann sehr impulsiv sein."

Zwei Frauen im Liebesspiel beflügeln doch angeblich die männliche Phantasie. Aber nicht Doris Stängelfeld und Vera Winter!

Achtzehn Kilometer ist er angeblich zu schnell auf der B 83 unterwegs, als ihn die Polizei blitzt. Da sind sie zur Stelle, aber keinen Adventskranz und keine Pyramide auf dem Weihnachtsmarkt. Und dann muss er auch noch eine Belehrung über sich ergehen lassen, was zu schnelles Fahren bewirken kann.

Endlich hat er Führerschein und Fahrzeugpapiere zurück, setzt sich in sein Auto, ein Anruf auf seinem Handy. HK Bertram. Das ging aber schnell. Der Herrenausstatter aus der Brunnenstraße hätte einen merkwürdigen Vorfall gemeldet. Eine Frau habe am frühen Morgen auf dem Kinderkarussell gesessen, sie habe geweint. Doch als er sich angezogen hatte und endlich auf der Straße stand, war nichts mehr von der Frau zu sehen. Das sei nun kein offizieller Vorgang, wenn Wesemann allerdings etwas in Erfahrung bringen könnte, würde er seinen Anruf nicht auf die Warteschleife legen.

„Ich hör' mich um", sagt Wesemann.

„Da wir so gut kooperieren, habe ich auch noch eine Top-Information für unseren Laienermittler." Sein Meckerlachen trifft ihn wie kleine Florettstöße. „Hermann Tenschel war auf der Steuer-CD, die Niedersachsen und der Bund angekauft haben."

„Ist das denn nicht geheim?"

„Er hat sich selbst angezeigt, um einer Verurteilung zu entgehen. Da sickert dann schon mal was durch."

„Und Cord zu Ottendorff?"

„Keine Ahnung. Ihre Schlüsse müssen Sie schon selber ziehen. Aber wenn Sie ein Ergebnis haben, können Sie mich gerne anrufen." Das folgende Lachen erstickt Wesemann im Keim mit einem beherzten Druck auf die Aus-Taste.

Er ruft Karola an, Karola hört sich ein wenig verstopft an. „Wir sitzen gerade im Friesencafé und verzehren eine Johannisbeer-Baiser-Torte."

„Und ich hatte gerade einen Anruf von unserem geliebten Hauptkommissar …"

Ganz langsam schiebt sich ein Polizeifahrzeug an Wesemanns Seitenfenster vorbei und schert vor ihm ein. Seine Freunde von der Geschwindigkeitskontrolle. Parken in einer Haltebucht des öffentlichen Nahverkehrs kostet mindestens fünfzehn Euro.

Er habe doch gar nicht geparkt, nur einen kurzen Moment angehalten.

Anhalten über drei Minuten ist Parken! Also fünfzehn Euro, und Wesemann bezahlt sofort.

Die Beamten steigen in ihr Fahrzeug und warten, bis Wesemann sein Auto in Bewegung gesetzt hat. Das

Handy auf dem Beifahrersitz klingelt und vibriert. Er muss Faruk dringend nach der Freisprecheinrichtung fragen. Kann doch nicht so lange dauern, bis mal eine vom Laster fällt.

Die Polizeibeamten überholen ihn, der Beifahrer grinst. Er wird eine Dienstaufsichtsbeschwerde schreiben und HK Bertram übergeben.

Endlich ein freier Parkplatz. Karola hat ihr Stück Torte aufgegessen. Ihre Mutter ist dafür, dass sie für immer nach Malente zieht. Sie kennt jemanden bei Radio NORA in Kiel, da ließe sich vielleicht was machen und die Wohnung bei ihrer Mutter wäre kostenlos. Nur die Nebenkosten müsste sie übernehmen.

Das geht schon ins Detail, Wesemann, bring dich in Erinnerung. „Ich hab in unseren Mordfällen etwas Wichtiges herausgefunden."

„Hast du?"

„Hermann Tenschel war als Steuerhinterzieher auf der Steuer-CD, die Land und Bund angekauft haben."

„Ach."

„Könnte doch sein, dass Cord zu Ottendorff von der Steuerhinterziehung wusste und Tenschel damit auf den Wecker gegangen ist. So eine Politikerkarriere ist durch ein paar Indiskretionen schnell zerstört. Oder? Förderlich sind sie jedenfalls nicht."

„Und unser Bauer Stängelfeld?"

„Den hab ich noch nicht einbauen können."

„Dann streng dich an. Ich bestell mir noch einen Pharisäer. Und das Honorar bei Radio NORA soll auch besser sein als bei Baxmann."

„Karola", sagt Wesemann ganz leise, „ich liebe dich und ich brauche dich!"

„Dann also bald vielleicht ein Pharisäer zu zweit", sagt Karola recht munter.

„HK Bertram hat außerdem etwas von dem Vorfall auf dem Kinderkarussell gehört. Nichts Genaues. Und ohne irgendwelche Vermutung. Ich hab gedacht, wir lassen ihn in seiner Unwissenheit."

„Das musst du entscheiden, du bist doch der Ermittler."

„Das hat Bertram auch gesagt. Laienermittler!"

„Sei nicht traurig, für mich bist du der Größte! Ich lieb dich auch und meine Mutter verdreht die Augen. Du musst sie unbedingt kennenlernen."

„Ich hol dich ab."

„Noch nicht, aber bald!"

Hermann Tenschel wird interessant. Aber ihn direkt fragen? Wonach? Wesemann ruft in Bad Pyrmont an. Therme. Will sich mit Ilona Jungk verbinden lassen und wird zu seiner eigenen Überraschung durchgestellt.

„Wesemann hier."

„Haben Sie einen Termin?"

„Ist der Andrang so groß?"

„Das will ich doch wohl meinen, obwohl die Krankenkassen immer sparsamer werden."

„Sie arbeiten sogar im Team und die Krankenkassen zahlen diese Art von Behandlung?"

„Was sollen diese anzüglichen Fragen? Ach so, Wesemann, Sie sind das!"

„Ich hatte mich vorgestellt."

„Sie nuscheln manchmal. Also, was wollen Sie?"

„Mich mit Ihnen treffen."

„Lassen Sie den Quatsch, Wesemann."

„War ein guter Trick, über dreißigtausend Euro in Ottendorffs Brieftasche zu belassen. Die Polizei hat noch nicht herausgefunden, wie viel er im Spielkasino wirklich gewonnen hat und die männlich-herbe Dauerspielerin, die es wusste, ist längst in irgendwelche südlichen Gefilde abgereist."

„Vor ihrer Abreise hat sie es Ihnen geflüstert?"

„Ganz einfach: Ja."

„Ist das denn noch immer nicht ausgestanden? Ich habe Ihnen schon viel zu viel erzählt und jetzt nichts mehr zu sagen."

„Das wissen Sie doch erst, wenn ich Sie gefragt habe."

„Lassen Sie mich bitte in Ruhe."

„Nur ein paar Fragen und die Polizei erfährt nichts von den verschwundenen sechzehntausend Euro aus Ottendorffs Brieftasche. Sie könnte sonst auf falsche Gedanken kommen und Ihr nettes Rendezvous zu einem Raubmord hochstufen."

„Also schön." Ilona Jungk seufzt, und Wesemann verabredet sich mit ihr im Café Steinmeyer in der Brunnenstraße.

Ilona Jungk trägt einen dunklen Hosenanzug und dazu glänzend rote Lackstiefel. Sie setzt sich auf die vordere Stuhlkante und signalisiert damit spontane Startbereitschaft zum mühelosen Verschwinden.

Wesemann bestellt zwei Kännchen Kaffee, Ilona Jungk möchte nur eine Tasse.

„Ich hab' Ihnen schon alles gesagt, was ich weiß." Ihre Fingernägel sind passend zur Farbe der Stiefelchen lackiert.

„Ich denke mal, Cord zu Ottendorff und Hermann Tenschel hatten mehr miteinander zu tun, als sich nach einem gelegentlichen Spielbankbesuch die Kante zu geben."

„Dann wissen Sie mehr als ich."

„Da sind Informationen im Umlauf, dass sich Tenschels Name auf dieser CD mit den Namen der Steuerhinterzieherdaten befindet. Sie wissen nicht zufällig, ob man Ottendorffs Namen bei genauerem Hinsehen auch entdecken würde?"

Ilona Jungk sieht aus dem Fenster, trinkt einen Schluck Kaffee und sieht dann Wesemann an. „Sie wissen wirklich nichts."

„Und ich hab keinerlei Budget, um Informationen zu kaufen."

„Es bleibt unter uns?"

„Selbstverständlich!"

„Es sollte eigentlich keiner wissen ..."

Wesemann ordert zwei Cognacs und Ilona Jungk widerspricht nicht.

„Natürlich ist in Geldangelegenheiten bei beiden nicht alles immer astrein zugegangen. Sie haben sich mit ihren unterschiedlichen Anlagemethoden oft gegenseitig auf den Arm genommen. Hermann Tenschel hat sein, ich sage mal Geld unbekannter Herkunft, auf die hohe Kante gelegt ..."

„In Liechtenstein?"

„... davon weiß ich nichts. Aber Ottendorff hat sein Geld arbeiten lassen. Er meinte immer, es wäre besser für seinen Rücken."

Sie stoßen miteinander an.

„Und jetzt kommt, wofür Sie mich küssen werden."

„Also doch keine kostenlosen Informationen?" Wesemann grinst, doch Ilona Jungk lässt sich nicht aus dem Konzept bringen. „Cord zu Ottendorff hat für sein, er nannte es Spielgeld, das Grundstück an der Hämelschenburg gekauft. Ein Kauf ohne Vertrag, allerdings hat ihn der Vorbesitzer im Grundbuchamt als neuen Eigentümer eintragen lassen. Und jetzt", sagt

Ilona Jungk und leert ihren Cognac, „jetzt kann ich mich an nichts mehr erinnern, ich gehe."

Wesemann springt auf. „Ich bin noch in Ihrer Schuld, Sie hatten auf Bezahlung bestanden."

„Ach, lassen Sie mal, so knusprig sind Sie nun auch nicht mehr."

Das hat gesessen. Wenn er nicht auf die Bedienung warten müsste, hätte er es ihr schon gezeigt. Er bezahlt, die junge Bedienung sieht ihm nicht mal ins Gesicht und Wesemann muss Ilona Jungk recht geben.

Er geht die Brunnenstraße hinunter. Könnte doch sein, dass Ottendorffs Ableben mit der Geldtransaktion in Sachen Grundstückskauf zusammenhängt. Ein Vertrag über den Kauf ist nicht aufzutreiben und das Geld ist auch verschwunden. Sagt jedenfalls Doris Stängelfeld. Und Hermann Tenschels Versuch, unsichtbar durchs Leben zu kommen? Hat vielleicht gar nichts mit dem Mord zu tun. Wenn es bekannt würde, dass er Schwarzgeld nach Liechtenstein transferiert hat, wäre das ein gefundenes Fressen für seine politischen Gegner. Und vielleicht auch für seine Freunde in der eigenen Partei. Den Schwenk vom Windkraftgegner zum Windkraftbefürworter konnte er nie plausibel klären. Vielleicht hat Cord zu Ottendorff einfach mit etwas Bargeld nachgeholfen und das ist dann in Liechtenstein gelandet.

Mit einem Mal hat Wesemann so richtig Appetit auf … frisches Obst. Er hatte sich doch schon ein bisschen auf die Bezahlung von Mund zu Mund bei Ilona Jungk eingestellt. Das weckt bei einem Mann das Testosteron.

Bananen. Er wird Bananen kaufen. Vor Linas Laden stehen keine Kisten, weder Gemüse noch Obst. Es wird schon zu kalt sein. Wesemann zieht am Griff der Eingangstür. Abgeschlossen. Lina wird sich doch nichts … an der Tür hängt ein Schild: *Bin gleich zurück.*

Das reicht Wesemann für ein schlechtes Gewissen und führt zur Aufgabe seines Vorhabens. Er fährt nach Hause und wird seinen Besuch in der Stadtgalerie vorbereiten. Vielleicht erinnert sich jemand an Karola in ihrem desolaten Zustand und möglicherweise an eine Begleitung.

Wesemann geht in sein Studio und zieht erneut das Foto vom ersten Spatenstich im Emmertal ab. Von Karola besitzt er nur zwei, drei Fotos, die er nicht für das Licht der Öffentlichkeit aufgenommen hat. Und die am Baxmannbrunnen in Hessisch Oldendorf? Die sind einfach zu albern.

Er geht zum Sender. Im Empfang eine Neue. „Sie wünschen?" Ein freundliches Lächeln. Sie ist noch so jung. Werden denn heutzutage alle Stellen nur noch mit Praktikanten besetzt?

Was soll er jetzt sagen: Ich möchte ein Foto von Karola? „Ist Timo nicht da?"

„Herr Hristov ist auf einem Außentermin."

„Und Baxmann?"

„Herr Baxmann hat eine wichtige Besprechung in Bad Münder."

Jetzt ist Wesemann gespannt: „Und Karola Weber?"

„Frau Weber leitet ein Seminar in Malente."

„Aha", sagt Wesemann, „dann sind Sie wohl ganz allein hier?"

„Wenn Sie so fragen – in unseren Räumen befindet sich kein Bargeld und ich kann jederzeit den Chef anrufen."

„Keine Panik", sagt Wesemann, „ich habe hier früher auch gearbeitet."

„Herr … Herr …"

„Wesemann."

„Der mit den hundertneunundachtzig Stufen im Turm der Münsterkirche?"

Da kann man mal sehen, was von einem in der Erinnerung hängen bleibt.

„Herzlich willkommen", sagt die Junge, „ich bin Nadja Engelke. Möchten Sie vielleicht an Ihren Computer?"

„Gute Idee!" Wesemann entscheidet sich für Karolas Computer, startet ihn, braucht ein Passwort. Er versucht es mit *radioTOTAL,* dann mit *Baxmann* und schließlich mit *Wesemann.* Nichts.

„Nicht Wesemann", sagt Nadja, „Supermann. Und dabei hat Karola immer gelacht."

Das Programm wird hochgefahren, Wesemann sucht nach den Bildern von gemeinsamen Aktivitäten. Weserrundfahrt, Wanderung auf den Lüningsberg, Schrottwichteln im Sender. Auf einem Foto findet Wesemann eine halbwegs gelungene Aufnahme mit Karola. Baxmann scheut die Ausgaben für einen professionellen Fotografen und greift lieber auf halbwegs kundige Mitarbeiter zurück.

Wesemann zieht sich die Aufnahme auf seinen Stick, um nachher von einem Ausschnitt eine Vergrößerung zu machen. Dann fährt er den Computer wieder herunter.

„Das war's schon?", fragt Nadja. „Ich komm hier nie vor sieben, halb acht raus."

„Als ich noch so jung war", sagt Wesemann, „haben wir durchgearbeitet, sieben Tage die Woche, rund um die Uhr."

„Hat sich das gelohnt?"

„Kaum", sagt Wesemann. Er zuckt mit den Schultern, steckt den Stick in seine Jackentasche und geht.

Gerade parkt Baxmann seinen Wagen ein. Wesemann verdrückt sich in den toten Winkel des Außenspiegels.

Am Nachmittag macht er sich auf zu einem Bummel durch die Stadtgalerie. In welchem Café soll er mit seiner Befragung beginnen? Er ruft Karola an. Sie war im Café direkt an der Rolltreppe. Wesemann bestellt sich einen Eiskaffee. Die Bedienung erinnert sich nicht an Karola, nimmt das Foto aber mit an die Theke. Bringt den Eiskaffee, hat das Foto vergessen. Nach einer Weile kommt ein Kollege. Ja, er könne sich an die Frau erinnern, sie sei auf einmal so überfröhlich geworden, die anderen Gäste hätten sich schon beschwert. Wäre dann doch nicht so schlimm gewesen, weil sich ihre Freundin ganz schnell um sie gekümmert hätte.

Jetzt, Wesemann, ist Zeit für das Gruppenbild vom ersten Spatenstich. Ja, der Herr Apotheker käme gelegentlich vorbei, manche Gesichter kämen ihm bekannt vor, aber genau könne er sich an niemanden erinnern.

„Und die Frau neben dem Apotheker?" Wesemann deutet auf Doris Stängelfeld.

„Seine Frau?", fragt der Kellner, schüttelt dabei aber verneinend den Kopf. Natürlich, denkt Wesemann, an Nadja würde er sich erinnern. Nicht unbedingt wegen ihrer Haarfarbe. Wie war die eigentlich?

Wesemann kommt nicht weiter.

Er fährt in den Sender.

Karola wurde von einer unbekannten Frau entführt und damit basta. Erst einmal.

Die junge Kollegin hat blonde Haare mit dünnen roten Strähnchen. Baxmann sitzt mit halbem Hintern auf ihrem Schreibtisch und doziert über das journalistische Gespür. Wesemann kommt sichtlich ungelegen.

„Wesemann, das hätte ich nicht von Ihnen gedacht." Baxmann richtet sich auf zu voller Größe. „Das hätte ich nicht von Ihnen gedacht. Das ist etwas Ähnliches wie Kameradendiebstahl."

„Ich hab mir nur ein Foto vom Computer gezogen."

„Erst machen Sie sich an meine beste Mitarbeiterin heran und dann werben Sie die gute Frau Weber für einen anderen Sender ab."

„Ich?"

„Radio NORA aus Kiel hat angerufen und sich über Frau Weber erkundigen wollen. Ich habe denen da oben den Marinemarsch geblasen. Und zurück. Aber Reisende soll man nicht aufhalten. Heute Malente, morgen Kiel und übermorgen?"

„Das ist doch alles nur ein Missverständnis. Frau Weber hat keineswegs die Absicht, nach Kiel zu ziehen. Wenn sie sich bei ihrer Mutter erholt hat, kommt sie zurück nach Hameln und ist dann wieder ein engagiertes Mitglied unserer Radiocrew."

„Sie kommt zurück nach Hameln?"

„Natürlich!"

„Sind Sie sicher?"

„Selbstverständlich!" Gut so, Wesemann, so viel Selbstvertrauen muss sein!

SIEBZEHN

Der nächste Morgen beginnt mit einer freudigen Überraschung. Es klingelt und Faruk steht vor der Tür. Im Kofferraum seines Autos Winterreifen und im Handschuhfach eine Freisprecheinrichtung für Wesemanns Handy.

Bevor er sich vor der Haustür an die Arbeit macht, wird bei Engin ein Mokka getrunken. Und noch einer. Faruk wird zum dritten Mal Vater. Zwei Töchter sitzen schon zu Hause am Tisch. Engin nimmt Wetten an, ob es diesmal ein Junge wird. Wesemann hält sich da raus.

Faruk macht sich an die Arbeit und Wesemann löst mit Engin die Probleme der Stadt und des ganzen Erdkreises.

Nach einer dreiviertel Stunde kommt Faruk zurück. Alles erledigt, macht einhundertachtundneunzig für die Reifen inklusive Montage. Die Freisprecheinrichtung ist Kundenservice.

Man trinkt noch einen Mokka und noch einen. Faruk verweigert sich einem dritten, Termine, Termine, und Wesemann kauft drei Apfelsinen für die Obstschale auf dem Couchtisch. Die verschrumpelten Äpfel gönnt er den Amseln.

Als er Engins Laden verlässt, schneit es heftig. Wesemann begutachtet die neuen Winterreifen an seinem Auto, er öffnet die Tür und setzt sich auf den Beifahrersitz. Es riecht nach Krankenhaus und Weihnachten. Faruk hat ein Duftbäumchen an der Freisprechanlage befestigt. Wesemann reißt das Duftbäumchen vom Kabel, um es zu entsorgen. Das Kabel reißt und die

Freisprechanlage wandert mit dem Duftbäumchen in die Abfalltonne.

„Guten Mogen, Herr Wäschmann!" Hamit kommt die Treppe herunter, hat einen Blumenstrauß in der Hand. „Schwiegermutter angekommen." Hamit lächelt säuerlich. Wesemann schenkt ihm eine Orange.

Ein Anruf auf dem Anrufbeantworter. Karola. Er soll sich beeilen mit der Aufklärung der Mordfälle, sie hätte schon zwei Kilo zugenommen und ihre Mutter würde in sie alles reinstopfen, als sollte sie einem orientalischen Scheich angeboten werden. Dann noch ein gehauchtes Küsschen.

Wesemann zieht sich die Schuhe aus, lümmelt sich auf die Couch und starrt Löcher in die Wand. Ganz leicht macht sich zwischen seinen Schulterblättern ein Kribbeln bemerkbar. Ein Zufriedenheitskribbeln. Hat er immer, wenn er auf dem richtigen Weg ist und kurz vor dem entscheidenden Durchbruch in einem Fall steht. Oder gleichzeitig in mehreren. Hermann Tenschel! Der Mann hat etwas zu verbergen. Plötzlich kribbelt es Wesemann bis hinunter zu den Zehen. Er springt auf, will mit Tenschel sprechen. Kein Eintrag im Telefonbuch. Wesemann überlegt nur kurz: Auf den Plakaten mit den schwedischen Gardinen vor Tenschels Gesicht war eine Telefonnummer angegeben. Wesemann klappert die Innenstadt ab. Die verunstalteten Plakate sind verschwunden. Er will schon aufgeben, da entdeckt er in einem schmalen Durchgang zwischen Bäckerstraße und Kopmanshof doch noch ein Plakat und ganz ohne Verzierung. *Hermann Tenschel … für die Menschen.* Tolle Aussage. Und eine Telefonnummer.

Wesemann ruft sofort an. Es dauert eine Weile, bis das Gespräch angenommen wird. „Vielen Dank für

Ihren Anruf. Unsere Servicemitarbeiter sind zurzeit alle im Gespräch. Wenn Sie uns eine Nachricht hinterlassen ..."

Wesemann stellt sich als Radioreporter vor und bittet um einen Gesprächstermin zu den Kreistagswahlen.

Er hat nichts erreicht, aber trotzdem tragen ihn seine Füße beschwingt durch das Menschengewusel. Er gibt dem Gitarrenspieler fünfzig Cent, kauft Karola eine CD von Lena, *Good News,* in dem Geschäft mit günstigen Preisen ein silbernes W als Halsschmuck und sich selbst beim Bäcker eine Apfeltasche.

Sein Handy klingelt, es geht voran. Timo.

Druckst mal wieder herum. Will sich nicht in Privatsachen einmischen, aber er hätte doch mitbekommen, dass Karola eine Wohnung suche und da Karola nicht zu erreichen sei, würde er sich nun an Wesemann wenden, weil es doch recht dringend wäre, weil nämlich sein Onkel ein Haus in der Emmernstraße in Hamelns Innenstadt habe und da stünden schon Interessenten auf der Matte.

Wesemann verabredet sich mit Timo vor dem Haus des Onkels.

Sofort.

Es sind nur wenige Schritte und Timo ist noch jung und kann sich beeilen.

Kaum hat Wesemann das Gespräch beendet, klingelt das Telefon erneut. „Büro Hermann Tenschel, Augenblick, ich verbinde. - Tenschel?"

„Hier Wesemann von *radioTotal*."

„Ich weiß, ich weiß."

„Wir machen eine Sendereihe mit den einzelnen Kandidaten für die Kreistagswahlen."

„Wie immer."

„Da Sie eine der führenden politischen Persönlichkeiten unserer Region sind, würde ich Sie natürlich gerne interviewen."

„Nächste Woche Mittwoch ..."

„Es müsste schon recht zeitnah sein, damit mir kein Kollege mit seinem Bericht zuvorkommt."

„Verstehe, verstehe."

Schön, denkt Wesemann, er hat sein eigenes Argument eigentlich nicht verstanden.

„Morgen Abend?", fragt Tenschel.

„Eher heute Nachmittag. Vielleicht um fünfzehn Uhr im Café der Dewezet? Nette journalistische Umgebung, der Kaffee ist gut und die Torten sind einfach spitze."

„Ich müsste vorher noch zum Frisör."

„Es wird ein Radiobericht."

„Also um fünfzehn Uhr dreißig. Ihre Fragen können Sie mir vorab an meine Faxnummer schicken."

Wesemann macht sich nicht mal die Mühe, die Faxnummer aufzuschreiben, als Tenschel sie diktiert.

Die Wohnung in der Emmernstraße. Fachwerkhaus. Die Wohnung liegt über einem Geschäft für Heimtextilien, gestickte Tischdecken, Servietten mit Monogramm, kurze Gardinen und wohnliche Dekorationen. Timo weist auf das Stockwerk über dem Geschäft. Ein kleiner Erker ragt in die schmale Straße hinein.

„Ich geh mal vor." Timo öffnet die Glastür. *English spoken* steht auf einem Aufkleber. *Nederlands spoken* wäre vielleicht sinnvoller bei den vielen Touristen aus den Niederlanden.

Timos Onkel ist ein kleiner Mann mit roten Lachbäckchen. Er stellt sich als Severin Rothermel vor. Die Aufsicht über Auslagen und die einzige Kundin übergibt er einer älteren Verkäuferin und führt seine Besucher in den ersten Stock.

Die Wohnung hat 115 Quadratmeter Wohnfläche, Küche, Badezimmer, separates Klo und verschiedene andere Räume. Ein kleiner Balkon befindet sich auf der Rückseite des Hauses, aber kein Grün fürs Auge, aber ein reservierter Parkplatz.

Sehr wertvoll, da die Emmernstraße verkehrsberuhigt und mit einem absoluten Halteverbot belegt ist. Die Räume sind hell, zum Teil geräumig und die freiliegenden Fachwerkbalken geben dem Ganzen eine behagliche Ausstrahlung.

„Eigentlich wollte ich noch niemanden in die Räume lassen", sagt Herr Rothermel und nickt seinem Neffen zu. „Alle Räume sollen noch gründlich renoviert werden. Wasserleitungssystem, Elektrik, Putz, Böden. Wir haben an Laminat gedacht, natürlich mit Trittschalldämmung."

„Dielen", sagt Wesemann ohne große Begeisterung. „Ich würde die alten Dielen freilegen und schleifen." Du kannst viel sagen, Wesemann, leisten kannst du dir eine solche Wohnung sowieso nicht.

„Darüber habe ich auch schon nachgedacht. Man müsste mal sehen, was das kostet, aber es würde sicher zu machen sein."

„Das Abschleifen der Dielen kommt günstiger als neues Laminat, weil es fürs Abschleifen Maschinen gibt und die Sache in einem Arbeitsgang erledigt ist." Wesemann sieht sich noch einmal um. Die Wohnung würde ihm gefallen, aber lieber ein Ende mit Schrecken, bevor aus der Sympathie noch Liebe wird. „Was soll sie denn kosten?"

„Eine Gasetagenheizung wird auch noch eingebaut."

„Wie schön", sagt Wesemann noch ein bisschen missmutiger.

„Mir kommt es nicht so sehr auf den Preis an", sagt Herr Rothermel. „Ich wohne eine Etage höher und möchte ruhige freundliche Mieter unter mir haben. Sie wollen doch nicht alleine einziehen?"

„Natürlich nicht. Meine … meine …"

„Verlobte!", springt Timo ein.

„… meine Verlobte ist gerade zu Besuch bei ihrer Mutter in Malente."

„Malente ist ein schönes Städtchen", sagt Herr Rothermel und begibt sich in Richtung Tür. „Melden Sie sich doch, wenn sie zurück ist."

„Ich arbeite mit der Verlobten von Herrn Wesemann zusammen", sagt Timo, „du würdest sie mögen. Sie ist wie Tante Mareike."

„Wie Tante Mareike?"

Die Augen von Herrn Rothermel leuchten.

„Nicht ganz wie Tante Mareike", erläutert Timo, „aber genauso freundlich und aufgeschlossen wie sie. Sie hat das Herz auf dem rechten Fleck."

„Wenn das so ist", sagt Herr Rothermel, und Wesemann könnte sich vorstellen, den Raum neben dem Balkonzimmer zu seinem Studio zu machen. „Ich habe so an siebenhundert gedacht. Die Umlagen belaufen sich auf etwa zweihundert Euro."

„Also neunhundert warm?" Wesemann ist überrascht. Er hätte mit sechzehn-, siebzehnhundert gerechnet.

„Der Strom geht natürlich extra und fünfzehn Euro für den Abstellplatz im Hof."

Wesemann geht noch einmal durch alle Räume, macht ein paar Fotos mit seinem Handy. Sein Sohn Moritz hat ihm erklärt, wie einfach es ist, mit dem

Ding zu fotografieren. Am Telefon. „Und auf dem Boden die abgeschliffenen Dielen?"

„Könnte ich mir so vorstellen."

„Ich würde die Wohnung gern nehmen."

„Ohne Rücksprache mit Ihrer Verlobten?"

„Sie würde sich von mir trennen, wenn ich auch nur einen Augenblick zögern würde."

„Dann mache ich Ihnen einen Vorschlag."

Herr Rothermel hält die Tür zum Treppenhaus auf. „Ich werde Ihnen die Wohnung reservieren, bis Ihre Verlobte zurück ist und Sie endgültig zu- oder abgesagt haben. Es dauert sowieso noch mit den Renovierungsarbeiten."

„Vielen Dank", sagt Wesemann. Er schüttelt Herrn Rothermels Hand, als müsse er den Arm aus dem grauen Anzugärmel befreien

„Das ist einfach großartig."

„Habe ich zu viel versprochen?", fragt Timo, als sie wieder vor dem Haus stehen.

„Natürlich", sagt Wesemann, „Sauna und Solarium fehlen, und den automatischen Müllschlucker habe ich auch nicht gesehen." Er schlägt Timo mit der flachen Hand auf die Schulter und Timo macht einen Satz nach vorn. Dann macht er noch ein Foto von der Außenfassade des Hauses.

Wesemann nimmt sich fünf Minuten, ruft Karola an und berichtet ihr von seinem Besuch in der Emmernstraße. Karola sagt nicht viel, scheint skeptisch und will die Fotos sehen.

„Wenn du hier wärst, könnte ich sie dir sofort zeigen. Aber so …"

„Frag Timo", sagt Karola. Ihre Mutter drängelt, ihr ist es draußen zu kalt. Sie hat Karola zu einem Besuch

des Immenhof-Museums eingeladen. Sie hat Heidi Brühl verehrt, sagt sie. Davon hat Karola bisher noch nichts gewusst.
Wesemann geht in die Osterstraße. Schön, dass in Hameln alles so dicht beieinander liegt. Er steigt die Stufen zum Dewezet-Gebäude hinauf. Ehemaliges Postamt. Tut so, als wäre es Weserrenaissance, ist aber Historismus des ausgehenden 19. Jahrhunderts. Innen alles modern und großzügig. Wie so vieles in Hameln, alte Schale, moderner Kern. Gleich links nehmen freundliche, junge Damen an Computer bestückten Arbeitsplätzen die Anzeigenwünsche der Kunden auf, informieren über Veranstaltungen und bearbeiten Nachsendeaufträge.

Geradeaus das integrierte Café, gemütliches Lesecafé mit Pressehausatmosphäre. Der Herr Kreistagsabgeordnete ist noch nicht eingetroffen. Natürlich nicht. Vielleicht lauert er hinter irgendwelchen Ständern und tritt erst auf, wenn Wesemann schon wieder gehen will.

Wesemann bestellt sich einen Milchcafé und ein Stück Orangentorte.

Man kennt sich, frotzelt sich an. Neueste Gerüchte über den Hamelner Weihnachtsmarkt: Soll im nächsten Jahr an die Kuhlmannstraße verlegt werden. Da könnten dann auch Autoscooter, Schießhalle und ein Bierzelt aufgestellt werden. Natürlich alles weihnachtlich dekoriert.

Hermann Tenschel betritt mit großen, Sicherheit ausstrahlenden Schritten die Empfangshalle, sieht sich um. In seinem Schlepp ein junger Mann, sieht mit seiner Umhängetasche und den Kugelschreibern in der Anzugtasche aus, als wäre er ein abtrünniges Sektenmitglied.

Er friert, zittert leicht, sie müssen wohl ein paar Meter durch die Kälte gelaufen sein. Tenschel steckt in einem dunklen Wollmantel. Als er Wesemann entdeckt, zeigt sich ein Lächeln auf seinem Gesicht. „Schön, Sie zu sehen!“

Er zieht seinen Mantel aus, hängt ihn über eine Stuhllehne und schickt seinen Adjutanten aus, einen Kaffee zu ordern. Schwarz, ohne Milch und Zucker, soll wohl energische Konzentration demonstrieren.

„Ich weiß“, seufzt der junge Mann.

Tenschel setzt sich.

„Was möchten Sie wissen?“

Wesemann schaltet sein Aufnahmegerät ein, es wird nach längerer Zeit mal wieder ein Bericht für *radioTOTAL.*

… immer mit dem Blick auf die Interessen der Bürger … voller Einsatz für die Familie und hier besonders für die sozial Schwachen … ohne dabei die Leistungsträger der Gesellschaft zu vernachlässigen … bessere Straßen, Herunterfahren der Bürokratie, verstärktes Engagement im Gesundheitswesen … gesteigerte Anstrengungen ohne Wenn und Aber für die Belange der Umwelt … Kinder und Kindeskinder.

„In diesem Zusammenhang würde der Bürger sicher eine Konkretisierung Ihrer Einstellung zu den Windkraftanlagen im Emmertal begrüßen.“

… nicht nur an den augenblicklichen politischen Erfolg denken … im globalen Sinne naturgerecht handeln. Darum lehne ich mit meinen politischen Freunden eine Verunstaltung des Emmertals durch die projektierten Windkraftanlagen entschieden ab. Wir werden alles in unserer Macht – nein, schneiden Sie das letzte Wort raus, Wesemann – Kraft Stehende tun, um dieses Projekt zu verhindern.

„Öh, hm, wie? – Aber Sie waren doch in letzter Zeit einer der entschiedensten Befürworter der Anlagen."

... unter Einbeziehung aktueller Erkenntnisse und neuester Forschungsergebnisse in den politischen Entscheidungsprozess ... muss das Emmertal an der Hämelschenburg als Ganzes gesehen werden. Die Harmonie des Landschaftsbildes darf nicht zerstört werden. Es soll in seiner Substanz erhalten bleiben, könnte aber durch leichte, verträgliche Eingriffe dem Wunsch der Bevölkerung nach Erholung und Regeneration noch besser angepasst werden. Hier wollen wir ansetzen und mit engagierten Kräften die globale Zukunft voranbringen. – Global bitte auch rausschneiden.

„Sie setzen sich also für den Gnadenhof im Emmertal ein, für den bereits die ersten Pfähle in den Boden gerammt werden?"

Ein Stall für Ochs und Esel kann sicher nur ein Anfang sein. – Lachen. – Gehen Sie zur Wahl, setzen Sie sich mit uns ein für ein liebeswertes und zukunftsorientiertes Weserbergland!

Im Hintergrund spärlicher Applaus seines Adjutanten.

Das war ein Gespräch mit dem Abgeordneten Hermann Tenschel zur anstehenden Kreistagswahl. Wir werden Sie weiterhin ausführlich informieren.

Hubert Wesemann für radioTOTAL.

Karola ruft an. Das Museum ist geschlossen. Sie hätten sich in ein Café geflüchtet. Schneeregen.

Ob er die Fotos von der Wohnung nicht endlich schicken könnte.

Wesemann eilt in den Sender. „Guter Bericht", sagt Baxmann, „aber was soll das mit Ochs und Esel?"

„Eventuell eine versteckte Kritik am Weihnachtsmarkt? Politiker beherrschen doch die Kunst des eindeutigen Vielleichts."

Timo übermittelt Wesemanns Fotos mit ein paar Klicks an Karolas Handy. Sie ruft sofort zurück. „Toll, super. Und die Miete?"

Wesemann nennt ihr die Konditionen und Karola begeistert sich immer mehr.

„Die Sache hat nur einen Haken", sagt Wesemann, „der Vermieter vermietet nur an Ehepaare und nicht an eine Beziehung."

„Was macht dein neuer Anzug?", fragt Karola und kann ein Kichern kaum unterdrücken.

„Hängt am Griff des Kleiderschranks."

„Und?"

„Hast du denn überhaupt ein Brautkleid?"

„Bereits seit Monaten." Karola lacht. Im Hintergrund verlangt ihre Mutter durch energisches Dazwischenreden Karolas Aufmerksamkeit. Sie muss auflegen.

Am Abend ruft Wesemann bei Herrn Rothermel an. Herr Rothermel hat sich entschlossen, die Dielen aufarbeiten zu lassen und Wesemann sagt zu, die Wohnung zu mieten. Den Vertrag möchte er allerdings mit Karola zusammen unterschreiben. Für Herrn Rothermel hat es keine Eile, ihm genügt Wesemanns Wort.

Jetzt fühlt sich Wesemann in seiner Wohnung richtig einsam. Die Aussicht auf ein Zusammenleben mit Karola scheint ihn eher zu deprimieren. Im Augenblick. Weil er sich die Zukunft so harmonisch und ergänzend vorstellen kann. Er wird einen Flachbildschirm kaufen und ein Wasserbett. Damit wird er Karola überraschen. Und ihr gleichzeitig zeigen, wie viel ihm an dem Zusammenleben liegt. Ob er seinen alten Ledersessel mitnehmen kann? Nur in seinem Sessel kann Wesemann so bequem sitzen und nachdenken.

Er steht noch einmal auf und holt sich ein Bier aus dem Kühlschrank. Das Telefon klingelt. Engin. Er würde rasch vorbeikommen, um ihm die Plastiktüte aus der Tiefkühltruhe zurückzubringen.

„Das ist ein Corpus Delicti!“, sagt Wesemann, „und muss zur Beweissicherung bis zum Abschluss des Kriminalfalls aufbewahrt werden.“

„Ein Korpus was?“, fragt Engin. „Sieht aus wie ein Schweinekopf.“

Trotz Engins heftiger Gegenwehr kann ihn Wesemann überzeugen, die Tüte noch ein paar Tage aufzubewahren. „Bis Montag“, sagt Engin, und Wesemann ist einverstanden. Er wird schon nicht den nächsten Montag meinen.

Wesemann lässt sich in seinen Sessel fallen, gießt sich ein Bier ein und sucht einen Gedankensammelpunkt an der gegenüberliegenden Wand. Über dem Wasserhahn hängt eine kleine Spinne an einem seidenen Faden. Sieht aus, als bereite sie sich auf Bungeesprung ins Spülbecken vor.

Wesemann wählt einen anderen Anstarrpunkt. In den beiden Mordfällen hat er alle Fäden bis ans Ende verfolgt. Die Spinne bewegt sich nicht. Zu einem Ergebnis ist er nicht gekommen. Es hat zwar viele neue Erkenntnisse gegeben, aber den entscheidenden Durchbruch hat es nicht gegeben. Er ist mit seinen Überlegungen am Ende. Die Spinne auch. Sie hangelt sich an ihrem eigenen Faden hinter den Küchenschrank. Er könnte HK Bertram seinen Ermittlungsblock übergeben. Vielleicht könnte er dafür eine bevorzugte Information heraushandeln. Wohl kaum. Und billig ist die Wohnung nun auch nicht. Er muss Erfolg haben.

Was macht man, wenn man am Ende ist, und sich nicht mehr zu helfen weiß? Er könnte zurückgehen oder noch einmal von vorn anfangen. Also zurück auf Start. Mit seinen Ermittlungsergebnissen können sich ganz neue Zusammenhänge ergeben. Cord zu Ottendorff sitzt in der Dunsthöhle. Ungelöste Frage: Wie ist er da hineingekommen? Der Höhlenführer, Herr Morsch, konnte ausschließen, dass er die Türe aufgelassen hat. Er war so aufgebracht über den Verdacht einer Unzuverlässigkeit, dass Wesemann von seiner total korrekten Einhaltung der Pflichten und Vorschriften überzeugt ist. Wer könnte die Tür also geöffnet haben? Mike Becker? Er kennt sich mit Schlössern aus.

Warum sollte er Cord zu Ottendorff ermorden wollen? Weil er eindeutige Bilder seiner Freundin Danni ins Internet gestellt hat? Weil er sich mit den verpflanzten Haaren nicht hat erpressen lassen wollen? Dafür macht sich Mike Becker nicht die Finger schmutzig. Er hat die Freundin gewechselt und Ottendorffs falsche Haarpracht vergessen.

Wer hätte dann die Tür der Dunsthöhle öffnen können? Natürlich der Wachdienst, der hat einen Zweitschlüssel.

Aber da war noch etwas.

Wesemann sucht an der Wand einen neuen Anhaltspunkt. Die Stadtverwaltung! Bei der Stadtverwaltung liegt der dritte Schlüssel. Doch Wesemann kennt niemanden, der in der Pyrmonter Stadtverwaltung arbeitet oder gearbeitet hat. Lina bestimmt nicht, sie braucht die frische Luft und das handfeste Zupacken. Von ihr und an ihr - Wesemann schmunzelt. Da war noch jemand, der etwas mit der Stadtverwaltung zu tun hatte: *... erst in der Stadtverwaltung und jetzt schon seit einiger Zeit in der Therme.*

Ilona Jungk!

Gleich morgen wird er nach Pyrmont zur Stadtverwaltung fahren.

Wesemann stellt sein Auto auf dem Parkdeck in der Rathausstraße ab und geht dann die wenigen Schritte zum Rathaus hinunter. Den Eingang hätte er beinahe verfehlt. Im Rathaus fragt er sich durch zum Einwohnermeldeamt. Kein Problem. Ob er alle Unterlagen mitgebracht hätte.

Welche Unterlagen? Wollen Sie nicht heiraten? Doch! Also die Unterlagen.

Es ist noch nicht soweit mit dem Heiraten. Aber wenn, dann komm ich auf Sie zurück.

Wir können Ihnen alles rund ums Heiraten vermitteln, vom Tanzkurs bis zum Fotografen.

„Ich bin Rundfunkjournalist", sagt Wesemann, „ich arbeite für den Hamelner Sender *radioTOTAL*. Wir planen eine Sendereihe Unser *Nachbar von nebenan.*"

„Haben mich meine Kollegen vorgeschlagen?"

Wesemann greift in seine Jackentasche. Hoffentlich findet er das Notizbuch. Er schlägt es auf, blättert nach vorn und wieder zurück.

„Unser nächster Nachbar ist eine Frau."

Er schaut die Heiratsvermittlerin an.

„Eine Ilona Jungk. Wir recherchieren ein wenig das Leben um die Person herum. Sie soll vor Jahren hier in der Stadtverwaltung gearbeitet haben."

„Kenn ich nicht", sagt die Heiratsvermittlerin. „Ich arbeite hier erst seit zwei Jahren."

„Haben Sie eventuell einen älteren Kollegen?"

Die Heiratsvermittlerin überlegt. „Frau Richter", sagt eine Kollegin aus dem Hintergrund, „Frau Richter ist schon seit Ewigkeiten hier."

„Sie arbeitet jetzt in der Revision", sagt die Heiratsvermittlung, „ich hol sie rasch."

Man sieht Frau Richter an, dass sie nicht häufig Besucher empfängt. Die Strickjacke könnte sie auch zur Gartenarbeit anziehen.

„Ilona Jungk?", fragt sie. Beim Nachdenken rutscht ihr die Brille auf die Nasenspitze. „Ilona Jungk?"

„Ilona Jungk!"

„Kenn ich nicht. Wo hat sie denn gearbeitet?"

Wesemann, da war was.

Die Information hast du abgespeichert. Den Schlüssel zur Dunsthöhle hat die Stadtverwaltung, *genauer gesagt, das Friedhofsamt.*

„Im Friedhofsamt? Ilona Jungk?"

Wieder eine falsche Spur?

„Aaach, Sie meinen Ilona Kittelmann! Sie hat, glaube ich, wieder ihren Mädchennamen angenommen. Ilona kennt in Pyrmont doch jeder. Wo was los ist, ist auch Ilona. Ein bisschen hochnäsig, war auch nicht lange im Friedhofsamt. Sie litt unter Migräne und Depressionen. Ich wüsste auch nicht, wer sie gemocht hat."

Einige Besucher haben sich hinter Wesemann angesammelt. „Würden Sie vielleicht ein wenig zur Seite gehen", fragt die Heiratsvermittlerin, „wir schließen in einer halben Stunde."

„Dann kann ich gehen?", fragt Frau Richter.

„Ich begleite Sie zu Ihrem Büro", sagt Wesemann, „vielleicht fällt Ihnen noch was zu Ilona Jungk ein."

„Wohl kaum", meint Frau Richter. Aber sie unterhält sich gern mit Wesemann über das viel zu frühe Winterwetter und die klimatischen Aussichten fürs

Weihnachtsfest. Vor ihrem Büro reicht sie Wesemann die Hand und verabschiedet ihn mit einem zaghaften Lächeln. „Wenn ich gewusst hätte …" Sie zupft am Saum ihrer Strickjacke.

„Sie wissen doch sicher, wo das Friedhofsamt ist", sagt Wesemann.

„Ich könnte Sie rasch hinbringen."

„Das wäre aber nett."

Sie führt Wesemann zwei Treppen hinauf und mehrere Gänge entlang, geht dann im engen Gang auf Tuchfühlung. Wesemann weicht aus und Frau Richter bleibt stehen. „Vorletzte Tür auf der rechten Seite!"

Es ist ein kleines Büro. Herr Hess hat viel zu tun, auf der Fensterbank stehen mehrere Blumentöpfe mit Orchideen. Was Wesemann jetzt braucht, ist ein wenig Zeit, um sich genauer umzusehen. Er fragt nach dem Grab seiner verstorbenen Großtante Regina Papella. Wo hast du den Namen denn schon wieder her?

„Regina Papella? Mit P oder mit B?"

„Norddeutsch mit P, nicht sächsisch mit B."

„Kenn ich nicht!"

Hoffentlich war's das jetzt nicht schon. „Sie ist schon länger tot und ich war lange im Ausland."

„Ja, ja, Herr Wesemann war lange im Ausland."

„Wie bitte? Ach so, Sie kennen mich!"

„Ich hab Sie auf dem Pyrmonter Weihnachtsmarkt gesehen, da haben Sie eine Reportage für einen Rundfunksender gemacht." Herr Hess lässt seinen Kugelschreiber klicken. „Mich haben Sie auch befragt, weiß bloß nicht mehr wonach."

„Bestimmt nach der Qualität des Glühweins."

„War keine besonders gute Idee. Ich trinke keinen Alkohol."

„Naja“, sagt Wesemann, „dann streichen wir mal die Großtante. Eigentlich bin ich auf der Suche nach dem dritten Schlüssel für die Dunsthöhle.“

„Da lasse ich niemanden ran.“

„Ich will ihn auch nicht anfassen oder mitnehmen.“

„Er ist bestens verwahrt.“ Herr Hess zieht die obere flache Schublade seines Schreibtischs auf, schaut hinein, zieht die Schublade weiter auf, wühlt und hält schließlich einen flachen Sicherheitsschlüssel mit dem Anhänger DH 2 in Wesemanns Richtung.

„DH 2?“

„DH für Dunsthöhle, eins bei Herrn Morsch, zwei bei uns, drei beim Wachdienst.“

„Dann ist ja alles in besten Händen.“ Wesemann schüttelt Herrn Hess die Hand, mit der Linken hätte er ganz leicht in die Schublade fassen können. „Vielen Dank, Sie haben mir sehr geholfen.“

Herr Hess nickt freundlich. An der Tür dreht sich Wesemann noch einmal um. „Ich weiß nicht, ob es dem Datenschutz unterliegt, aber können Sie sich erinnern, ob Sie in letzter Zeit Frau Jungk, Ilona Jungk, frühere Ilona Kittelmann, gesehen haben?“

„Ilona! Eine nette Kollegin.“ Herr Hess schmunzelt. „Obwohl sie schon so lange woanders arbeitet, kommt sie noch gelegentlich vorbei. Die Colmanara Massai hat sie mir vor gar nicht allzu langer Zeit gebracht.“ Herr Hess deutet auf eine Orchidee in intensivem Rot, ihre Blüten haben die Form von kleinen Herzchen.

So ein Herzchen, denkt Wesemann.

Wesemann muss nachdenken, gönnt sich einen Kaffee im Café Steinmeyer. Ist gleich um die Ecke. Er wird jetzt einfach mal so tun, als ob das alles bewiesen wäre, was er sich so zusammengereimt hat. Der Kaffee kommt. Wesemann kann es nicht lassen, fragt nach dem Kuchen und bestellt sich ein Stück Himmelstorte. Plötzlich erinnert er sich an Ilonas Worte: *Ich plane für die Zeit danach ... Sie werden noch vor meiner Tür stehen und mich um einen Gefallen bitten, und dann sage ich: Nein!"*

Da waren die sechzehntausend, die sie Ottendorff aus der Brieftasche gezogen hat, doch nur ein Klacks. Jetzt konsequent weiterdenken. Ilona Jungk hat sich den Schlüssel der Dunsthöhle besorgt und Cord zu Ottendorff die K.-o.-Tropfen verabreicht. Vielleicht ist Hermann Tenschel nach seinem Handy-Anruf nicht ins Taxi gestiegen, sondern zurückgekommen, und die beiden haben Ottendorff in die Dunsthöhle verfrachtet. Klingt plausibel.

Bleibt nur die Frage nach dem Warum und dem Wie.

Allerdings muss auch Bauer Stängelfeld in die ganze Sache verwickelt sein. Nur gibt es bisher nicht den kleinsten Hinweis, dass Ilona Jungk oder Hermann Tenschel etwas mit Bauer Stängelfeld zu tun hatten. Allerdings besteht für Wesemann kein Zweifel, dass beide Mordfälle zusammenhängen.

Neuer Ansatzpunkt: Bauer Stängelfeld. Wird schwer sein, an Informationen über ihn zu kommen. Seine Frau sagt nichts und wird nichts sagen.

Wesemann nimmt sich eine der ausliegenden Zeitungen. Pyrmonter Nachrichten, Lokalteil. Vorbericht über den Weihnachtsmarkt in der Kurstadt. Keine Querelen, keine Aggressionen, keine Unterstellungen.

Vom 25.11. bis zum 23.12. findet in Bad Pyrmont der traditionelle Weihnachtsmarkt auf dem Brunnenplatz statt. Neben den vielen Ständen mit Angeboten für das Weihnachtsfest sorgt ein ausgewogenes Programm für gute Unterhaltung und das leibliche Wohl. Am 11. Dezember wird die Petersburger Schlittenfahrt als Festumzug in historischen Kostümen viele Besucher anlocken.

Ja, die Pyrmonter können es eben. Wer könnte etwas über Thilo Stängelfeld wissen? *Informationen finden Sie im Internet.* Wesemann zahlt und lobt die Hochzeitstorte. Der Kaffee war auch nicht schlecht.

Zu Mittage von Phyrmont ab. Die Zwischenzeit bey immer fortdauerndem Regenwetter nicht zum angenehmsten zugebracht. Johann Wolfgang von Goethe, 17. Juni 1801.

Über Thilo Stängelfeld ist nichts im Internet zu finden. In so einem kleinen Ort ist man doch meist in mindestens einem Verein. VTSV Vereinigter Turn- und Sportverein Hämelschenburg. Wirbelsäulengymnastik? Volleyball? Männerturnen und Prellball – da könnte was zu holen sein. Noch besser: Skat und Knobeln. Wesemann wird einfach mal anrufen. 1. Vorsitzender Heinz Brockmann.

Traditioneller Skat- und Knobelabend nur einmal im Jahr. Über einhundert Anmeldungen im letzten Jahr. Viele schöne Preise und beste Bewirtung. Thilo Stängelfeld? Die Leiche aus dem Burggraben? Brockmann kann sich nicht an Stängelfelds Teilnahme erinnern. Lebte sehr zurückgezogen. Vielleicht weiß sein Nachbar Cornelius Ziegler etwas über die Teilnahme von Stängelfeld am Skat- und Knobelturnier.

Brockmann sucht nach der Telefonnummer. Zieglers Tochter ist am Apparat. Der Vater wäre im Stall. Ob er zurückrufen könnte, fragt Wesemann. „Kommt auf seine Tagesform an", sagt Zieglers Tochter.

Wesemann hat schon zum zweiten Mal die Nachrichten aus Niedersachsen im NDR-Fernsehen gesehen, dann auch noch den Bericht über die Sonora-Wüste in den USA.

Endlich ruft Ziegler an. Wesemann möchte sich mit ihm verabreden. Ziegler hat keine Lust, das Haus zu verlassen. Wesemann lockt mit Freibier in einer Gaststätte. Ziegler hat Freibier zu Hause und das möchte er nur mit sich selber trinken.

Eigenwilliger Brocken, so ein Bauer aus dem Weserbergland. „Und morgen?", fragt Wesemann.

„Morgen bin ich im Wald. Brennholz schlagen."

Sag jetzt was Nettes, Wesemann, vielleicht klappt es dann. „Da könnten sich einige ein Beispiel an Ihnen nehmen: Umweltverträgliche Energiegewinnung aus nachwachsenden Rohstoffen. Einfach vorbildlich."

„Quatsch", sagt Ziegler, und seine Tochter lacht im Hintergrund. „Wir haben eine Ölzentralheizung, das Holz aus dem Wald wird an die Städter verkauft, die damit ihre offenen Kamine befeuern."

„Naja." Wesemann, jetzt den Anschluss nicht verlieren. „Kann ich Sie morgen bei der Arbeit treffen?"

„Wenn Sie mir helfen wollen: Ich bin am Vorkopf. Sie wissen doch, wo das ist?"

„Natürlich! Und wann?"

„Wenn's hell wird."

Vorkopf? Wesemann muss in seiner Kreiskarte nachsehen. Beilage zum Adressbuch des Landkreises Hameln-Pyrmont. Auch schon fast zehn Jahre alt. Vorkopf, an Stängelfelds Hof vorbei den Berg hinauf, westliche Richtung.

Wesemann hört eine Motorsäge, als er sein Auto in einem Grasweg abgestellt hat. Er nimmt sein Aufnahmegerät und hält sich in Richtung Motorsäge. Gummistiefel hätte er anziehen sollen. Er hat keine. Seine Halbschuhe sind jedenfalls nicht für den feuchten Waldboden mit den hoch stehenden Gräsern und Farnen geeignet.

Ziegler steht vor einem Holzstapel und schneidet einen verwachsenen Stamm in meterlange Abschnitte. Wesemann will der Motorsäge nicht zu nah kommen und stellt sich etwas seitlich in Zieglers Gesichtsfeld, wenn er denn aufsieht.

Es dauert drei weitere Schnitte, bis Ziegler den Besucher wahrnimmt. Er stellt die Säge ab, klappt das Visier an seinem Arbeitshelm hoch und winkt Wesemann heran. „Die Abschnitte kommen auf den Anhänger."

Erst jetzt sieht Wesemann das grüne Auto mit dem offenen Anhänger zwischen den Bäumen. „Ich soll ..."

„Sie wollten doch helfen?"

„Wollte ich?"

„So hat es sich jedenfalls angehört."

Wesemann schleppt drei Holzstapel zum Anhänger, zieht seine Jacke aus und hängt sie an den Rückspiegel des Geländewagens. Er schwitzt. Und das schon am frühen Morgen.

Nach weiteren vier Holzstücken hat Ziegler ein Einsehen. Er holt eine Isoliermatte aus dem Auto und legt sie auf den Holzstapel. Einladend klatscht er mit der flachen Hand auf die silberne Folie, und Wesemann setzt sich neben ihn.

„Ich wollte mich mit Ihnen über Ihren Nachbarn unterhalten."

„Moment." Ziegler greift zwischen die Stämme und zieht eine Plastiktasche von Aldi heraus, drückt Wesemann einen Becher in die Hand, behält einen und schüttet aus einer Thermoskanne duftenden dampfenden Kaffee in die Becher.

„Ein Gedicht!", sagt Wesemann.

Ziegler zögert. Dann: „Wer hat dich, du schöner Wald, aufgebaut so hoch da droben?"

Wesemann kann sich ein Lachen kaum verkneifen.

Ziegler stutzt, lacht dann selbst. „Ach, Sie meinen den Kaffee. Hat meine Tochter gekocht, meine Frau hatte vor anderthalb Jahren einen Schlaganfall und kann kaum noch arbeiten."

„Thilo Stängelfeld ..."

„Armer Kerl, ertrunken. Wer ertrinkt schon in Hämelschenburg. Höchstens die Regenwürmer bei Gewitter. Wir sind uns ab und zu begegnet, haben auch mal ein Bier zusammen getrunken, wie das unter Nachbarn so ist."

Wesemann pustet in seinen Kaffeebecher, nimmt einen Schluck. Die Stehcafés in der Innenstadt haben die besten Kaffeemaschinen, aber einen solchen Kaffee bekommen sie nicht hin.

„Was war er denn so für ein Mensch?"

„Stur war er. – Musste er wohl auch sein, bei der Frau!"

„Haben sie sich nicht verstanden?"

Ziegler bietet Wesemann eine Stulle aus seiner Brotdose an, erst zögert Wesemann, doch dann nimmt er sich ein Brot mit Schinken. Das schafft Vertrauen, außerdem hat er heute noch nicht gefrühstückt.

„Sie haben sich nicht nur nicht verstanden, aber darüber schweigt des Sängers Höflichkeit."

„Gibt es einen Gesangverein in Hämelschenburg?"

„Ich bin Mitglied im Männergesangverein Amelgatzen. Da war Thilo auch eine Zeitlang Mitglied. Aber dann hat es ihm seine Frau verleidet. Sie hat ihn jedes Mal aus der Kneipe abgeholt. War schon ein armes Schwein."

„Hat er sich denn nicht gewehrt?"

„Kennen Sie seine Frau?"

„Ja, schon."

„Thilo wollte nur seine Ruhe haben, bis ..." Ziegler schenkt noch einmal Kaffee nach, „... bis diese merkwürdige Sache passierte. Nee", Ziegler schüttelt mit dem Kopf, „das war ein Aufstand im Dorf. Sollte keiner wissen und doch war es sofort rum. Vielleicht hat es Thilo auch selber erzählt. Aber das hat er dann doch nicht so einfach einstecken können. Schließlich ist der Hof schon über zweihundert Jahre in Familienbesitz. Immer vom Vater auf den Sohn vererbt. Thilos Sohn lebt in Dänemark, aber Thilo hatte ihn schon fast so weit, den Hof zu übernehmen. Hatte schließlich eine Menge Geld auf die Seite legen können von dem Grundstücksverkauf für die Windkraftanlagen. Und jetzt ist er tot, alles aus, einfach so ertrunken."

„Was sollte denn keiner wissen?"

„Ich habe ihm in die Hand versprochen, nichts weiterzuerzählen."

„Thilo Stängelfeld ist tot, da gilt das Versprechen nicht mehr."

„Meinen Sie?" Ziegler beißt noch einmal in sein Brot, überlegt. „Na, schön, es gibt wohl nichts mehr zu verstecken. Doris hatte sich in eine Frau verliebt. Mit ihren dreiundfünfzig Jahren. Einfach so. War ständig mit ihrer neuen Freundin unterwegs, die beiden schmiedeten Pläne für eine gemeinsame Zukunft, wollten sich etwas aufbauen. ‚Und wo bleib ich?', hat Thilo gefragt. ‚Bleib doch, wo du willst, jedenfalls nicht hier', hat Doris gesagt. Aber Thilo hat den Spieß umgedreht und wollte sie vor die Türe setzen. Sie wäre auch gegangen, mit der Hälfte aus dem Erlös des Grundstücksverkaufs. Aber da ...", Ziegler lacht, schließt die Brotdose und sammelt die Kaffeebecher ein, „... war das Geld plötzlich nicht mehr da. Und einen richtigen Kaufvertrag gab es wohl auch nicht. Thilo hat ihr die Koffer gepackt und vor die Tür gestellt. Dann hat er wohl einen zu viel auf sein unerwartetes Durchsetzungsvermögen getrunken, hat auf dem Heimweg die falsche Abzweigung erwischt und ... platsch."

Ziegler steht auf.

„Wir müssen wieder an die Arbeit."

Wesemann klopft sich Rindenstücke von der Hose. „Ich würde so gerne weitermachen. Die Arbeit an der frischen Luft tut mir richtig gut. Aber leider ... die Termine ... Sie verstehen ..."

„Ich verstehe!" Ziegler greift nach der Kettensäge und schließt das Visier an seinem Arbeitshelm.

Es ist noch früh am Tag. Wesemann telefoniert mit Karola. „Ruf mich einfach an, wenn du etwas zu besprechen hast", hat sie ihm mehrmals in den letzten Tagen gesagt. „Immer und überall." Doch heute Morgen hat sie keine Zeit. Ihre Mutter will mit ihr in einen Designer Outlet-Laden. „Was gibt's denn da", fragt Wesemann, „Koteletts in Leuchtfarbe?"

„Outlet", sagt Karola, „nicht Kotelett. Männer! Liegt irgendetwas Dringendes an?"

Wesemann wollte ihr eigentlich von seiner Begegnung mit Ziegler erzählen, doch Karola steht in Gedanken sicher schon in einer Flugzeughalle mit unermesslich vielen Kleiderständern, an denen reduzierte Blusen, Röcke, Hosen und Jacken hängen. „Wir telefonieren heute Abend."

„Dann schicke ich dir übers Handy Fotos, was ich gekauft habe. Ich muss jetzt Schluss machen, Mutter steht schon in der Haustür."

Das wird keine große Liebe zwischen ihm und der Schwiegermutter. Wesemann knipst die Kaffeemaschine an und lässt sich in seinen Sessel fallen.

Thilo Stängelfeld hat also das Geld aus dem Verkauf des Grundstücks beiseitegeschafft, als er von den neuen sexuellen Interessen seiner Frau erfahren hat. Daraus ergibt sich …

Die Wand reicht nicht mehr, um kreative Löcher in sie hineinzustarren. Er wird sich ein entspannendes Bad nehmen. Mit Fichtennadelextrakt. Der Wald in der Wanne.

Er stellt sich seinen Kaffee auf den Wannenrand und legt sechs Mon Chéri zum Verzehr daneben. Schnell raus aus den Sachen und rein ins Vergnügen. Es klingelt. Hamit mit dem Eimer? Die Post meldet sich am anderen Ende der Gegensprechanlage. Wesemann zieht den Bademantel über, drückt den Türöffner, wartet, macht dann die Wohnungstüre auf. Vor ihm steht nicht Gustav mit der Schirmmütze, sondern eine junge Postbotin mit einem ironischen Lächeln. „Ich hätte da etwas für Sie!" Ihr Blick gleitet an Wesemann hinab bis zu den nackten Zehenspitzen und dann wieder hinauf bis zum Blickkontakt. Wesemann hält den Bademantel krampfhaft geschlossen, ist in den letzten Jahren ein bisschen klein geworden. „Ein Einschreiben mit Rückschein."

Wesemann unterschreibt, sie lächelt, Wesemann schließt die Tür. Ein Brief von Herrn Rothermel mit dem Mietvertrag und der Hausordnung, damit er sich alles in Ruhe durchlesen und mit seiner Verlobten besprechen könnte.

Wesemann legt den Brief auf den Tisch, geht ins Badezimmer und steigt in die Wanne. Ein Schluck Kaffee, ein erstes Mon Chéri: Doris Stängelfeld hat ihrem Mann K.-o.-Tropfen eingeflößt. Zweites Mon Chéri: Welche Verbindung haben diese K.-o.-Tropfen zu den K.-o.-Tropfen, die Cord zu Ottendorff außer Gefecht gesetzt haben? Drittes Mon Chéri: Doris Stängelfeld ist eine kräftige Frau, doch wäre sie allein mit ihrem Mann nicht fertig geworden. Noch ein Schluck Kaffee, heißes Wasser nachlaufen lassen und dann geht es auf einmal ganz schnell mit den Mon Chéris. Vier, fünf, sechs: Wie kommt man an K.-o.-Tropfen? Man kennt jemanden, der sie herstellen kann. Was hat Ralle gesagt? *Macht noch jedes Jahr mit dem Apotheker Heidelbeerlikör. Apotheker Bandura.* Vera Winter. Bandura lässt es gerne swingen und Vera weiß ihre durchaus noch vorhandenen Reize sicher gezielt einzusetzen. Geht das, auf der einen Seite Freundin Doris Stängelfeld, auf der anderen Dr. Ludwig E. Bandura? Es geht, sie muss ihn doch nicht lieben!

Der Kaffee ist ausgetrunken, die Mon Chéris sind gegessen – noch heißes Wasser nachlaufen lassen? Wesemann ist zu unruhig. Er muss seinem Verdacht nachgehen. Vera Winter und Dr. Ludwig E. Bandura – vielleicht nicht nur gemeinsame Liebhaber von Heidelbeerlikör?

Er zieht sich an, steckt den Mietvertrag der neuen Wohnung in die Jackentasche und macht sich auf den Weg.

„Musst du probieren“, sagt Engin. Er versucht, Wesemann am Arm in seinen Laden zu ziehen. „Frühstücksservice. Ganz neu jetzt.“ Voller Stolz zeigt er auf die Glasvitrine neben der Kasse: Laugenstangen mit Käse, Croissants mit Schinken, Baguettes mit Totalbelegung: Mayonnaise, Salat, Schinken, Käse, Gurke, Ei.

Engin nimmt eine Zange und einen Pappteller. „Kostet nix.“ Er will Wesemann ein Baguette aufdecken, doch Wesemann wehrt ab. Vielleicht eine Laugenstange mit Käse als zweites Frühstück. Das Baguette dann auf dem Rückweg.

„Und?“, fragt Engin gespannt.

Wesemann kaut.

„Ist gut?“

„Schmeckt prima“, sagt Wesemann, „nach Laugenstange mit Käse.“

„Falsch“, sagt Engin, „nach türkische Laugenstange mit türkischem Käse.“

„Jetzt, wo du es sagst!“ Die beiden Männer lachen.

Auf seinem Weg in die Innenstadt will sich Wesemann wieder konzentrieren. Auf die K.-o.-Tropfen. Vera Winter besorgt sie, Ilona Jungk und Doris Stängelfeld wenden sie an. Also müssen sich die Frauen kennen, und über diese Bekanntschaft führt der Weg zum Auftraggeber der beiden Morde. Und das Motiv? Motive hätte er anzubieten wie Sandkörner in der Eieruhr: Eifersucht, Habgier, Neid, Geltungsbedürfnis.

Dr. Ludwig E. Bandura bedient eine ältere Kundin, packt die Salbe ein und die Kundin bezahlt. Er reicht ihr das Plastiktütchen, sie geht und Bandura sagt „Moment“ zu Wesemann und verschwindet in den hinteren Räumen. Eine junge Apothekenhelferin fragt Wesemann nach seinen Wünschen. „Ich?", fragt Wesemann. Die Apothekenhelferin lächelt. „Ich warte auf Dr. Bandura."

„Vielleicht kann ich Ihnen auch helfen?"

Lass dir was einfallen, Wesemann, um den Fuchs aus seinem Bau zu locken. „Nun ja, es ist etwas heikler. Dr. Bandura hat mir versprochen, es diskret zu behandeln."

Die Apothekenhelferin sieht ihn an, Spott liegt in ihren Augen, doch dann siegt der Selbsterhaltungstrieb. „Moment, ich hole Dr. Bandura."

Nach wenigen Augenblicken erscheint Dr. Bandura, sieht sich in der Apotheke um und stellt überrascht fest, dass Wesemann zu seinen augenblicklichen Kunden gehört. „Sie wollten mich sprechen?"

„Wie schon gesagt", Wesemann deutet mit dem Kopf auf die auffallend desinteressierte Apothekenhelferin, „es ist etwas heikel."

Bandura zögert einen Augenblick, dann sagt er: „Kommen Sie mit" und dreht sich um.

In dem kleinen Raum ein Ledersessel, riesiger Schreibtisch, an den Wänden bunte Drucke von Heilpflanzen. In der Ecke ein gepanzerter Tresor. „Was wollen Sie schon wieder?"

So gewinnt er aber keinen neuen Kunden. „Ich habe da noch eine Frage zu Ihrem Zusammentreffen mit Ingo Grothe."

„Ich habe mich nicht mit Ingo Grothe getroffen."

„Können Sie sich nicht mehr erinnern? Damals vor dem Swingerclub?" *Swingerclub* betont Wesemann mit erhobener Stimme, was den Herrn Apotheker schmerzt wie ein unvermittelter Leberhaken. „Bitte", sagt er mit einer beschwichtigenden Geste.

Wesemann, du bist auf dem richtigen Weg. „Weiß eigentlich Ihre Frau von Ihren gelegentlichen Eskapaden?"

„Um Gottes Willen."

Banduras Beschwichtigungsgesten werden heftiger, er stellt sich vor die Tür.

„Aber wie kann man swingen, wenn man alleine hingeht?"

„Ich wollte dort nur abschalten und etwas trinken."

„Kann es sein, dass Ihre Begleiterin Vera Winter war und ist?"

„Sie kommen mir vor wie ein Kloakenreiniger."

„Ja oder nein?"

„Ich lasse mich doch von Ihnen nicht ..."

„Dann werde ich Vera Winter befragen müssen, hätte ich ihr gern erspart. Das wird sicher nicht angenehm."

„Für mich?"

„Für Ihre Likörbraut."

Wesemann will Bandura zur Seite schieben, um zu gehen. Doch Bandura lässt sich nicht schieben. „Also schön, wenn Sie Frau Winter aus dem Spiel lassen. Wir waren gelegentlich zusammen im Swingerclub. Das ist doch nichts Ungesetzliches."

„Eigentlich nicht", sagt Wesemann, „eigentlich!" Und jetzt schiebt er Bandura energisch zur Seite und geht.

Wer steckt nun hinter der ganzen Sache? Grothe? Mit Bandura und Vera Winter? Sie kennen sich vom Swingerclub. Fritz Bruncken? Der hat Doris Stängelfelds K.o.-Tropfen zu spüren bekommen und hält trotzdem dicht. Hermann Tenschel? Der Kreistagsabgeordnete hat sich nach dem Gewinn in der Spielbank mit Cord zu Ottendorff und Ilona Jungk vergnügt, und dann war Cord zu Ottendorff plötzlich tot. Eigentlich ist nur Ralle unverdächtig. Wirklich?

Wesemann biegt in die Emmernstraße ein. Herr Rothermel wartet auf Kundschaft, freut sich über Wesemanns Besuch. Wesemann zieht den Mietvertrag aus der Jackentasche und legt ihn auf den Tisch mit den ausgestellten japanischen Vasen.

„Wir sind mit allem einverstanden", sagt Wesemann.

„Lassen Sie sich doch Zeit mit der Unterschrift, für mich sind Sie schon so gut wie eingezogen."

„In Gedanken bin ich schon bei der Einrichtung."

„Wie Sie sehen", sagt Herr Rothermel mit einer weit ausholenden Geste über sein Angebot, „sind wir bestens vorbereitet."

Wesemann ahnt, dass es teuer wird. „Ich dachte eher an grundsätzliche Einrichtungsfragen."

„Wollen Sie Wände herausreißen?" Herrn Rothermels Miene hat sich bewölkt.

„Ich wollte einen großen Flachbildschirm anschaffen."

„Wirklich eine grundsätzliche Einrichtungsfrage." Jetzt schmunzelt Herr Rothermel wieder. „Die Wohnung hat einen Kabelanschluss. Achten Sie also beim Kauf auf einen C-Tuner im Gerät, sonst müssen Sie ein separates Gerät anschließen. Eine Satellitenschüssel ist natürlich nicht erlaubt in Hamelns historischer Innenstadt. Auch würde ich auf eine Anbringung des Bildschirms an einer der Wände verzichten und lieber auf ein Standgerät zurückgreifen. Hier könnten wir Ihnen sehr schöne Unterlegdecken …"

„Ich werde sicher darauf zurückkommen."

„Wollen Sie sich die Deckchen vielleicht schon einmal …"

„Außerdem hatte ich an die Anschaffung eines Wasserbetts gedacht. Das halten die Zimmerböden doch aus?"

„Wie viele wollen Sie denn anschaffen?"

„Natürlich nur eins."

„Nichts dagegen einzuwenden, aber werden Sie mir nicht seekrank!"

„Ich werde aufpassen." Wesemann reicht Herrn Rothermel die Hand zum Abschied.

„Aufpassen reicht nicht, wählen Sie eine hohe Beruhigungsstufe für das Wasserbett, sonst schlingern Sie nächtens hin und her wie ein Kutter in der Brandung. Wir führen übrigens auch sehr hübsche Bettwäsche in allen Farben und Abmessungen."

Was ist nun schwerer, das richtige Wasserbett zu finden oder zwei Morde aufzuklären?

Sicher will Karola beim Wasserbett auch mitentscheiden. Er wird erst einmal bei seinen Mördern bleiben und sich um den Flachbildschirm kümmern. Er ruft Karola an. Karola hat keine Lust mehr auf Malente. Außerdem hat sie mit Baxmann gesprochen. Er müsste in den nächsten Tagen eine neue Moderatorin einstellen, wenn sie nicht zurückkäme. Wie weit er denn mit seinen Ermittlungen wäre?

Wesemann berichtet ihr von seinen Vermutungen. Karola rät ihm, nach einer Verbindung zwischen den drei Frauen zu suchen. Darauf wäre er bestimmt nicht gekommen. Nein. Nie. Niemals. Und wenn, was dann? Darauf weiß Karola nur eine Antwort: Ich liebe dich!

Es ist kalt geworden. Über Nacht liegt der Schnee fünfzehn Zentimeter hoch. Die Schneepflüge kommen mit dem Räumen der Straßen nicht nach. Ob er der Stadtverwaltung Hamit Yildrim empfehlen sollte? Der schafft was weg.

Ach was, Wesemann kann seine eigenen Witzchen nicht mehr ausstehen. Er ist allein. Er muss sich eingestehen, dass er einsam ist. Und er leidet, wie nur ein Wesemann leiden kann.

Er muss sich konzentrieren. „Angenommen", sagt er zu seiner Kaffeetasse, „alle drei Frauen haben sich irgendwo getroffen auf irgendeiner Festlichkeit im Weserbergland. Davon gibt es schließlich einige. In Bad Pyrmont das kleine Fest im großen Kurpark. Ein Artistik- und Comedyfestival vom Feinsten. Oder beim Lichterfest in Bodenwerder mit seinem musikalischen Höhenfeuerwerk. Oder auf dem romantischen Hamelner Weihnachtsmarkt. Damals noch ..."

Man ist miteinander ins Gespräch gekommen, fand gemeinsame Interessen und traf sich immer mal wieder zu gemeinsamen Aktivitäten, wie Frauen das eben so machen. Wesemann würde nie auf die Idee kommen, mit Karl-Wilhelm zum Bodenwerder Lichterfest zu gehen. Zu dritt hätten die Frauen Ottendorff durchaus in die Dunsthöhle schleppen können. Und Thilo Stängelfeld konnten sie sicher auch gemeinsam im Burggraben versenken. Aber wozu?

In den Frühnachrichten des Fernsehens Straßenschlachten in Tunis, Aufstand in Kairo, schwere Kämpfe im Jemen. Und überall wollen die Unterdrückten, die Vergessenen, die Übergangenen an die Macht. Ihre Unzufriedenheit wird genutzt von Strategen im Hintergrund. Sie ziehen die Fäden in kalter Berechung und machen sich dabei die Hände nicht schmutzig. Die Drecksarbeit überlassen sie lieber der Straße. Von denen, die später die Hand heben zum Schwur auf die neue Verfassung hat man vorher nur wenige auf der Straße gesehen. Wäre doch auch schade um die makellosen Großaufnahmen bei der Vereidigung der neuen VIP-Kunden im Selbstbedienungsladen der Staatsgewalt. Uniformträger bevorzugt.

Wesemann vergeht fast der Appetit auf sein Nutokabrot. Der Wetterbericht kündigt weitere Schneefälle an. Er schaltet das Fernsehgerät aus.

Doris Stängelfeld fühlte sich sicher benachteiligt bei den Kungeleien um die Grund- und Bodentransaktionen im Emmertal. Ihr Mann steckte dick und fett im Geschäft und ließ sie am ausgestreckten Arm verhungern. Freundin Vera teilte aufgrund ihrer amourösen Bindung Empörung und Frustration. Aber wie hat sich Ilona Jungk in die ganze Sache verwickeln lassen? Aus reiner Frauensolidarität? Begeht man mal eben so zwei Morde, weil man sich übergangen oder ausgetrickst fühlt? Wesemann, da steckt mehr dahinter. Die Hintermänner eben, die Drahtzieher.

Aber lassen sich drei Frauen auf dem gerade begonnenen Selbstfindungstrip ausgerechnet von einem Mann instrumentalisieren?

Eine weibliche Führungspersönlichkeit ist in diesen Fällen jedenfalls weit und breit nicht in Sicht. Was könnte sie also zum gemeinsamen Tun veranlasst haben? Die Aussicht auf ein selbstbestimmtes, sorgenfreies Leben. Und dazu braucht man Geld, viel Geld, nicht nur ein paar Euro aus der Portokasse. Großes Geld versprechen die Windkraftanlagen im Emmertal. Da ist der Gnadenhof sicher nur ein Ablenkungsmanöver. Im Hintergrund wird weiter geplant, gerechnet und projektiert. Von wem? Von Hermann Tenschel? Der Herr Kreistagsabgeordnete ist doch plötzlich und öffentlich wieder gegen die Windkraftanlagen. Weil er ausgebootet wurde? Von wem? Ingo Grothe? Da besteht eine intensive Feindschaft zwischen Vera Winter und Ingo Grothe. Obwohl Vera Winter mit Dr. Bandura im Swingerclub durchaus gemeinsame Interessen teilte, wenn da nicht …

Wesemann ruft Christa Koch, die stellvertretende Ressortleiterin für Lokales der Dewezet, an. Sie kennt die Hamelner Verhältnisse in einfachem und doppeltem Sinn.

„Pyrmonter 101 und Ingo Grothe? Ganz einfach, er ist Teilhaber des Clubs, natürlich nicht offiziell, aber so geheim, dass es eigentlich Jedermann weiß."

„Nur ich nicht", sagt Wesemann.

„Wesemännchen, du bist doch nicht Jedermann! Wann kommst du mal wieder vorbei?"

Wie soll er denn den letzten Satz verstehen? Wollte sie ihn auf die Schippe nehmen? Hat er einen solchen Ruf in der Stadt?

Jedenfalls ist die Verbindung von Grothe zu Vera Winter erst einmal zu vernachlässigen.

Wer bleibt denn noch? Fritz Bruncken, bei dem Wesemann einen Stein im Brett hat. Einen Mühlstein, um den Kopf dranzuhängen. Er ist in desolatem Zustand mit Doris Stängelfeld in der Bäckerstraße gesehen worden. Vielleicht waren es bei Bruncken gar keine K.-o.-Tropfen, die ihn außer Gefecht gesetzt haben. Die beiden könnten doch irgendetwas gefeiert und sich dabei ordentlich einen auf die Lampe gegossen haben. Eventuell verträgt Doris Stängelfeld mehr als der schmächtige Banker.

Wesemann plant einen Frontalangriff. Jetzt. Sofort. Erst noch rasch die Schuhe putzen, Karola anrufen, endlich den Knopf an der Lederjacke wieder festnähen und dann bei Engin einen Mokka trinken und noch einen …

Warum muss er ausgerechnet jetzt nach Bückeburg fahren? Gut, die 83 ist eine Bundesstraße. Bundesstraßen werden bevorzugt geräumt. Diese nicht. Hinter Deckbergen überholt Wesemann einen Schneepflug. Als er sich wieder rechts einordnen will, lässt sich das Auto plötzlich nicht mehr lenken und rutscht mit dem rechten Vorderrad in den Graben. Der Schneepflugfahrer hält an, um Wesemann beim Rückwärtsschieben seines Autos zu helfen. Muss er, sonst käme er mit seinem Schneeräumer nicht vorbei.

Wesemanns Gehirn hat die phänomenale Gabe, grobe Beschimpfungen, Unflätigkeiten und Beleidigungen einfach auszublenden.

Entgegenkommende Autofahrer hupen und winken ihm zu. Doch bevor er endlich wieder weiterfahren könnte, überholt ihn der Schneepflug. Eine Ladung Schnee platzt auf die Windschutzscheibe und aufs Dach.

Wesemann muss wieder anhalten und sein Auto vom Schnee befreien.

Endlich Bückeburg. Kaum hat Wesemann die SBW-Bank betreten, stürzt sich Frau Braun-Czerny bereits auf ihn. Der Chef sei nicht anwesend, und wenn er da wäre, wäre er mit Sicherheit nicht für ihn zu sprechen.

„Ich wollte ihm nur etwas Gutes tun", er zieht seine Brieftasche aus der Jacke und wedelt damit vor der

Hornbrille herum. „Er hat etwas im Krankenhaus vergessen."

„Warten Sie einen Augenblick."

Wenn Bruncken mit Aktien handelt, deren Kurs so hoch ist wie die Absätze von Braun-Czernys Schuhen, bewegt er sich nur in den höchsten Regionen, Daimler, Microsoft, Borussia Dortmund und Deutsche Bank.

Bruncken stürmt in die Empfangshalle. „Was haben Sie sich jetzt schon wieder ausgedacht, um mir auf die Nerven zu gehen?"

„Sie hätten etwas Wichtiges im Krankenhaus vergessen", mischt sich Braun-Czerny ein.

„Und was soll das sein?"

„Das weiß ich nicht", Frau Braun-Czerny.

„Hab' ich Sie gefragt?"

„Ja!"

„Nein, ihn!" Bruncken zeigt mit dem Kopf in Richtung Wesemann.

„Also, was gibt's?"

„Eine der Krankenschwestern ..."

„Was ist mit einer der Krankenschwestern?"

Wesemann beugt sich in Richtung Bruncken und flüstert: „... will Sie anzeigen wegen sexueller Belästigung."

„Mich? - Haben Sie nichts zu tun, Frau Braun-Czerny?"

Braun-Czerny zieht sich zurück, Bruncken winkt Wesemann in sein Büro.

„Ich weiß, dass die Krankenschwester nur ein Vorwand war, Wesemann. Sie wollen eigentlich etwas ganz anderes. Also?"

Mit einer Handbewegung bietet Bruncken Wesemann einen Sessel an. Wesemann lehnt ab. Er bleibt lieber stehen. „Ich ermittle in den beiden Mordfällen in Zusammenhang mit den Windkraftanlagen im Emmertal und da taucht immer wieder Ihr Name ..."

„Setzen Sie sich", es klingt wie ein Befehl, „und hören Sie ganz genau zu. Ein weiteres Mal stehe ich Ihnen nicht zur Verfügung." Wesemann hockt sich auf die Sesselkante.

„Die Windkraftanlagen im Emmertal sind ein Windei, und wir sind der Dotter. Ich will es kurz machen. Wir haben uns einwickeln lassen und Zusagen gemacht, die uns an die Substanz gegangen sind. In unserer Bilanz werden wir noch ein paar Jahre damit zu kämpfen haben." Er setzt sich mit halbem Hintern auf seinen Schreibtisch. „Und dann kommt diese Frau daher ..."

„Doris Stängelfeld?"

„Ja, ja, könnte sein. Kommt also daher und will einen Kredit haben. Ich habe ein Lachen unterdrückt und kopfschüttelnd gefragt, wofür der Kredit denn sein soll. Das ist mir dann doch als Unverschämtheit erschienen und ich weiß noch, dass ich ihr ordentlich die Meinung sagen wollte. Ob ich noch dazu gekommen bin, weiß ich allerdings nicht mehr. Die Kellnerin hat kassiert, die Nervensäge hat gegrinst und danach war alles schwarz um mich."

„Zur Polizei wollten Sie nicht?"

„Wer weiß, was diese penetrante Person den Beamten alles erzählt hätte."

„Kann ich verstehen", sagt Wesemann und erhebt sich.

„Sie hat sogar noch einmal angerufen und gefragt, ob ich es mir nach dem kleinen Zwischenfall mit dem Kredit doch noch anders überlegt hätte."

Die beiden Männer schütteln sich die Hand. Sie eint ab heute ein inneres Verständnis.

Timo ruft an. Er hat da was herausgefunden.

„Was?"

Er hat doch jetzt den Führerschein und da ist er am letzten Samstag zu IKEA nach Laatzen gefahren. Ganz schöne Strecke: vierzig Kilometer hin und vierzig zurück. War ziemlich anstrengend. Für sein Zimmer hat er jetzt ein neues Billy-Regal kombiniert mit Benno.

„Gratuliere", sagt Wesemann.

„Und da musste ich an die Windrädchen von unseren Leichen denken."

Unseren?, denkt Wesemann, spricht es aber nicht aus.

„Die Windrädchen hatten doch alle die gleiche Farbe, selbst bei der toten Katze."

Wesemann muss sich einen Augenblick erinnern. „Stimmt! Die Windrädchen waren alle blau und gelb."

„Blau und Gelb sind die schwedischen Nationalfarben und die Windrädchen standen überall bei IKEA rum. Wenn uns das was nützt?"

„Da war was ... da war was ..." Wesemann überlegt, „...irgendwas mit neuen Möbeln."

„Vielleicht sollten Sie auch mal zu IKEA fahren, aber nehmen Sie ein großes Auto mit. Wir sind zweimal auf der Rückfahrt angehalten worden."

„Du hast was gut bei mir!" Wesemann legt auf. Neue Möbel? Er muss den Kopf frei bekommen. Geht zu Engin.

Engin hat schlechte Laune. Seine Frau will bei der Volkshochschule einen Selbstverteidigungskurs belegen. „Wozu? Ich mache das!"

„Du bist aber nicht immer mit deiner Frau zusammen."

„Doch", sagt Engin, „seit dreiunddreißig Jahren. Aber sie sagt, hier immer mehr Ausländer. Ohne Respekt. Da hat sie Angst."

Auf der Deisterstraße lässt ein Motorradfahrer seine Maschine aufheulen. Engin serviert ein Schälchen mit grünen Oliven. Wesemann greift blind ins Schälchen. Ducati Multistrada. Mike Becker. Er hat sich still und heimlich aus den Ermittlungsarbeiten gestohlen. Wesemann beißt in eine Olive. Es knackt, Wesemann hält inne, puhlt in den Zähnen herum und befördert zuerst den Kern einer Olive aus dem inneren Olivenbrei und dann ein weißes Etwas. „Mist", sagt Wesemann.

„Musst du aufpassen", sagt Engin und reicht ihm eine Serviette.

„Weißt du, was Zahnfüllungen kosten?"

„Musst du machen lassen in Türkei, da billig."

Wesemann wirft ihm einen bösen Blick zu. Er greift zu seinem Handy, hat die Nummer seines Zahnarztes natürlich nicht gespeichert. Engin schaut im Telefonbuch nach. Wesemann ruft an. Die Sprechstundenhilfe lässt ihn einen Augenblick warten, obwohl Wesemann seinen Fall mehr als dramatisch geschildert hat.

„Sie waren im letzten Jahr bei uns", sagt die Sprechstundenhilfe völlig unbeeindruckt.

„Stimmt."

„Sie hatten mit dem Doktor eine Behandlung vereinbart und mehrere Termine ausgemacht."

„Da waren schon Termine ausgemacht worden?"

„Soll ich sie Ihnen aufzählen?"

„Nein, danke. Im Augenblick geht es nur um den akuten Notfall."

„Moment!" Schon wieder.

„Morgen um vierzehn Uhr zwanzig."

„Geht es nicht früher?"

„Dann erst wieder nächste Woche."

Wesemann lässt sich den Termin reservieren und legt auf.

„Vielleicht doch besser Türkei?" Engin grinst.

Mit der Zunge sucht Wesemann nach dem Loch im Zahn. Kann es ganz genau fühlen. Aber Schmerzen hat er nicht. War wohl bloß der Schock. Ein heißer Mokka wird als Schmerztest eingesetzt.

„Der geht aufs Haus", sagt Engin.

Also zurück zu Mike Becker. „Ist diese Ducati Multistrada mal wieder aufgetaucht?"

Engin serviert den Mokka, überlegt, schüttelt den Kopf.

„Aber irgendetwas stimmt da nicht. Er hat mich verfolgt, sogar einzuschüchtern versucht."

„Hat aber nicht geschafft." Engin hat seine gute Laune wiedergefunden.

Wesemann schlürft den Mokka. Nichts. Oder doch? Ein ganz winziger Schmerz. Kann auch vom Zahnfleisch kommen. „Jedenfalls lässt mir dieser Mike Becker keine Ruhe." Wesemann stellt seine Tasse ab. „Ich werde die Sache klären."

Engin räumt die Tasse ab. „Hast du meine Nummer in Handy?"

Wesemann vergewissert sich, nickt und Engin ist zufrieden. „Vielleicht machst du gleichen Kurs wie meine Frau."

Wesemann geht.

Er fährt nach Pyrmont. Lange Wand. Die Lackiererei wie immer sauber, aber ohne Kunden. Wesemann betritt mit schnellen Schritten das Büro. Außer Mike Becker ist niemand im Raum.

„Was kann ich für Sie tun?"

„Ich habe ein paar Fragen."

„Jetzt erinnere ich mich. Der Schnüffler mit der Lizenz zu senden." Er lacht ziemlich herablassend.

„Wir sind uns mehrmals begegnet. Unter anderem an der Dunsthöhle."

„Ist das verboten?"

„Eigentlich nicht, nur ein wenig merkwürdig. Vielleicht zieht es den Täter an den Ort seiner Tat zurück? Der Hinweis könnte die Polizei interessieren."

Mike Becker sieht ihn kalt an, scheint ihn einzuschätzen. Ein Mann in Latzhose kommt aus der Werkstatt, nimmt eine Dose blauer Farbe aus dem Regal und verschwindet wieder.

„Kann ich sicher sein, dass nicht irgendwo ein Aufnahmegerät läuft?"

„Absolut sicher." Wesemann breitet die Arme aus.

„Polizei wäre nicht so gut."

„Dachte ich mir."

„Nun, also, ich hatte etwas an der Dunsthöhle gebunkert."

„Ist denn schon wieder Krieg?"

„Ha, ha. Sie wissen schon, was ich meine."

„Weiß ich nicht."

„Ein paar Tütchen mit weißem Pulver, und als Sie da aufgetaucht sind, hab' ich mir gedacht, Ihre Aufmerksamkeit könnte mir gelten."

„Darum hast du auch versucht, mich einzuschüchtern?"

„Hab ich wohl nicht geschafft."

„Ist dir etwas im Umkreis der Dunsthöhle aufgefallen?"

„Ehrlich gesagt, ich bin da immer nur kurz gewesen. Hab' keine Residenz draus gemacht. Und aufgefallen ist mir nichts. Nur Sie."

„Wenn dir noch etwas einfällt …"

„Wird nicht! Übrigens, falls es Sie interessiert, ich bin nicht mehr im Geschäft. Ihre türkischen Freunde sind ein wenig grobmotorisch, denen möchte ich nicht in die Hände fallen."

„Meine türkischen Freunde?"

Ein junger Mann mit einer Baseballkappe betritt den Laden, unter dem Arm ein Fahrradschutzblech. Wesemann zögert, Mike Becker bringt ihn zur Tür. „Sie können sich auf uns verlassen. Wir sind Profis, haben sogar schon Särge gestylt."

„Wahnsinn", staunt der junge Mann mit dem Schutzblech.

Am Abend spricht Wesemann lange mit Karola. Im Hintergrund läuft *Willkommen bei Carmen Nebel.* Oder heißt sie Karin? Vielleicht auch Karen?

Ihre Mutter habe die Lautstärke am Fernsehgerät eigentlich nie so hoch eingestellt, sie hätte eben ein gutes Verhältnis zu Karolas erstem Mann gehabt. Er habe ihr immer Ingwerstäbchen mitgebracht.

Nach den üblichen Floskeln *Ich liebe ich* und *Ich dich erst* stellt sich heraus, dass Karola auf gepackten Koffern sitzt. Ein bittendes Wort von Wesemann und sie würde sich schon morgen auf die Reise machen. Abfahrt sieben Uhr dreiundzwanzig, Ankunft in Hameln elf Uhr zweiundfünfzig.

Doch Wesemann ist für die atmosphärischen Schwingungen im Telefonnetz nicht empfänglich, er hat nur noch seine Ermittlungen im Kopf. „Die Lösung liegt in der Luft. Ich kann sie fast riechen. Es sind nur noch wenige Schritte."

„Du kannst ganz schön stur sein." Karola scheint zu schmollen.

Wesemann erzählt ihr von Timos Recherche und seinem anstehenden Zahnarztbesuch. Karola hält ihm die Daumen, dass es nur ein bisschen wehtut.

„Warum ein bisschen?"
„Damit du auch mal was spürst."

Wesemann hat die Zähne geputzt, nimmt sich einen neuen Schlafanzug aus dem Kleiderschrank. Als er die Jacke überzieht, hat er wieder diesen angenehmen Holzgeruch in der Nase. Wie damals in … in … dem Anbau bei Vera Winter. Die neuen Möbel. Von IKEA. Jetzt hat er eigentlich alles zusammen, fehlt nur noch das verbindende Element, das Motiv.

Es schneit und schneit. Wesemann legt sich ins Bett, schläft bald ein und träumt von Wäldern, Sonne und einer Hochzeitstorte mit einem roten Zuckergussschriftzug: *Hubert und Carmen.*

Er schreckt auf, will den Albtraum aus seinem Gedächtnis löschen. Sein Herz rast, er kann nicht wieder einschlafen, schaltet das Fernsehgerät ein und lässt sich von Gurkenhobeln, dicken Dingern und einer Zugfahrt durchs Markgräfler Land ablenken.

Wesemann geht um Zahnarzt, hat seine Versicherungskarte vergessen, muss noch einmal nach Hause, kommt eine viertel Stunde zu spät zu seinem Termin und muss anderthalb Stunden warten.

Wieso kann er beim Arzt nie in den Zeitschriften blättern wie die anderen Patienten? Ihm fehlt die Gelassenheit. Er muss alles mitbekommen, was in der Praxis geschieht, sonst könnte noch etwas hinter seinem Rücken vorbereitet werden, was dann während der Behandlung gegen ihn verwendet werden kann.

Der Zahnarzt sagt: „Sie schon wieder" und meint bestimmt einen anderen Patienten. Der Stuhl kippt langsam nach hinten, fährt nach oben, Mund auf, an der Decke ein Schwarm bunter Fische.

Er muss an etwas anderes denken. Nicht an den Mundschutz über sich, nicht an den Haken, der sich seinem Kiefer nähert, nicht an den Zahnarzt, der gähnen muss.

Ilona Jungk, Vera Winter und Doris Stängelfeld. Welches Motiv könnte sie verbinden. Das Projekt der Windkraftanlagen wollten sie bestimmt nicht umsetzen. Den Gnadenhof. Dafür hat Doris Stängelfeld von Fritz Bruncken den Kredit verlangt. Für einen Gnadenhof? Ein paar Pfähle, ein bisschen Maschendraht und den Rest finanzieren die Besucher durch Eintritt und Futterspenden. Jetzt, jetzt, der Schmerz. Wesemann kneift die Backen seines Hinterns zusammen bis ihm die Lösung einfällt.

Was hat Hermann Tenschel gesagt?

... das Emmertal an der Hämelschenburg als Ganzes gesehen werden. Die Harmonie des Landschaftsbildes darf nicht zerstört werden. Es soll in seiner Substanz erhalten bleiben, könnte aber durch leichte, verträgliche Eingriffe dem Wunsch der Bevölkerung nach Erholung und Regeneration noch besser angepasst werden. Hier wollen wir ansetzen und mit engagierten Kräften ...

Der Zahnarzt verlangt achtundvierzigzweiundsiebzig für die neue Füllung, die Sprechstundenhilfe versucht, ihn zu einer Intensivprophylaxe zu überreden, der Termin wäre auch schon nächste Woche.

Wesemann zahlt, bedankt sich und geht.

Noch ein Anruf bei Christa Koch, der stellvertretenden Ressortleiterin für Lokales der Dewezet. Stichwort: Gnadenhof an der Hämelschenburg.

„Da war gestern eine Begehung der Osterstraße und des Pferdemarkts, um die Ansichten von Stadtverwaltung und Interessengemeinsaft Weihnachtsmarkt doch noch unter einen Hut zu bekommen. Die Karussells und ein Großteil der Buden werden von einer Schaustellerfamilie in der Nähe von Springe betrieben."

„Autoscooter statt Weihnachtskutsche?"

„Auch Romantik ist ein Geschäft. Jedenfalls habe ich am Rande mitbekommen, dass diese Schaustellerfamilie mit den Stängelfelds in Kontakt steht. Vielleicht ist der Gnadenhof bloß ein vorgeschobenes Projekt, um an Genehmigungen, Subventionen und Kredite zu kommen."

Wesemann verschlägt es die Sprache. Ein lang gesuchtes Puzzleteil bahnt sich einen Weg durch seine Gehirnwindungen, will sich an einer bestimmten Stelle einloggen, damit sich alle offenen Fragen rundherum einklinken können. Gerade noch an der Höflichkeitsgrenze sagt er: „Wenn ich Sie nicht hätte …"

„Ich weiß, Wesemann, Ihre Avancen sind hinreichend bekannt."

Was meint sie bloß damit? Dieser Frage wird er sich später widmen. Keine Zeit, darüber nachzudenken. Er muss nach Tündern, Weserstraße.

Vera Winter scheint sehr überrascht, sie hebt schon an, sich gegen Wesemann zur Wehr zu setzen. Doch dann scheint sie es sich anders zu überlegen und fordert ihn auf, ihr zu folgen. Was wird ihn erwarten? Hoffentlich keine weitere Leiche. Und wenn er selber … Vorsichtshalber startet er sein Aufnahmegerät, das er in der Tasche versteckt hält.

„Ich habe lange überlegt, wie man an K.-o.-Tropfen kommen kann. Für Leute mit Beziehungen zur Pharmazie ist es sicher kein Problem. Sie waren doch mal Apothekenhelferin? Und Dr. Bandura zählen Sie doch noch zu ihren *intimeren* Freunden?"

Wesemann tastet sich von Satz zu Satz voran, versucht jede kleine Reaktion Vera Winters für sich zu nutzen. Doch Vera Winter lenkt ab, weicht aus. Wesemann lässt nicht locker. Als er schließlich ihre Liebe zu Doris Stängelfeld und ihre geplatzten Zukunftsvisionen ins Gespräch bringt, bricht sie zusammen, Tränen schießen ihr aus den Augen. Sie verschmiert mit der Hand ihr sorgfältiges Make-up, wischt sich die Tränen wütend weg, beruhigt sich, rennt dann wie eine Wilde durch den Raum, wird zornig, wieder fließen Tränen. Sie lehnt sich mit dem Rücken gegen eine Wand, rutscht auf den Boden und weint hemmungslos. Am meisten tue ihr Ralle leid, murmelt sie, er hätte ihr so vertraut. Und natürlich die Katze. Die Katze hätte Doris Stängelfeld in der Dämmerung erschossen, als sie auf die Tauben im Hof gezielt habe. Das Theater mit dem Windrädchen und der Ablage vor ihrer Haustür sollte nur ein Ablenkungsmanöver sein.

Über zwei Stunden dauert das Gespräch. Dann ist Vera Winter völlig erschöpft. Sie ist leer, hat keine Tränen mehr.

Wesemann stoppt sein Aufnahmegerät. „Und wer hat Karola Weber ans Karussell gefesselt?"

„Das muss Doris gewesen sein, sie wollte den lästigen Schnüffler endlich loswerden, und ich hatte doch noch die K.-o.-Tropfen." Vera Winter ist kaum noch zu verstehen.

„Wie feige", sagt Wesemann, „sich an der Frau vergreifen, wenn man sich an den Mann nicht rantraut." Er geht zur Tür. „Das Beste wird sein, wenn Sie sich alle drei stellen. Das könnte den Staatsanwalt vielleicht ein wenig milder stimmen." Er behält den Gedanken, dass die drei dann vielleicht im Gefängnis zusammenbleiben könnten, gerade noch für sich.

Vera Winter nickt mit dem Kopf. Wesemann deutet es als Zustimmung. Er lässt Vera Winter zurück, was nun folgt, ist ihre Sache, geht zu seinem Wagen und ruft Karola an. „Du kannst kommen, es ist ausgestanden."

„Der Fall ist gelöst?"

„Ich denke schon."

„Und die Einzelheiten?"

„Gehen morgen über den Sender."

Am nächsten Morgen ruft HK Bertram an. Er hat eine Pressekonferenz für fünfzehn Uhr angesetzt. Mit sensationellen Enthüllungen zu den Mordfällen in Pyrmont und an der Hämelschenburg. Die Täter hätten sich gestellt. Eine weitere Ordenspange an seiner Jacke.

Um kurz vor eins kommt Karola mit erheblicher Verspätung in Hameln an. Ein Zug ist ausgefallen, der nächste hatte Verspätung und die Toiletten waren auch nicht zu benutzen.

Sie fahren in Wesemanns Wohnung, weil sie am nächsten liegt. Um vierzehn Uhr geht sein Bericht über den Sender:

Da sind also zwei Morde geschehen im Weserbergland. Der eine Tote musste aus der Dunsthöhle in Bad Pyrmont geborgen werden, der andere Tote schwamm im Burggraben der Hämelschenburg. Beide Männer verband das Projekt der Windkrafträder im Emmertal.

Naheliegend suchte man nach Motiven und in Verdacht geratenen Personen im Umfeld der Gegner und Befürworter der Windkraftanlagen. Nach und nach kristallisierten sich Fakten unlauterer Verhaltensweisen von Geschäftsleuten heraus, die Gelder an dem Fiskus vorbei für sich arbeiten ließen, von Investoren und Zeichnern von Fondanteilen, die betrogen wurden und denen man Gedanken der Rache kaum verübeln konnte. Genauere Berechnungen ergaben nämlich, dass die Windkraftanlagen im Emmertal niemals hätten rentabel arbeiten und entsprechenden Gewinn abwerfen können. Dagegen standen die nüchternen Berechnungen der Projektmanager – diese hatten ihren eigenen Profit längst durch Abschreibungen, Provisionen und Subventionen in die Tasche gesteckt.

War das Grund genug, sich gegenseitig an den Kragen zu gehen? Solche Geschäfte hatten sie doch schon zur Genüge durchgezogen. Man kannte die Spielregeln, war sich spinnefeind und zog dennoch gezwungenermaßen mit. Schließlich war man aufeinander angewiesen. War eine Schlacht verloren, wurde die nächste geplant.

Wer aber konnte sich nicht diesen Gepflogenheiten unterwerfen? Wer konnte seine Emotionen nicht kalter Objektivität opfern? Hier handelt es sich offensichtlich um Menschen, die sich fast ausschließlich von ihren Gefühlen leiten lassen. Menschen, die hassen und lieben und dabei jedes Maß verlieren.

Drei Frauen lernen sich kennen. Vielleicht auf einem der schönen Feste im Weserbergland. Die eine fühlte sich vom Schicksal verraten, wäre gerne eine angesehene und begehrte Persönlichkeit gewesen. Die beiden anderen verlieben sich ineinander. Eine hoffnungslose Situation ohne Zukunftsaussichten, ohne Geld. Allerdings haben sie eine Idee: Sie werden an der Hämelschenburg einen Freizeitpark mit Fahrgeschäften, Kirmesbuden und Großcatering errichten. Doch in dem Moment, als sie loslegen wollen, platzt ein Großinvestor mit seinen Windkraftanlagen dazwischen. Der Grundbesitzer, der ihnen vielleicht schon eine inoffizielle Zusage gemacht hat, wechselt die Seiten und verkauft seinen Grund und Boden für dieses ihm verlockender erscheinende Projekt. So wie es sich herausstellte, wanderte das Geld in seine Tasche. Hierbei handelte es sich offensichtlich um einen privaten Rachezug gegen seine abtrünnige Frau.

Jetzt war Handlungsbedarf bei den drei Frauen angesagt, wenn sie ihre Pläne nicht begraben wollten. Vermuten lässt sich nur, dass sie dem Großinvestor ein Angebot machten, sich an dem Projekt des Freizeitparks zu beteiligen. Doch der Großinvestor nahm offensichtlich diese Frauen nicht ernst. Er hatte mit Finanzjongleuren eines anderen Kalibers zu tun. Diese oder eine andere Gegenwehr war vermutlich sein Fehler, denn die Frauen waren vorbereitet. Sie flößten ihm bei vorbereiteter Gelegenheit K.-o.-Tropfen ein. Zu dritt schafften sie ihn dann in die Dunsthöhle. Den Schlüssel hat sich eine der Frauen als ehemalige Angestellte der Stadtverwaltung im Friedhofsamt beschaffen können. Vielleicht wollten sie Cord zu Ottendorff nur einen Schrecken einjagen. Auf alle Fälle präparierten sie die Tür zur Dunsthöhle so, dass sie nicht zufallen und der Tod des Großinvestors als Selbstmord durchgehen konnte. Dass der Großinvestor am gleichen Abend eine Glückssträhne im Spielkasino hatte, konnte dazu genutzt werden, die Ermittlungen in die Irre zu führen.

Nachdem sie den ersten Skrupel überwunden hatten, wollten die drei Frauen auch in Besitz des Geldes gelangen, das zwischen dem Großinvestor und dem Grundbesitzer geflossen war. Immerhin sollte es als Startkapital für den neuen Freizeitpark genutzt werden. Doch mussten sie feststellen, dass es keinen ordentlichen Kaufvertrag gab. Offensichtlich war Schwarzgeld geflossen.

Damit war der zweite Mord vorprogrammiert: Die untreue Ehefrau des Grundbesitzers hegte einen Verdacht über den Verbleib des Geldes, wird diesen wohl geäußert oder nach dem Geld gesucht haben. Als ihr der Ehemann auf die Schliche kam, versetzte sie sein abendliches Bier mit den einschläfernden Tropfen. Die beiden kampferprobten Freun-

dinnen wurden von ihr informiert. Zusammen fuhren sie den betäubten Grundbesitzer zur Brücke über den Burggraben der Hämelschenburg und übergaben ihn der trüben Brühe. Trotz aller Gründlichkeit bei der Suche im Haus des Grundbesitzers, stellte sich später allerdings heraus, dass hier kein Geld versteckt wurde. Und damit stand das gemeinsame Projekt der drei Frauen wieder auf der Kippe. Sie brauchten unbedingt Startkapital. Ein Banker aus Bückeburg wird mit Nachdruck um einen Kredit gebeten. Ob er ihn bewilligt hat? Das und viele weitere Einzelheiten zu den beiden Mordfällen wird die Polizei klären. Sie hat eine Pressekonferenz für fünfzehn Uhr angesetzt und bereits die Verhaftung der drei Täterinnen bekannt gegeben. Soweit Hubert Wesemann zu den Mordfällen in Hameln und an der Hämelschenburg. radioTOTAL wird die Pressekonferenz live übertragen.

Die ganze Zeit hat Karola auf das Radio gestarrt, jetzt sieht sie Wesemann an. Wesemann ist eingeschlafen. Er hat die Nacht durchgearbeitet. Karola streichelt ihm die Wange. „Gut gemacht, mein Großer!"

Ein Sonntagmorgen Anfang April. Ein Wetter wie im November, kühl und nass. Die Polizei meldet eine Leiche an der Münsterbrücke. Hameln ist bestürzt. Anke Papenburg, bekannt durch die Fernsehsendung DNCS – Deutschlands Next Casting Star, wird tot aus der Weser geborgen. Selbstmord. So sieht es jedenfalls die Polizei.
Nur Hubert Wesemann ist skeptisch. Der freie Journalist mit seiner Einmann-Redaktion für Funk und Presse gibt sich nicht damit zufrieden. Er recherchiert im Umfeld der Casting-Queen und zweifelt schon bald an Anke Papenburgs freiwilligem Sturz in die Fluten. Es gibt durchaus Leute, die ein Interesse daran haben könnten, die junge Frau verschwinden zu lassen.

Das letzte Lied, Günter von Lonski
288 Seiten. Gebunden.
ISBN 978-3-8271-9401-5
E-Book
978-3-8271-9600-2 (Pdf)
978-3-8271-9800-6 (Epub)

Als Pfarrer Josef Fraas am Weserufer in Rinteln angespült wird, ahnt noch niemand, warum er sterben musste. Dass sein Körper nicht mehr ganz vollständig ist, gibt Kommissar Wolf Hetzer ein weiteres Rätsel auf.
Doch noch bevor Hetzer sich auf diesen Fall konzentrieren kann, verschwindet der stadtbekannte Politiker Benno Kuhlmann spurlos. Ein mysteriöser Täter spinnt seine Fäden unerkannt im Hintergrund. Und während ihn die Ermittler vom Weserbergland bis weit ins Schaumburger Land verfolgen, hat Hetzer das Gefühl, den Schatten des Mörders immer dichter zu spüren.
Ein spannendes Duell beginnt, dessen Ausgang niemand vorhersehen kann, denn die Gegner sind einander ebenbürtig ...

SchattenHaut, Nané Lénard
352 Seiten. Gebunden.
ISBN 978-3-8271-9403-9
E-Book
978-3-8271-9603-3 (Pdf)
978-3-8271-9803-7 (Epub)

Bei einem konspirativen Treffen zwischen Vorberg und einem Bekannten auf Burg Polle wird der Fotograf erschossen - später behauptet der vermeintliche Täter, nicht geschossen zu haben, sondern selber zum Opfer geworden zu sein.
Kommissar Ulbricht stolpert während seiner Kur im Weserbergland auf der Burg Polle bei Bodenwerder über eine Leiche. Er alarmiert die Kollegen und gerät prompt mit Maja Klausen, die die Ermittlungen im Mordfall Christian Vorberg leitet, aneinander. Sie besteht darauf, dass er sich aus den Ermittlungen heraushält. Der Tote ist ein in der Region bekannter Fotograf, den man als „Paparazzo des Weserberglands" bezeichnet. Auffällig ist, dass Vorberg zwar Papiere, aber keinen Schlüssel bei sich trägt, zumal er mit dem eigenen Wagen, einem neuen Porsche 911, angereist ist.

Ulbricht hat einen Verdacht........

Tödlicher Schnappschuss, Andreas Schmidt
320 Seiten. Gebunden.
ISBN 978-3-8271-9404-6
E-Book
978-3-8271-9601-9 (Pdf)
978-3-8271-9801-3 (Epub)